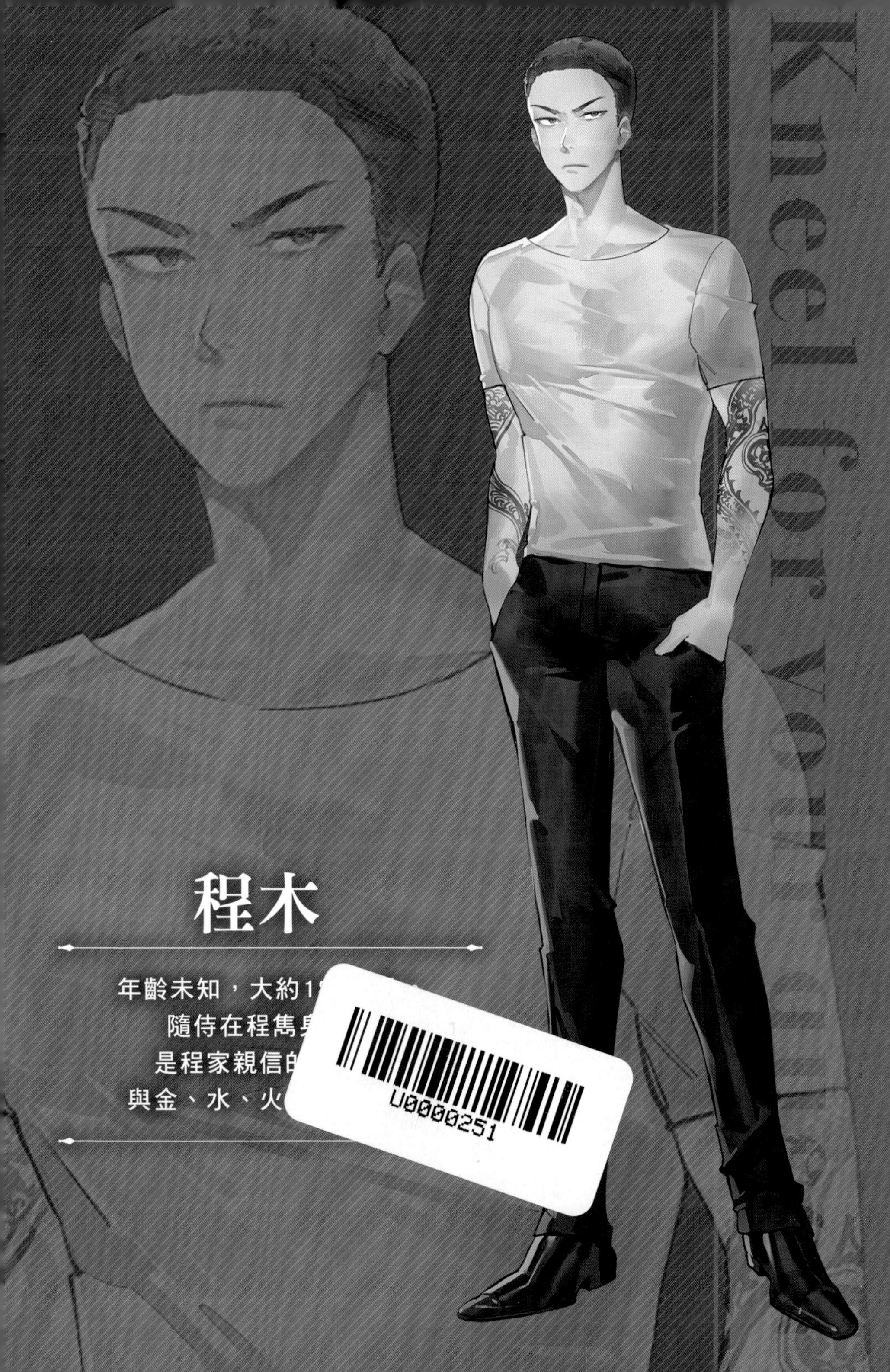
Kneel for your
程木
年齡未知，大約1
隨侍在程雋身
是程家親信的
與金、水、火

1

一路煩花

illust. Tefco

第二部

神祕主義至上！為女王獻上膝蓋

Kneel for your queen

—彼岸莊園—

Kneel for your queen
秦苒
19歲，身高約175公分。
父母離異，從小由外婆扶養長大。
高三休學失蹤一年，
看似凡事都漫不經心，
其實有不為人知的身分……？

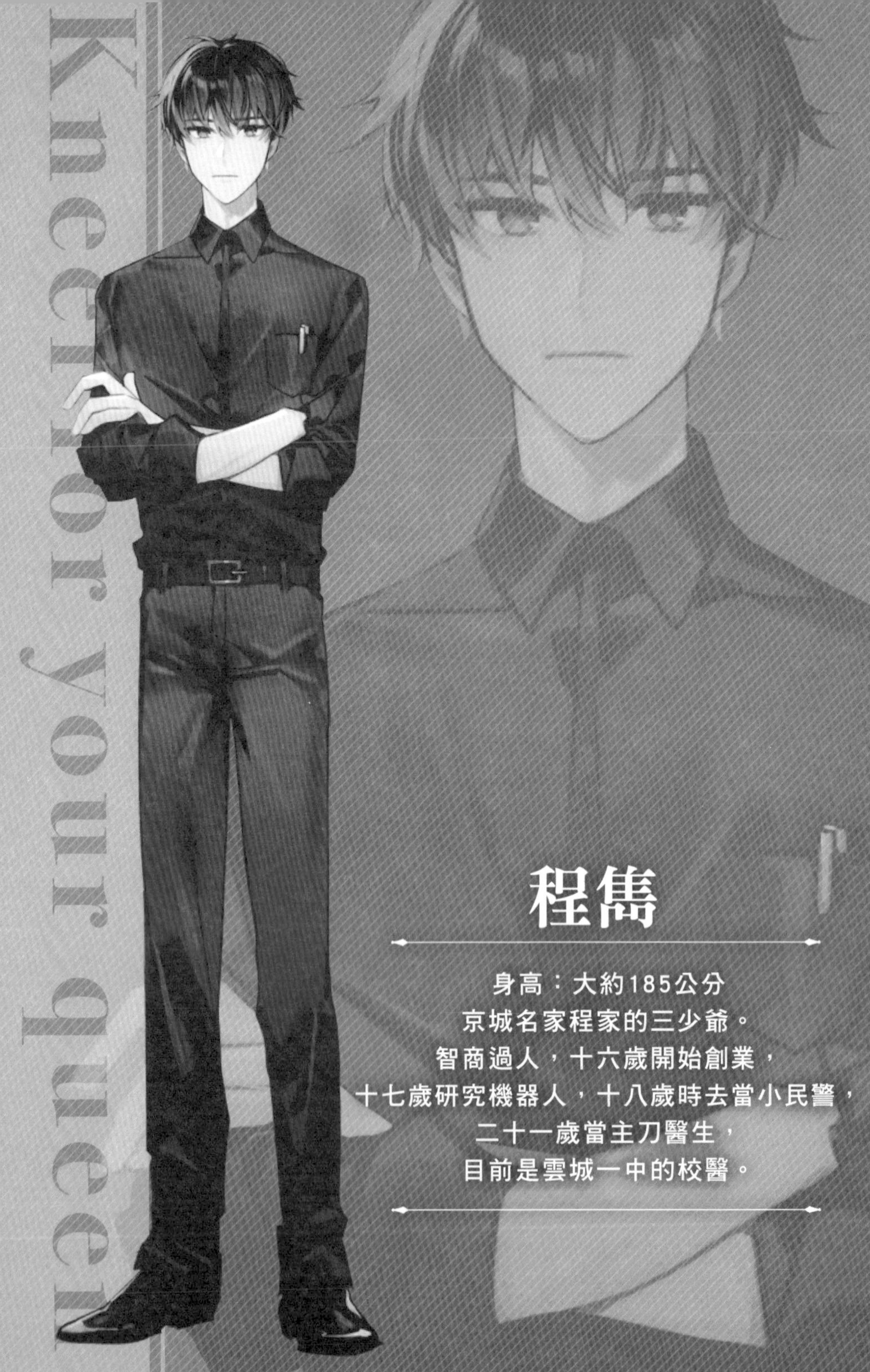
Know your queen
程雋
身高：大約185公分
京城名家程家的三少爺。
智商過人，十六歲開始創業，
十七歲研究機器人，十八歲時去當小民警，
二十一歲當主刀醫生，
目前是雲城一中的校醫。

陸照影
身高：大約180公分
京城名家陸家的少爺，
時時跟在程雋身旁，是程雋的左右手。
將秦苒歸類為自己人，
平常在校醫室負責會診。

秦語
18歲，身高大約167公分。
秦苒的妹妹。
父母離異後跟著媽媽寧晴到林家，
從小學習小提琴，學業成績優秀，
在校內排名前十名，是學校的風雲人物。

Contents

Kneel for your queen

第一章　前進美洲

管家送心理醫生出去又進來，看了程雋一眼，詢問他要不要去樓上睡。

程雋低了低頭，伸手按了一下太陽穴，「不必，你上樓去書房把我的電腦拿過來。」

程管家抿抿唇，想說一句「您也幾天沒睡了」，不過看程雋那淡漠的臉，他吞下到嘴邊的話，把程雋的電腦從樓上拿下來。

程雋打開電腦，又拿出耳機戴上，吩咐管家去泡一杯茶過來。

他喝了一口茶，把茶杯放到一邊，這才打開連結。沒一會兒，電腦螢幕上出現了程水那張混血長相。

『老大。』螢幕裡的程水微微低頭，往後退了一步，語氣依舊恭敬。

程雋將聲音壓到最低，依舊漫不經心地應著，舒雋的眉眼映著頭頂的燈，竟然多了幾分煙火氣息：「最近美洲有什麼異動嗎？」

『國際上那些人要抓您不是一兩天了，還有……貧民窟的那個商人安德烈也沒安分過，馬斯家族前兩天才搶了一次我們的貨……』

這都是程水那邊的常態，畢竟做這一行，手裡掌握著一條可以跟一個小國家相比的經濟命脈，有人盯著很正常，連那些老牌家族都忍不住想分一杯羹。

不過想要從程雋手中分一杯羹，難。

「嗯。」程雋有些漫不經心地盯著，低眸一口一口將茶喝得差不多了才抬頭，慢吞吞開口：「好玩嗎？」

嗯？程水不知道他這是什麼意思，抬頭詢問似的看向程雋。

程雋沒理他，他微微低下頭，眼裡依舊很黑，輕笑了兩聲，近似喃喃地開口：「這麼多人，肯定好玩吧？」

他想著剛剛心理醫生跟他說的話，不由得瞇了瞇眼。

秦苒對京城有股莫名的抵觸，還有研究院的那些人。現在陳淑蘭剛離世，去京城肯定不合適，好像也只有美洲熱鬧一點。

程雋伸手點著電腦，國際醫學組織也在那裡，顧西遲跟江東葉下午也飛去了國際醫學組織。想了想，他伸手叫來程木，程木放下手邊的事情，「雋爺？」

「你去學校，」程雋低頭清了清嗓子，但聲音還是有些沙啞，「幫她請個假。」

這個她指的是誰，不言而喻。

程木點頭，詢問：「多久？」

「就到……高考前吧。」程雋瞇著眼睛，想了半晌後開口，「具體時間不確定。」

但為了保險起見，還是直接請到高考。

他仔細研究過秦苒上次考試的考卷，在那個難度下考到滿分，秦苒應該不需要再待在學校裡，沒必要。至於物理，程雋也心裡有數。

第一次遇到高三後半學期直接請假的荒謬行為，程木的表情僵了僵，「喔。」他轉身要走。

「等等。」程雋抬手把電腦放在桌子上，又想起了一件事，抬眸語氣不緊不慢地說，「校醫室的那些字帖都幫我拿回來。」

喔，姜大師的那些字帖啊。程木再一次，心很累地表示理解。

程管家也聽到了程雋的吩咐，他跟著程木出來，憂心忡忡的，「程木，少爺直接幫秦小姐請這麼長的假沒事嗎？後面還有一百多天，高考的時候怎麼辦啊？」

聽程管家這麼說，程木才想起程管家還不知道秦苒以物理零分考到全市前二十名的事。不僅這件事，程管家對魏大師、顧西遲等事都不清楚。

程木還看過程管家在小本本上寫著如何培養秦小姐的事情，程管家還十分認真地戴著眼鏡，拿著電話打去京城那邊詢問……

程木忽然挺起胸膛，非常高深莫測地看了程管家一眼，然後拿著車鑰匙，昂首挺胸地走出了別墅大門。

與此同時，沐盈等人也回到家。

寧薇的精神不好，沐楠就讓她先回房間休息，他去廚房煮飯，又燉了一鍋湯。

寧薇的腿還沒好，這兩天又很累，沐楠從頭到尾都沒說話，但都記在心裡。

算好時間後，他轉身準備回房間做翻譯，剛走一步，就看到站在門口的沐盈。

他的眉眼一向清冷，這幾天更是越發冰寒，看不到任何緩和的笑。沐盈很怕他這樣，但還是站在廚房門口攔住沐楠。

「外婆已經過世了，你也不要太傷心……」沐盈看著沐楠黑漆漆的眼睛，就說不下去了，「今天表姊的那些朋友，你早就認識了嗎？」她不敢再多說，就直接問了。

他們回來的時候，是一輛黑色賓士送他們回來的，開車的是一個穿著黑色西裝的保鏢，似乎跟沐楠很熟，還跟沐楠說了幾句話。

沐盈發現到的不僅僅這一點，今天臨走的時候，林老爺也親自送他們離開。要是以往，這是根本不可能發生的事情。沐盈不是傻子，自然知道林家之前是怎麼看待自己一家的，今天林家人的表現，沐盈知道，林老爺是走迂迴路線。他不是為了送其他人，只是要送沐楠，畢竟今天封樓城、徐校長都跟沐楠說了話，還有那位江叔叔……

沐盈跟秦苒認識這麼多年，從來不知道秦苒認識這麼多大人物，若早知道……沐盈全身都在發抖，有些意識到她那個表姊似乎不一樣了，跟她印象裡完全不一樣。

但想想之前門票的事，她的心又沉下來。

沐楠沒有回答她的問題，目不斜視，眸底都是冰冷，聲音又清又冷：「讓開。」

這聲音讓沐盈心下一顫，不由自主地往後退了一步。

沐楠側身離開，回到自己的房間。

沐盈則站在原地抿了抿唇，臉色黑著，也回到自己的房間。她沒有看書寫作業，也沒有睡覺，而是低頭盯著手機看了半晌，翻出秦語的微信，傳了一條訊息給她。

*

美洲——

今天晚上秦語穿著禮服，手上拿著酒杯跟在戴然後面，見了不少小提琴界的大人物。

不遠處，一群人圍繞著一個絡腮鬍、金髮碧眼的中年男人。那男人輪廓分明，身上的氣息明顯跟滿場小提琴家們不同，有種喋血的壓迫感。

「老師，那是誰？」

秦語看到剛剛戴然帶她見過、國際小提琴協會的大師也在人群中，心下有些駭然，不由得對那金髮碧眼的中年男人十分好奇。

「那是馬斯管家，」戴然壓低聲音，眸底深處也是掩蓋不住的嚮往，「是美洲一個皇家貴族，每年都會在國際學院邀請一個宮廷演奏家。能被馬斯管家認可，是一種實力跟名譽的象徵。」

魏大師很早之前就被邀請過，可惜他拒絕了。

「隔壁那條街就是美洲的演藝廳，是馬斯家族流傳下來最古老的演藝廳。」戴然指向對面的方向，「妳這一生要是能在那裡開一場個人演奏會，就是成功了。」

就算是戴然，也沒有開過。

「明年夏季，妳要是考核成功，成為京城協會第一名學員……」說到這裡，戴然搖頭，沒有再多說，只看了秦語一眼，讓她好好努力。

秦語聽著戴然的話，不由得低頭喝了一口酒，壓下心中翻湧的心緒。

不往外走，不走出雲城那個狹窄的天地，哪能知道這世界有多大？京城波詭雲譎，臥虎藏龍，沈家不過是京城大片江海裡的一隻小蝦米，美洲這邊……更是她怎麼樣也接觸不到的等級。

這次跟著戴然來美洲，她心中的感嘆更深了，期間根本就想不起來她外婆逝世的消息。她不由得想起魏大師，越是這種時候，秦語就越覺得戴然跟魏大師之間的差別真的不能彌補……

她看著中央被人簇擁著的中年外國男人，深吸了一口氣，然後放下酒杯去洗手間。

她把手包放在一旁，掬了一把冷水洗臉。洗完臉，放在手包裡的手機響了一聲。

秦語便打開手包，拿出手機看了一眼，是沐盈傳來的訊息，上面只有一句話：

『二表姊，今天外婆的葬禮上，我看到魏大師了。』

魏大師？

看到這三個字的第一秒，秦語並沒有在意。在京城待得越久，就越明白魏大師在京城圈裡的地位，不僅僅是他個人的地位，還有他那千絲萬縷的人脈，不親自接觸，是感覺不到其中變化的。

能在陳淑蘭的葬禮上看到他？

秦語輕輕扯了一下唇，不太在意，剛想把手機裝進包裡，沐盈那邊又傳來一張照片。是一張偷拍的照片。應該是在陳淑蘭的葬禮上，照片上只有一個老人的側臉，頭髮些許花白，老態龍鍾。

秦語只見過魏大師真人一次，但對方上過的各種雜誌跟新聞，她看過不下千千萬萬遍。她可以確定，沐盈傳給她的這張照片確實是魏大師本人……

秦語看著手機上的照片，手不由得收緊，眸光裡明明滅滅。

她來美洲，主要就是想跟在戴然身後多認識一些人，多見識世面。所以當初二選一的時候，她毫不猶豫地拋下了陳淑蘭的葬禮，選擇跟戴然來這邊，卻沒有想到她千方百計都沒有再次在京城見過的魏大師，會出現在她外婆的葬禮上！

秦語今天一整晚被戴然的介紹而燃起來的熱血，因為沐盈傳來的這句話瞬間冷卻。

她是一個明確地知道自己想要什麼，會不擇手段都要得到的人。她從不為自己的選擇後悔，可現在，她迫切地想知道魏大師那究竟是怎麼回事。

秦語打了一通越洋電話給沐盈。

與此同時，京城ＯＳＴ戰隊總部——

楊非拿了圍巾幫自己戴上，又關了微博，跟教練一起去頂樓。

頂樓人不多，卻非常乾淨。楊非顯然不是第一次來，但他身後的教練卻是第一次來見自己真正的頂頭上司，一路上戰戰兢兢，時不時整理自己的衣服。

精明幹練的美女祕書朝他們笑了笑，然後打開辦公室的門，「總裁在裡面等兩位。」

裡面有一個男人背對他們站著。穿著銀灰色的西服，身材筆挺，側身過來的時候，一張溫潤如玉的臉上帶著淡淡的笑意，像是從古卷畫中走出來的古代世家子弟。鮮衣怒馬，仿如世間的雅致都彙聚在他一人身上。

天人之色。

ＯＳＴ的教練只看了一眼，然後低下頭，不敢與之對視。

楊非有些輕車熟路地坐到空著的椅子上，一張臉依舊高冷，聲音板正：「堂哥。」

男人嗯了一聲，然後伸手，禮貌十足地請教練坐到椅子上。聲音清粼，有種不可褻瀆之感。

「她上場了？」男人拿著白瓷茶壺，倒了三杯茶。

楊非往後靠了一下，一張好看的臉沒什麼表情，「嗯，你都看到直播了。」

男人把七分滿的茶杯遞給兩人，也沒喝，只看向窗外，半晌後點點頭，什麼也沒說就出門了。

在他離開之後，教練才長長地鬆了一口氣。

*

衡川一中，九班——

下課時間，林思然百無聊賴地坐在座位上，看著自己的微博。最近幾天，她的粉絲已經從五萬多增加到了二十七萬，而且還在增長。至於秦苒的微博，已經瘋狂漲到了三百七十萬，林思然估算著，過不了幾天應該就能漲到四百萬了。

OST上次在魔都的那場比賽幫秦苒吸引了一大堆粉絲，還有從楊非那邊爬過來的粉絲，甚至催生到林思然這裡，求林思然讓秦苒發文。

網路上也不是沒有肉搜過qr跟林思然究竟是誰，但這兩個帳號非常奇葩，就算有人找出了駭客，也對這兩個帳號非常沒轍。

當然，九班見識過秦苒主要帳號的人對此表示緘默，別人說起，他們也只深藏不露地一笑，然後暗自登入、關注秦苒的帳號。

林思然看了一眼空著的書桌，嘆了一聲，然後有氣無力地抽了一張面紙準備去廁所。

後面，喬聲也百無聊賴地趴在桌子上跟何文、徐搖光說話，看到林思然便朝她招了招手。

「徐少，你說苒姊什麼時候才會來上課啊？物理老師惦記她不是一兩天了。」喬聲將腿伸在走道上，有氣無力地說著。

徐搖光正拿著筆寫物理題目，聽到這句話，他手中的筆微微頓了一下，然後搖頭，「不知道。」

喬聲也不指望他知道，只是用手撐著下巴，「說起來，今天上午沒看到潘明月跟魏子杭，不知道他們去幹什麼了。」

徐搖光也瞇起眼，他爺爺今天上午也不在。

另一邊，程木停好車子，一路問人找到九班，卻沒在教室找到高洋。

看到從洗手間出來的林思然，程木很有印象，就是秦苒那個常用假草充當忘憂的同學。

「林同學……」程木癱著一張臉叫住林思然。

林思然正低頭用面紙慢條斯理地擦著手上的水，聽到有人叫她，一側頭就看到程木，「你是來找苒苒的？」

「不是，我是來找你們班導幫秦小姐請假的。」程木沉默了一下。

林思然頓了頓，很是驚訝，「請假，多久？」

「大概、估計、可能直接到高考。」程木低頭。

林思然：「……」啊，這看起來確實是苒姊會做的事。

「我們老班在樓下六班上課，你在樓梯口等一下就能看到他了。」林思然算了一下時間，跟程木確認，「所以苒苒這學期不回來了吧？」

程木一邊往下走一邊點頭。

林思然跟著他下樓，拉起了羽絨衣的帽子戴上，「那你跟我們班導師請完假之後，在路口等我一下，幫我拿些東西給苒苒。」

沒等程木回答，林思然就離開了。

程木困惑地摸了摸頭髮，然後去樓下等高洋，把請假的事情略微說了一下。

學生想請假，尤其是高三生，並不容易。

程木跟高洋說完後，原以為高洋會仔細詢問，沒想到高洋的第一反應竟是鬆了一口氣……？

「後面的內容她可以不用上課，但請假期間也不要鬆懈了。」

憑藉教導主任跟徐校長對秦苒的縱容，高洋不用向上報告，這個假也能批准。他隨手撕下一張假條，寫兩句後蓋了一個章，就遞給程木了。

等程木離開，他又打電話跟教導主任說清楚，教導主任又立刻彙報給徐校長。

一般學生請假，教導主任不會驚動徐校長，可秦苒畢竟是徐校長關注的學生。

程木面無表情地把假條摺好，塞進口袋裡，戴好圍巾後也沒立刻離開，站在路口等了林思然一會兒。

衡川一中不小，從教學大樓到寢室來回要十五分鐘。程木在路口沒等幾分鐘，林思然就小跑過來了。她手上拿了個黑色的塑膠袋，程木拉著圍巾目測了一下，覺得好像有點像垃圾袋……

「你幫我把這些帶給苒苒。」林思然站定，然後在垃圾袋裡翻了翻，拿出兩個玻璃瓶。她看了看又隨手扔進垃圾袋，重新翻出一盆花，「就這盆花。每天早上都要澆水，放在她睡覺的地方，還有這種花好像很嬌氣……」

林思然又拿出手機，讓程木加她的微信，然後傳了很長一條照顧花卉的專業訊息給他。

程木低頭看了一眼：「……」

這一盆破花，難道還要專門請一個特別厲害、特別專業的園丁來照顧嗎？

不過是給秦苒的東西，程木還是小心翼翼地放到後車廂。

將車開出衡川一中時，他在大門口看到了徐校長，徐校長還攔下他的車。

「聽說苒苒要請假離開？」徐校長一手插在口袋裡，一手推一下鼻梁上的眼鏡。

程木從駕駛座上下來，對徐校長十分恭敬，「好像是的。」

「嗯，」徐校長沉吟了一下才繞到另一邊，拉開副駕駛座的門，「帶我去看看她，我有很重要的事情要跟她好好談。」

二十分鐘後，車子開到市中心的別墅。

程管家出來開門，還以為會看到程木或陸照影，卻看到一張板正蒼老的臉，驚訝地開口：「徐老？」

都是同住在京城內一條小巷裡的人，程管家怎麼可能會不認識徐老這位跟自家老爺同等級的巨擘，會驚訝是因為他沒想到會在雲城這個地方看到徐老。

莫非雲城比較人傑地靈？程管家暗暗思索。

徐校長對程管家點點頭，順便把身上的外套脫下來，「打擾了。」

「沒想到徐老會來，」程管家把徐老的外套掛到一邊，恭敬地回答，「我上去叫少爺下來。」

然後上樓把程雋叫下來，才去泡茶。

等程管家倒了兩杯茶出來，才發現程木也回來了，手裡還恭恭敬敬地拿著一盆花。

程雋看了那盆花一眼，拿起放在桌子上的茶也沒喝，就放在手裡捂著。

「你把她同學傳的訊息拿給我看看。」程雋開口。

程木就點開微信，點開名稱為林同學的大頭貼，然後翻出那條訊息給程雋看。

訊息很長，林思然應該是從哪裡轉發的。

程雋半低著頭慢悠悠地看著，一路往下滑，滑到最後才伸手把手機還給程木，「好像很複雜。」

程木臉上不動聲色，心裡忍不住點頭。就是啊，就一盆花要這麼費心費力。

然而他還沒想完……

程雋似乎笑了笑，然後抬頭看他，漫不經心地說：「這盆花放到秦小姐房間裡，以後都由你照顧。有什麼問題直接跟林同學討論。」

程木：「……」

頓了頓，程雋又瞇眼加一句：「你先找個園丁學兩天。」

程木：「！」

他抬起頭，有些不敢置信地看著程雋。您還真的要為了這盆花這麼費心費力？還要他去跟園丁學習？他去特種訓練營學了三年，最後的定位原來是園丁？

程雋跟程木兩人說著話，徐校長就坐在另一邊喝茶，不緊不慢地，就是有些心不在焉。

程管家在一旁看得很心急。少爺跟程木怎麼能晾著客人不管，在聊一盆花的事情？

尤其程木還真的捧著一盆花來找自己了，他癱著一張臉，「程管家，你知道哪裡有什麼比較好的園丁嗎？」

「啊，」程管家從上衣的口袋裡掏出小本子，翻了兩頁，「有個園丁，是照顧我們別墅花園的園丁，是京城那邊的人，你記一下他的號碼。」

兩人都沒有打擾坐在沙發上的程雋跟徐老，站在門口低聲交流。等程木把這個厲害的園丁號碼記下來，程管家才繼續看向程雋，這才發現他家少爺又拿起了電腦，十分隨意地放在腿上，似乎在處理什麼文件，又像在跟什麼人聊天……總之，沒有要跟徐老聊天的意思。

程管家擔憂地開口：「少爺也太冷淡了吧？」

他正說著，就見到程雋忽然偏過頭，跟徐校長說了兩句，聲音很輕，程管家沒有聽清楚。只見徐校長忽然放下茶杯，神色似乎有些波動，直接朝樓上走去。

程雋卻依舊靠在沙發上，不急不緩地敲著鍵盤。

程管家看了徐校長的背影一眼，問程木一句，「徐老要幹什麼？」

「啊，」程木回答得特別快，特別風輕雲淡。他看了程管家一眼，「徐老沒有要幹什麼，他只是要去找秦小姐。」

程管家果然一愣，「徐老找秦小姐幹嘛？」難不成這兩人認識？

以徐老的地位……不太應該啊……

程管家微微瞇眼，仔細思索了一下，想起上次錢隊那行人來找秦苒的事。

而程木臉色一僵，這個問題他回答不了，然後很快就反應過來，低頭裝做打電話給園丁，留給程管家一個高深莫測的背影。

徐校長的人影消失在樓梯口，程管家忍下心中的疑惑，走到程雋身邊問他秦苒請假的事情。

他從口袋裡掏出了自己的記事本，上面是他剛剛聯繫到的幾位知名高考輔導老師。

樓上書房內，秦苒穿著家居服，懶散地靠在椅子上。

書房窗簾是拉開的，她就看著外面的雪一動也不動，眉眼垂著，又清又淺，幾乎看不出她以前的鋒銳，只能看到一股沉寂，似乎只需要一個契機就能爆發。

她身邊還擺著另一張椅子，上面墊著毛毯。

「想好了嗎？」徐校長坐在她身邊空著的椅子上，沒看她，也看外面白茫茫的雪，聲音蒼涼。

「還沒。」秦苒壓著嗓子開口。

「因為潘明宣那件事？」徐校長抿了抿唇，也垂下了眼眸。

秦苒握著毯子的手一頓，徐校長的目光也有些悠遠。

他去寧海鎮，一開始是為了潘明宣。他是一個數學各項成績都遠甩其他同學，卻想要考稽查官。那種職業很危險，接觸到的大部分都是生死之徒，徐校長心疼人才，想親自去勸他，卻沒想到去了寧海鎮之後，發現潘明宣在那個暑假死了。

他跟著封樓誠很長一段時間，一起查這件事的真相，甚至動用了京城的關係。

潘明宣連個葬禮都沒有，他的墓地就是陳淑蘭現在的墓地，旁邊是他沒有立碑名的父母。

徐校長一看就知道是什麼人才不敢立碑名。

他只剩下一個妹妹，然後就是全程幫他妹妹處理剩下的事情、潘明宣也曾跟自己提過的，十分厲害的隔壁小妹妹秦苒。

「也不是。」秦苒搖頭，不再回想，「徐校長，我們說說其他事情。」

又沉默了很久。

徐校長看了秦苒一眼，然後伸手扶一下眼鏡，突然開口：「當初妳跟我說不想去京城，婉拒了我的邀請，但妳卻答應了魏大師，這怎麼說？」

他不由得偏頭看了秦苒一眼，語氣還很幽怨。

秦苒：「……」

「我聽程木說了，妳外婆認識方院長？」徐校長也不催秦苒回答，繼續慢悠悠地開口。

秦苒的眉頭動了動。

「方院長是掌管京城第一研究院的院長，聯合廠商勢力，手下人才無數，京城有些名望的人都不會選擇跟他作對。」徐校長說到這裡，頓了一下，「不巧，那家研究院是我們徐家手下掌管的。」

徐校長依舊笑咪咪的，語氣和藹可親。

秦苒抬了抬眼皮，慢慢思索著這件事。

京城的勢力劃分她不清楚，也沒有仔細調查過，尤其那些老牌家族錯綜複雜的勢力，除非讓常寧調卷宗給她，不然她就算駭了整個京城的資料庫，也整理不出什麼有用的資訊。

「等我明年去京城，再給你一個答覆。」秦苒瞇了瞇眼，想法有鬆動，但沒有立刻答應。

徐家的事情她沒有查過，卻也知道肯定不會簡單到哪裡去。答應了徐校長，就意味著可能要參與徐家的一番權利爭奪。

以往徐校長問秦苒的時候，後者都三連否決，就算說是考慮，眉眼裡藏著的也是漫不經心的桀驁。但這是第一次，徐校長看到秦苒動搖了，她確實在認真考慮自己的問題，徐老喜出望外。

「什麼時候離開雲城？」

得到了自己想要的答案，他也不急了，也學秦苒慢悠悠地靠著。

秦苒垂著眉眼看外面的雪，「過一段時間。」

「好，那我就不送妳了。」徐校長點點頭，「等妳回雲城。」

「好。」

該說的都說完了，徐校長就揹著手，眉眼有些張揚地往樓下走。

程管家也跟程雋談完了，見到徐校長下來時心情好像變得很好，「徐老，不留下來吃飯嗎？」

作為一個下人，程管家沒有打探客人跟主人的事，就算真的對秦苒有疑惑，也只敢放在心底，不敢問出來。

「不了，」徐校長從衣架上拿起自己的外套，一邊穿上一邊回答，「我回去還有事要處理。」

程木也聯繫完專業的園丁，見到徐校長要走就把手機放回去，拿起車鑰匙去送徐校長。

大廳裡，人走得差不多了，程雋才微微瞇起眼，有些困倦地打了個哈欠。剛想關上電腦，就看到右下角有一個大頭貼在跳動。看到大頭貼，他隨手點開。

是老頭的訊息——

『小遲已經到醫學組織了，那個……愛徒啊，聽小遲說，你……你也要來醫學組織？』

電腦那頭，穿著白袍的老人小心翼翼地，幾乎屏住呼吸地看著訊息框。

程雋側著頭，眯眼看著這句話。

本來不打算回的，但不知想到了什麼，他輕聲笑了笑，然後伸出一根手指，不緊不慢地打了一個字回覆：『嗯。』

砰——電腦那頭的老頭似乎被什麼打擊到了，猶如五雷轟頂般，坐回椅子上。

「博士，您沒事吧？」今年醫學組織的新學員擔憂地看向老頭。

老頭愣了兩秒才緩緩搖頭。

新學員還想問什麼，老頭就面無表情地看向他，「別問我什麼事，我怕你會哭。」

＊

幾日後，下午三點，雲城機場——

知道秦苒要走的人不多，來送機的只有魏子杭跟潘明月。

「苒姊，」潘明月的鼻梁上架著眼鏡，一雙眼睛藏在鏡片後，臉色雪白，「明年見。」

秦苒拉下衛衣的帽子，伸手抱了抱潘明月，「好好照顧自己。」

然後放開手拍拍她的肩膀，看向陸照影，「在學校幫我多看著她。」

程雋走了，陸照影卻依舊要堅守校醫室的職業。

他有氣無力地擺擺手，「我一定會當作自己的親生妹妹來對待，行不行？」

陸照影看了潘明月一眼。他對潘明月一向愛屋及烏，秦小苒要有個好朋友不容易，他當然會幫忙好好維持兩人的朋友關係。

程雋手上拿著圍巾，就站在秦苒身後不遠處，一雙清雋的眉眼微微瞇著。見到秦苒還拉著潘明月嘀嘀咕咕，他清了清嗓子，開口：「該走了。」

十二個小時後，美洲——

程水召集了一群手下，微微瞇眼，「老大將在一個小時後到，在這之前，我要選一個人出來跟著老大他們。」

美洲的手下都是程水憑一己之力集結的，程雋這個人比較懶散，除非有大型活動，不然他很少出山。

聽到程水的話，近二十個人眼前亮了亮，都往前走一步，自薦的意思很明顯。他們都會幫忙各個堂會的鑽石生意，手底下當然也有很多見不得光的生意，都是遊走在國際刑警馬修眼前的人。要是跟在老大身後，平日能被指點兩句都能讓他們受益匪淺，自然一個個都出頭爭搶。

程水滿意地點點頭，伸手選了左邊第一個人，「杜堂主，就你了。」

這是他培養出來武力值滿的手下，在程雋面前肯定拿得出手。

杜堂主喜形於色，跟上去，「程先生，我需要跟著老大做些什麼？」

「不用，」程水拿出手機看時間，「好好跟在秦小姐後面，陪她玩就好了。」

杜堂主一愣，「秦小姐？」

「嗯，老大帶她來玩的。」程水點點頭，示意他跟上。

杜堂主腳步一頓，然後抱拳，「程先生，我想起下個月執法堂有個挑戰，我需要好好練習，沒有時間陪秦小姐玩。」

除了程水，美洲的這些人都很少能見到程雋，對程雋的了解卻不少，一聽到程雋要來，肯定會爭著去他面前露臉，杜堂主自然也是。

可現在聽程水的意思，好像並不是跟著老大，而是跟著一位小姐？杜堂主對那種嬌滴滴的女孩敬謝不敏，尤其……那女孩似乎還是來玩的。

杜堂主這個堂主做得不太容易，執法堂副堂主、大隊長這些人都等著哪一天來挑戰、打趴他，而他正是靠他自身的努力才一步步爬到了今天，還被程水看中。

程水聽完，眼眸瞇了瞇，看著杜堂主，「你不想去？」

「屬下不是不想去……」杜堂主低頭解釋。

「行了，」程水看著手機上的時間，程雋等人快到了，直接搖頭，「你不想去就歸隊吧。」

這個人不是誠心跟著秦小姐，程水也不放心。

杜堂主直接歸隊。程水只側臉側身，再次轉身看向一群手下，「還有人要自薦嗎？」

剛剛還熱絡到不行的一群人聽了程水的解釋，低頭思考半晌，執法堂沒人抬頭看程水。

半晌，中間有個人弱弱地舉手，「程先生，我可以嗎？」

程水看過去，是採購堂一個瘦得不得了的男人，黑髮黑眸，實力肯定沒執法堂的人厲害，但眉眼間挺機靈的。

實際上一開始程水看中的只是執法堂的人，畢竟美洲不比國內，也許會被恐怖組織襲擊，他打算幫秦小姐找個對地勢熟悉，還非常能打的人，只是現在執法堂的人一個個都低著頭，恨不得程水看不到自己。

眼下時間來不及，程水也沒有多想，「你先跟我走。」

那個瘦弱的男人立刻出列，跟著程水往前走，杜堂主跟其他人立刻鬆了一口氣。

「你叫什麼名字？」程水讓人開來一輛加長車，詢問男人的名字。

他的手下分為執法堂、採購堂、情報堂跟外貿堂，情報堂基本上都是程火負責，至於執法堂，是其中的重中之重。執法堂彙聚了他們最中堅的力量，無論哪個堂出去，都會從執法堂調人馬。

瘦弱男人撓了撓頭，「我叫施曆銘，程先生叫我小施就行了。我本來是想進執法堂的，考核是過了，但實力不夠，執法堂那邊不收我，就把我調到採購堂了。」

「嗯，」程水點點頭，看了施曆銘一眼，「好好跟著秦小姐，陪她玩就行了，有事直接彙報給我。」

對方看起來很機靈，程水就吩咐了幾句。到時候那位秦小姐身邊還有程木，施曆銘實力不行，但腦子可以，至於程木腦子不行，實力……其實也就勉勉強強，不過這兩個人暫時夠了。

程水敲著手，盤算著是不是要找個女跟班？

機場——

秦苒一行人的飛機落地。

美洲十二月比雲城還冷，程水讓人帶了一件長羽絨衣來。他是個練家子，並不冷，身上只有襯衫跟單薄的西裝，一張混血長相看上去棱角分明，碧藍色的眼睛泛著微微的光。

不久，程雋三人從手扶梯上下來，程水站在原地叫了一聲「老大」，就把羽絨衣遞過去。

程雋跟程木自然不需要羽絨衣，程水這件是幫那位秦小姐帶的。

「嗯。」程雋穿了一件黑色的長大衣，側身把羽絨衣遞給秦苒。

秦苒戴著黑色口罩，頭頂的衛衣兜帽也拉起來了，看不清楚長相，只能看到一點模糊的眉眼。她低頭慢條斯理地穿著，跟他們走向停車場。

「這是小施，」程水跟程雋、秦苒分別打完招呼才看向程雋，向他介紹施曆銘，「華裔，從小在美洲長大，對周邊地形十分熟悉，哪裡有好玩、好吃的都知道，我準備讓他跟著秦小姐。」

施曆銘聽程水介紹他，也不敢輕舉妄動，只挺直胸膛。

程雋將手插進口袋裡，瞇著眼看了施曆銘半晌，精緻的眉挑了一下才勉強開口：「好吧。」

施曆銘確實機靈，見程雋答應了，立刻去跟在秦苒身後。

「直接去莊園嗎？」程水把手機放回口袋裡，他問的是要不要直接去大本營。

程雋點點頭，「不用找其他地方了。」

行李程水已經派人去拿了，程木就捧著一盆花跟在程雋、秦苒後面，原本他以為程雋是帶他們來美洲度假的，卻沒想到會在機場看到程水，他愣了一會兒才反應過來。

「你不是在外訓練嗎？」他看著程水，面無表情的臉上多了一絲僵硬，語氣還很不解。

程水見程雋走在前面跟秦苒低聲說著什麼，就沒打擾。聽到程木的話，他看了程水一眼，有些二言難盡。

程木這個傻白甜，至今還相信他們在外訓練？

「你這是什麼？」程水咳了一聲轉移話題，指了指他手上的那盆花。

程木低頭看了一眼，「秦小姐最喜歡的花，雋爺讓我照顧好。」

不敢說自己現在已經成了一個園丁。

車子慢慢開進一個偌大的莊園，裝修精緻。白色的雕花大柱巍峨而起，進入鏤花大門，就是一座壯觀的噴泉，繞過噴泉，三座城堡跟幾座塔樓鱗次櫛比，透過車窗都能看出輝煌氣派。

程木因為時差，本來昏昏欲睡，此時突然清醒，「啊」了一聲，然後癱著一張臉偏頭問程水：「程水，你……你怎麼租了一個這麼豪華的地方？」

程雋是有錢，但他們就這幾個人，住這麼大的莊園會不會太空蕩了？這能同時容納一千人吧？

程水看了他一眼，欲言又止，最後什麼都沒說，只拍了拍程木的肩膀。

「老大，先去哪裡？他們都在大堂等著您。」程水說的是各堂的堂主，還有幾個分隊的主要核心人物。

程雋沒開口回答，只是看了一眼身邊坐著的秦苒，抬了抬眸，「先去睡覺？」

秦苒接連幾天沒睡了，這兩天確實精神不太好，眉眼垂著，聽到程雋的話，她就應了一聲。

程水自然也聽到了，就吩咐施曆銘把車停到第二棟古堡。

「二樓從左邊數來第一間房。」

程水把幾個人帶去房間，途中遇到不少穿著白色衣服的傭人，全都停下手中的事低下頭，不敢直視幾人。

房間並不是厚重的歐式風格，而是簡單的現代風，暖色調。兩邊都有窗戶，能看到農場和一大片雪景。

秦苒拉下帽子，掃了一眼。

秦苒的房間，程水跟施曆銘都沒進去，就站在門口。不過兩人能看到程木小心翼翼地捧著花，把花放在窗臺上，調了調房間空調溫度，最後還從身後的背包裡拿出一系列照顧花的工具。

程水：「……」他總覺得有什麼地方不對勁。

程木等完成了一系列程序，才跟著程雋出來。

「程木，你對那盆花……」

程水走出大門，往一座塔樓走，最終還是忍不住問程木，他怎麼對待花像在對待祖宗一樣？

程木一臉拒絕回答的表情。

程雋走在最前面，對這裡分外熟悉，彷彿來過了無數次。而程木跟在幾人身後，心中有無數個疑問。

塔樓的一樓很空曠，擺了兩排檀木椅，中間前方也擺著一張椅子，有些凜然又喋血的氣勢，讓人乍一看，心都揪緊了。中間還站了十幾個人，具體是誰，程木不清楚，但每個人看起來都很不好惹，其中還有一個像是黑社會老大，臉到鼻梁上有一道疤痕，猙獰又恐怖，看上去就像被國際刑警通緝的人。

一行人看到程雋等人，立刻分開，讓出了一條路。程雋走到最前方的椅子，上面還鋪著一層毛毯，他漫不經心地坐下。

十幾個人見程雋坐下，才十分有次序地站好，「老大！」

聲音中氣十足，如雷貫耳，程木卻傻住了──我靠，雋爺你是誰？！！

其實從進入這個莊園的時候起，程木就覺得不對勁了，此時腦子更是亂成一團。

程雋跟那一行人說的話，程木沒聽清楚，但等他反應過來的時候，程雋已經起身往外走了。

程水並沒有離開，他等程雋的背影消失之後才側過身，指著程木對一眾堂主跟分隊隊長說：「這位是程木。」他看向程木，想了想又開口，「這幾位是分堂的堂主跟隊長，這位是執法堂的杜堂主，這位是採購堂的鄒堂主，這是外貿堂的袁堂主……」

程水沒有全部介紹，只稍微介紹了一些。

一開始程木進來，這些人的目光還忍不住打量他，畢竟能站在程雋身邊的人很少。眼下聽完程水的介紹，這些人不由得收回了目光。

程雋的手下金、木、水、火、土他們都有聽說過，其中程水跟程火，他們見識過其恐怖的實力了，程金、程土也都聽說過。唯有一個程木，他們私底下也有耳聞。

程木是程金的弟弟，程雋會留下程木，完全是看在程金的請求上。雖然也經過訓練，可真的實力還不如執法堂的一個分隊長。

杜堂主沒了興致，他朝程水點點頭，就說有事要先走了。

採購堂的鄒堂主沒有走，只是看向程水跟施曆銘，沉吟了一下，開口：「小施，你明天的接應要跟我們一起去嗎？」

施曆銘的實力不夠去執法堂，但在採購堂也是一名高手，鄒堂主很看重他。

聽到鄒堂主的話，施曆銘沒有開口，只是詢問似的看向程水。

剛剛程雋只聽了一遍他們的彙報，幾乎什麼吩咐也沒說，因此程水沉吟了一下，「具體看秦小姐的安排，待會兒晚飯的時候，你問問她明天想要去哪裡。」

施曆銘點了點頭。

幾個堂主都很忙，鄒堂主也不例外，跟施曆銘說等等決定好再聯繫他，然後直接離開。

他走之後，程水才看向程木，面容嚴肅，語氣沉冷：「程木，既然老大帶你來到這裡，你就要遵守有些規矩。」

程木抬頭看向程水，還有點呆。

「這是老大的莊園，老大的身分，你應該也聽聞過國際傳言。他是一個鑽石批發商，盯著老大手裡東西的勢力很多，所以在美洲，我不期望你成功，但希望你不出差錯。否則，就算你是程金的親弟弟，我也會親自把你從中除名。」

程木是金、木、水、火、土中最小的一個，只是程家的傭人兒子。即使占了一個「木」字，其他人平常也不想給他那麼多壓力。有些事情程雋不說，其他人也瞞得很緊。程水不知道為什麼程雋這次會把程木帶過來，可既然程木來了，程水也要敲打他一番。

「我知道了。」程木低下頭。

雖然他不聰明，也知道……他應該是金、木、水、火、土中最後一個知道這件事的。同個輩分，程水這麼受人尊敬，自己卻什麼都不知道……程木第一次感覺到了巨大的落差。

「還有從今天開始，歐陽薇那裡什麼該說，什麼不該說，你自己拿捏好。」

程水也忙，他偏頭又吩咐了施曆銘一聲，讓他帶程木去認路就匆匆離開了。

＊

美洲晚上九點，秦苒才從床上爬起來，房間裡沒有人，燈光是很柔和的暖色，她掀開被子穿上衣服。

房間很大，足足有一百坪，都是娛樂設施。窗臺上除了林思然送的花，還擺了三盆開著雪白花瓣的不知名花朵。

秦苒去浴室洗了個澡，重新換上黑色毛衣出來。擺在床上的手機瘋狂亮著，又是言昔在瘋狂敲她。秦苒沒理會，等頭髮吹乾了才抬手拿起手機，點開來看，從上往下——

『言昔撤回了一條訊息。』

『大神，妳上次答應幫我的編曲呢？』

『大神，妳在咖啡店答應的，妳忘了嗎？』

『後天要去錄音棚，生無可戀.JPG』

『大神？』

一首完整的音樂，不僅僅是一段主旋律這個框架，還需要為這段主旋律添上血肉的編曲。一個會作曲的人不一定會編曲，但會編曲的人一定會作曲。秦苒很少幫言昔作曲，但言昔每一首歌的編曲都是她，神級編曲不僅僅是靠品質，還有數量堆起來的神格。

上次在魔都，秦苒跟言昔說了編曲的事，不過回到雲城之後發生太多事情，她都把這件事忘到腦後了。想到這裡，秦苒不由得伸手按了一下太陽穴。

她點開言昔傳來的一張圖，那是言昔自己寫的旋律。她隨手把頭髮紮起來，在房間裡轉一圈，沒看到紙跟筆。

房間裡恆溫二十二度，秦苒也沒拿外套，直接開門出去。在門邊等著的是一個中年女人，慈眉善目的，是說中文，「程少在三樓書房，我帶您過去。」

秦苒本來想讓她幫自己找紙跟筆，但聽到程雋在書房，就默默跟在中年女人後面。

書房總有紙跟筆吧？

書房——

程雋坐在椅子上，懶散地靠著椅背，手指漫不經心地翻著文件。

書房裡人不多，只有程水、程木、施曆銘跟杜堂主四個人。秦苒進來後，程木就自覺地去廚房把她的飯菜端到書桌旁。這張書桌是程水新擺的，上面還有一疊字帖。

看到她進來，杜堂主愣了愣，說話的聲音不由得停下來。程雋正低著眉眼翻閱著文件，看不太到表情，杜堂主就詢問似的看向程水：要不要避開秦苒？

程水的表情不變，語氣緩緩：「繼續說。」

杜堂主愣了一下，心底詫異，不過還是點點頭，「馬斯家族想要我們這批貨，程火先生的情報裡也找不到消息，而且馬斯家族跟國際刑警馬修聯繫上了。這個馬修是個狠角色，不知道有多少人落在他手裡……」杜堂主說到這裡，不由得皺了皺眉。

隔壁的秦苒直接抽出一張紙，對比著言昔給她的主旋律，開始工作。

重新編曲並不難，言昔的這張專輯主要走民族跟抒情風，而秦苒最近靈感爆棚。

「秦小姐，妳不先吃飯？」程木把飯菜放下。

秦苒拿著筆，劃掉一行音符，又重起一行。她低著頭，一雙姣好的眼睛微微瞇著，看得出輕漫，就是聲音有些崩潰：「別催。」

杜堂主還沒彙報完馬修的事情，程雋就拉開椅子站起來。他先把手上的文件放下來，然後走到秦苒身邊，伸手抽出秦苒手裡的紙跟筆，敲了敲桌子，示意她先吃飯。

要是其他人，秦苒一定會跟他打起來。

看著秦苒老實地開始吃飯，程雋才往回走兩步，也沒有坐回椅子上，只往椅背上靠，聲音懶洋洋的，「繼續說。」

杜堂主低頭，不敢再看秦苒的方向。

「馬修那裡有很多人的資料，很多人在猜他手裡有一個強大的駭客……」

趁秦苒吃飯的時候，施曆銘詢問了秦苒明天的事情。

「你明天要接貨？」

秦苒喝了一口茶。她吃飯的時候很優雅，就是速度快，語氣還有些漫不經心。

施曆銘恭敬地說了聲是，秦苒點點頭，吃完飯後把碗筷放下，繼續拿起紙跟筆，含糊不清地開口：「那你不用請假，我明天跟你一起去看看。」

程水跟施曆銘說過，這個莊園沒有這位秦小姐不可以去的地方，也沒有她不能做的事。施曆銘很機靈，大概就知道了秦苒在這裡的地位，因此聽到她說要跟自己一起去出任務，就點了點頭，然後下樓去採購堂找鄒堂主，跟他說這件事。

鄒堂主正在跟幾位隊長商量明天接貨的事，聽到施曆銘的話，他瞇了瞇眼，十分不悅地直接從椅子上站起來：「我們去接貨，她跟著我們幹嘛？最近美洲不太平靜，馬修的動作大，要是出了什麼事，誰照顧她？」

鄒堂主手撐著木質高椅的扶手，眉頭擰起。

採購堂的幾位隊長也都沒有說話，施曆銘確實為他們找了不少麻煩。

「程水先生也同意了？」鄒堂主想了想，又側頭看向施曆銘。

施曆銘也不多說，只點頭。

「我知道了，」鄒堂主按著太陽穴，「這件事我來安排。」

施曆銘現在就是秦苒的跟班，意思傳達完就轉身要出門。

鄒堂主的眉心又跳了一下，「你去哪裡？」

「啊，」施曆銘反應過來，清秀的眉眼笑著，「程木說秦小姐的花恐怕受不了這邊的氣候，我去找莊園的園丁挖一點土來。」

說完他也不停留，急匆匆地離開，採購堂的一眾人都沒有反應過來。

半晌，採購堂的分隊長才搖頭，「這施曆銘是個人才，可惜了。」

這種事連杜堂主都避之唯恐不及，沒有人知道施曆銘會自願上前，這樣天天不務正業……實力要怎麼提升？程水公私分明，在他手下做事就算是親兄弟，也得憑實力說話，沒看到連程木都沒做出什麼實績嗎？

鄒堂主沉吟了半晌，沒說話。

施曆銘實力不錯，鄒堂主一直把他當作心腹培養，眼下出了這種事，誰也沒有想到。

鄒堂主敲著扶手，想著他應該要換一個心腹培養了。施曆銘這個人，恐怕行不通。

另一邊，施曆銘連夜去後面的塔樓，也就是僕人休息的地方找老園丁。詢問了一下，又拿著鏟子跟著老園丁去花房鏟了一些土回來。等他到書房的時候，秦苒還趴在桌子上寫字，她的手邊放著手機，黑色的耳機線順著頭髮垂下來。

言昔的這個主旋律，她在魔都就有了框架，一直來不及寫。

她將一頁紙寫滿，又皺了皺眉，把紙捏成一團，隨手扔到腳邊，再拿出一張紙出來。側著的眉眼又冷又燥，周身都斂著低氣壓，沒什麼人敢接近。

半晌，她又面無表情地寫完一頁，從頭到尾看了一眼，才拿起手機拍了一張，先傳給言昔。之後又拿起筆，慢悠悠地開始細化。

程木見到她表情緩和下來，就端了一杯茶給她。他今天無論做什麼事，心情都不好，幫秦苒倒完茶就坐在一旁思考人生。

他們這邊氣氛沉悶，與程雋那邊涇渭分明。

「程木兄弟，」施曆銘把一包土遞給程木，看向秦苒那邊低聲詢問：「秦小姐這是在幹嘛？」

秦苒腳邊有一堆揉皺的廢紙，大概沒幾分鐘就會換一張，上面只有一堆音符。

音符認識施曆銘，但施曆銘不認識它，只能勉強認出幾個符號來。

聞言，程木面無表情地抬起頭，「應該是在寫東西？秦小姐會拉小提琴。」

「喔。」施曆銘點點頭，「秦小姐是左撇子嗎？我看她一直用左手寫字……」

施曆銘不動聲色地在程木這裡得到了不少答案。

書房是很大，不過大多數的人都是練家子，施曆銘跟程木的聲音雖然小，但要是用心聽，還是聽得到。程水聽著兩人的對話，不由得嘆了一聲。

杜堂主把馬修的事情彙報完畢，才看向程雋，「老大，程火先生回來了嗎？」

幾個堂主都知道，程火是個駭客。莊園內也有傳言程火加入了駭客聯盟，不過這件事在程火那裡沒有得到證實。程火沒事就經常搞消失，想要找他，只能透過程水。但最近馬修那邊的動靜大，很多消息杜堂主也不知道，只能透過程火去查。

「他不在美洲，還要兩三天才能回來。」程雋伸手滑了一下手機，算了算時間，然後給了杜堂主一個準確的數字。

杜堂主點點頭，「我也是最近才收到馬修那邊駭客的消息，不知道他們對我們莊園內部有多了解。」

「那個駭客，」程水也收回目光，略顯疑惑，「你們沒有查出來是誰？」

「半點消息也找不到。」杜堂主搖頭，又側頭問程雋，「老大，您認識馬修這個人嗎？」

程雋只慢悠悠地靠著椅背，手上還拿著茶杯，有些心不在焉：「只有一次交鋒，他為人謹慎。」

一旁的程木跟施曆銘正聊著，剛從困惑中回過神來，聽到馬修這個名字不由得頓了一下。

「怎麼了，程木兄弟？」施曆銘拍拍他的肩膀，小聲開口，「沒事吧？」

「沒。」程木搖了搖頭。

他只是忽然想起來，國際刑警馬修跟顧西遲很熟，而秦苒、程雋跟顧西遲也很熟……

施曆銘笑了笑，「那我們繼續說明天出行的問題。路程可能要兩天半，途中不會經過飯店，明天我們去採購堂多幫秦小姐帶點東西，她不一定習慣……」

十點半，莊園的大燈還沒有熄滅。程雋看秦苒好像忙完了，就讓杜堂主等人離開。

秦苒從下午睡到現在，睏是不睏了，程雋想了想，就帶她去逛一下莊園。

莊園格局大，所有地方都是由水泥路連接，中間穿插著鵝卵石小路。秦苒他們現在住的這棟古堡是第二排，往前是一排搭樓，窗戶有點狹小，大門是半圓拱形的，錯落有致，應該是議事廳之類的地方，不少人在此來往。

兩邊是大片的果木場還有練武場，練武場不止一個，有露天的，還有搭建在塔樓地下的。

秦苒對那些歐式建築沒興趣，就停在練武場旁。整個練武場猶如角鬥場，四周被木樁隔開，地勢下陷，趴在木樁上看練武場，有種居高臨下的感覺。

縱使十點多了，練武場的大燈下還能看到幾十個人影。有人在練射擊，有人在打馬紮，還有人在練拳……五花八門。

秦苒饒有興致地看著，在練武場邊緣看到一個身影，她詫異地揚起眉，伸手戳了一下身側的程雋，「那是程木？」另一隻手指向那道硬漢身影。

程雋沒興致地看了一眼，靠在一旁的木樁上，精緻的眉目懶散：「受打擊了，在勤學苦練。」

這麼多年來，程木一直以為自己是程雋的心腹，今天發生的事情卻給他了重重一擊。他不僅比不上幾個兄弟，連兄弟的手下都比不上，所以化悲憤為動力。

秦苒點點頭，也沒問受了什麼打擊，只摸著下巴看了兩眼，然後搖頭，很嫌棄地說：「招式不對，底盤不穩。」

程雋聽到這裡，饒有興致地看她一眼，忽然笑了笑，聲音有點輕，一雙漆黑的眸子在大燈下似乎裝著揉碎的星光。

他想起大概半年前，他跟陸照影在衡川一中第一次看到她打架的時候。

秦苒瞥他一眼，挑眉，問他在笑什麼。

「不是，」程雋伸手抵著唇，轉了話題，「剛剛程水告訴我，妳明天要跟採購堂一起出去？」

秦苒又繼續看他們訓練，漫不經心地「嗯」了一聲。

「要帶的東西我讓人準備好了，明天我要去跟馬斯家族談一樁生意，就不跟妳一起去了，讓程木和施曆銘跟妳一起去。」程雋把她大衣的帽子扣上去。

秦苒頓了頓，然後點頭。

＊

杜堂主住在程雋那棟古城的後面一排，靠左邊，那是執法堂。

他從古堡書房出來就回去自己的辦公室，沒有休息，而是在電腦上查找資料。

外面有人敲門，他也沒抬頭，直接開口：「進來。」

敲門的是鄒堂主，他穿了件大衣，眉微微擰著，似乎有化不開的愁緒。

「怎麼了？」幾個堂主之間也很熟了，杜堂主放下滑鼠站起來，示意鄒堂主坐到會客桌，「這麼晚來找我？」

「我想和執法堂調一隊人馬。」鄒堂主也沒客氣，直接說了來意。

採購堂跟執法堂並不相斥，採購堂是武力值最弱的，卻是最有錢的，陰招多，打不過就開槍。眾所周知，莊園中武力值最高的就是執法堂。執法堂的隊長都是見過血、進過角鬥場，打過生死擂臺的。

杜堂主幫他倒了一杯咖啡，「你說。」

鄒堂主會在這時候來找他借人馬，肯定有內情。

鄒堂主沒隱瞞，直接把秦苒那件事倒出來，「我問過程先生，要是那位秦小姐真的少了一根汗毛，我們都要被老大換血。」

這件事不用鄒堂主提醒，杜堂主剛剛在書房就已經領教到了。

他把茶杯啪地一聲放在桌子上，眉頭擰緊，「你們是去交接貨物，又不是去玩，真是胡鬧。」

現在正是幾方勢力交鋒的時候，也缺人手，下個月杜堂主正準備考核招新，這個時候偏偏還來一個搗亂、占用人手的。

兩人相互看了一眼，神色都極其複雜。跟在程雋後面做事的，基本上都是以能力看人，每年的考核標準也是看這一方面。程雋無疑是個好老大，在這之前，莊園的所有人都覺得程雋幾乎找不到缺點，直到今天……

「我們在查執法堂的事，人手不多，明天把執法堂一隊的幾個人給你。」杜堂主最後還是分了最強的一隊給鄒堂主。

鄒堂主一愣，他沒想到杜堂主會這麼好說話，還真的分了人馬給他。他還以為杜堂主會直接去找程雋，不讓那位秦小姐摻和進來。

他喝了口咖啡，沒立刻離開，多問一句，「那位秦小姐……老大今天好像沒有跟我們介紹？」

杜堂主一聽就知道鄒堂主在想什麼，只看了他一眼就洞悉了他的想法，「沒介紹，不代表不重視。」

＊

程木一直到十二點才從練武場回來，他停下來的時候，練武場裡還有十幾個人影。不時有人停下來，指著他這邊笑。

「雋爺？」往外走兩步，就看到站在不遠處的一道身影，他停下腳步。

「嗯。」程雋先讓秦苒回去睡覺了，他手裡習慣性地拿了根菸，舒雋的眉眼懶懶散散，「明天好好跟著秦小姐，有事隨時跟我聯繫。」

他叮囑了一句，程木卻抿起唇，想了半晌，十分羞愧地低頭，「雋爺，您換人保護秦小姐吧！我實力不夠！」

執法堂裡最弱的人都能把他打趴……

聽到這一句，程雋揚了揚眉，伸手整理大衣，眉目清然地開口，「你是從什麼地方看出我是讓你去保護秦小姐的？」

程木一愣，程雋收回了目光，語氣又清又緩，慈愛地開口：「我是讓你照顧她的花，順便打理雜事。」

程木：「……」

次日一早，程雋六點就離開了。他走的時候秦苒還沒醒，他就沒叫她，等秦苒起來的時候，已經七點了。

她洗好澡、吃完飯出門的時候，程木已經把那盆花包好了，施曆銘手裡則拿了一個很大的行李箱，「秦小姐，我們可以出發了。」

莊園的大門邊已經停了一個車隊，兩旁站著十幾個人影，鄒堂主就站在隊伍中央，言辭犀利地下達命令。眼角餘光看到秦苒他們過來，他的聲音頓了頓。

「秦小姐。」他十分有禮貌地跟秦苒打了個招呼，「你們的車是中間那輛。」

鄒堂主是第一次看見秦苒，看到她那張年輕漂亮的臉，心下更加擔心。

秦苒正看著言昔傳來的訊息，漫不經心地「嗯」了一聲，姿態懶散地坐上中間那輛車，由施曆銘開車，程木坐副駕駛座。

等他們上了車，站在兩邊的人才疑惑地看向鄒堂主，「那位就是秦小姐？要跟我們一起去？」

秦苒要一起去接貨的事情除了幾個隊長，其他人都不清楚。

鄒堂主點了點頭，艱難地說：「程水先生說，她是去玩的……」

採購堂的一眾人瞬間沉默下來，她瘋了吧……

車隊整頓出發。

美洲是由山區與平原交會，是所有國家建立起來的一個國際交流中心。臨海，因為地理優勢，各路人鬼龍蛇混雜。

採購堂要去的是他們自己的碼頭。八點，車隊準時出發，施曆銘坐在駕駛座上，一邊開車跟著車隊，一邊跟秦苒、程木介紹。

「就是跟礦場那邊的兄弟交接貨物。」施曆銘的手放在方向盤上，車子已經開出了最繁華的交易金融中心，開始有平原出現，「美洲限飛，所以我們要去邊界把貨物帶回來，這趟任務才算完成。剩下的就是分配市場，一般情況下，這種事情很輕鬆，所以採購堂的實力都偏低。」

施曆銘說實力偏低的時候，副駕駛座上的程木腦袋直接垂下來。

秦苒坐在後面，手放在車窗上，看著異域風情的外面，語氣也漫不經心的，「今天不一般？」

「嗯，馬斯家族想要我們手中這塊肉很久了。不僅是我們手中掌控的生意，美洲邊界最有利的停機坪也是我們的，其他商隊都要給錢。」施曆銘跟著車隊將車開到泊油路上，眉飛色舞地介紹。

「最近一個月，馬斯家族想要吞下我們的生意，馬修也在找我們走私的證據，要接下這批貨恐怕會有點難。不過秦小姐，妳為什麼想要跟車隊一起出發啊？」施曆銘看著後視鏡說。

秦苒用手撐著下巴，挑著眉眼笑，眉宇間依舊懶散，似乎還有一點邪。

施曆銘覺得自己有一瞬間看錯了，他瞪大眼睛再看，秦苒又恢復了之前的模樣。她用手撐著下巴，姿態懶散地回他：「就想去玩玩。」

不知道為什麼，施曆銘總覺得秦苒說的「玩玩」好像挺有深意。

「那個馬修是國際刑警，」施曆銘繼續跟兩人介紹，不過怕兩人無聊就沒多說，一筆帶過，「馬斯家族則主要是在美洲金融中心。」

車子開了四個小時，就幾乎看不到人煙了，馬路兩旁只能偶爾看到錯落有致的小鎮。

十二點多時，車隊在路邊依次排序停下，鄒堂主安排人員吃飯。

「鄒堂主，我們在車上啃乾糧就好。」駱隊是執法堂的人，他坐在第二輛車，一下車就來找鄒堂主，「為什麼還要停下來？這樣我們能在晚上九點到嗎？」

鄒堂主沒有回他，只是看了眼後面。駱隊順著他的目光看去，一眼就看到了秦苒等人。

施曆銘跟程木正拿出後車廂的保溫箱，從裡面拿出莊園僕人早上裝好的食物，很精緻，跟鄒堂主這些糙老爺們吃的完全不同。不像是來執行任務，像是來郊遊的。

駱隊來之前被杜堂主囑咐過，見到是因為秦苒也沒有多說，只低頭嘀咕一句「女人真麻煩」，就去找乾糧了。

「秦小姐，」鄒堂主吃完一塊麵包，才跟採購團的幾個隊長來找秦苒，「這麼長的車途還習慣嗎？下午可能不會停車。」

秦苒穿著毛衣，外面是黑色的羽絨衣，長及膝蓋，帽子則扣在頭上。她穿起來不顯臃腫，白皙修長的手指拿著保溫杯，一口一口喝著水。

見鄒堂主過來，她就拉下了羽絨衣的帽子，露出一張雪白的臉。

「還行。」她喝了一口水，言簡意賅。

看起來不像個多話的人，鄒堂主只詢問了兩句，見她很適應也沒有抱怨什麼就沒再多問。

「鄒堂主，馬修會找到我們這裡來嗎？」施曆銘也拿了一塊糕點，坐在地上看向鄒堂主。

「我昨晚問過杜堂主，大概不會。」鄒堂主說起馬修的事情就忍不住皺眉。

另一邊，程木從昨天開始心情就一直很低落。

這不是他第一次聽到馬修這個名字了，他咬著麵包，看向施曆銘，「你們執行任務還能跟國際刑警馬修交涉？」

馬修這個名字，程木從江東葉口中聽過，自然知道對方有多厲害，還曾經幫顧西遲擺平過不少事。那時候，程木只把馬修當作一個傳說，畢竟在國際上能跟那些大人物齊名的馬修，對程木當時的圈子來說十分遙遠。但他沒想到到了美洲，他有可能會碰到馬修。

「經常會碰到，你待久就知道了。」鄒堂主看了程木一眼，說了一句就朝旁邊走。

程木再一次感覺到了巨大的差距。

「馬修想要找到我們的馬腳不是一天兩天了，他是個狠角色。」施曆銘從後車廂裡拿出了一瓶水，擰開來喝了一口。

馬修跟顧西遲關係那麼好，那秦小姐呢？想到這裡，程木又忍不住看向秦苒。對方低頭喝水，眉眼垂著，看不太清楚表情。

程木想要問她認不認識馬修，畢竟她跟顧西遲那麼熟……不過現在人多，程木沒問出口。

不遠處，執法堂的駱隊叫了聲施曆銘的名字。

「秦小姐，我去找我以前的兄弟，馬上就回來。」施曆銘跟秦苒說了一聲，朝駱隊的方向走。

「施曆銘，你怎麼回事？」駱隊看著施曆銘，壓低聲音，「你以前不是跟我說過，以後會努力訓練，重新考進執法堂嗎？下個月就要重考了，現在怎麼……」

他看了一眼秦苒的方向，欲言又止。

剛剛在車上，幾個大男人也閒聊了幾句，駱隊也打探到了施曆銘現在每天做的事情，不由得皺眉。

「我覺得現在不錯，」施曆銘笑了笑，「秦小姐其實懂很多東西。」

駱隊見他這樣，也不再勸說，一言難盡地拍拍施曆銘的肩膀，就拿著一瓶水離開了。

施曆銘重新回到車上，休息了二十分鐘，車隊重新出發。

秦苒昨天睡了很久，在車上也不想睡，就拿出手機看了一眼。

言昔回了一段語音訊息，秦苒就從口袋裡摸出耳機戴上，聽了一遍。

他讓他的專屬演奏樂隊把前奏彈了出來，是抒情歌，但節奏感很強，言昔自己聽完都起了一身雞皮疙瘩。

只有三十秒的音訊，秦苒剛聽完，言昔那邊又傳了一句：『神仙編曲！神仙前奏！』

之後又傳了「噗通跪下」的貼圖。

秦苒早習慣他這麼大驚小怪的樣子了，按著播放鍵又聽了一遍，垂著眼眸仔細思考還能再細化的地方。

下午怕施曆銘疲勞，換成程木開車。現在已經開出美洲交易中心了，就這麼一條路，施曆銘也不怕程木會開錯。

晚上八點，到達美洲邊界。

邊界有專人看守，站著一排軍警，手上拿著熱軍武，在路邊的大燈下反射出一大片寒芒。

出入邊界都要做例行檢查。美洲屬於金融交易中心，每日的交易量跟出入人流量都極大，因此旁邊有一排車等著接受檢查。

但鄒堂主車隊的車牌號碼都是特定的，開路的那輛黑車邊緣插著一支旗子，就是程雋莊園上掛著的旗子。

看到那支旗子，邊界處一道鎖死的門被打開，站在邊緣處的軍警立刻讓開一條通道，整個車隊幾乎沒有停下就駛出了邊界。

邊界處，正在接受檢查的正是戴然跟秦語一行人。

秦語從車上下來，就看到旁邊有一個車隊直接開出了邊界，她看著那些車尾好久，不由得側頭問身邊的戴然，「老師，為什麼他們不用檢查？」

戴然來美洲的次數也不多，還是第一次遇到這種情況，聞言，他搖了搖頭，「我不知道。」

身邊一個同樣從車上下來接受檢查的金髮碧眼商人聞言，笑了一下，「美洲的勢力繁多複雜，有幾方勢力就算是美洲州長也不敢惹。看到那車上掛著的旗子沒？黑底紅花、曼珠沙華，一看就知道是誰的車隊了。除了國際刑警，誰敢去查他們啊，除非不要命了。」

秦語跟戴然都不知道那旗子是哪方勢力的。戴然最多只知道馬斯家族，還是因為他在宴會上遠遠看過馬斯家族的管家。而秦語這次來美洲，長了不少見識，才知道世界有多大，她的一方天地有多小。

她捏了捏手腕，對明年京城學院的名額勢在必得。

鄒堂主這一行車隊駛出邊界，又開了一個多小時，晚上九點半才到達偌大的停機坪，臨靠著兩邊山頭。

程木將車停好，就看到秦苒似乎在看手機，他也沒催，只解開安全帶先下車。前面的杜堂主等人也下來了，正在跟人通電話，不知道在說什麼，

車內，秦苒關掉跟言昔的對話框，剛想按滅手機，就看到頂端跳出一條訊息：

『c：馬修要找妳。』

第二章　亡命之徒在烤肉

秦苒看到了這條訊息，沒下車，只是伸手點了點唇，眼睛微微瞇起。

半晌後她才伸手，按著手機回一句：『怎麼找到你的？』

馬修跟常寧完全屬於不同的勢力。常寧的一二九總部在京城，馬修則有自己的情報網，按照常理來講，馬修跟常寧根本不會有交集……他怎麼會突然找上常寧，還揚言要找她？若真是這樣……直接找她本人不是更方便嗎？透過常寧太曲折了。

秦苒抬眸看向窗外，窗外一片大燈。

常寧那邊沒有回答，又傳了一句：『方便通話嗎？』

秦苒想了想之前施曆銘說的話，不知道馬修找常寧有什麼事，她一邊回了個「嗯」字，一邊從口袋裡掏出耳機塞進耳朵裡。剛伸手打開車門，常寧的通話邀請就彈出來了，秦苒按下接聽。

「他找你幹嘛？」

外面風大，秦苒直接拉上帽子，目光掃了掃，就看到不遠處的程木。她走過去，聲音被風吹到壓得有些低。

手機那頭的常寧現在還是上午，他找人要了一杯咖啡，坐到椅子上開始瀏覽今年的入會人員，『他很奇怪，竟然找我們一二九接單。』

這麼一說，秦苒才反應過來，伸手把手機塞到口袋裡，看了周邊的人一眼。施曆銘跟程木在不遠處和鄒堂主說話，其他人也各有各事，沒人注意到她這邊。

她壓低聲音，「所以馬修找的是孤狼？」

『當然。』常寧翹著二郎腿，伸手點著滑鼠，『不是孤狼還會是誰？妳的身分目前只有我跟何晨知道。』

「那就好。」秦苒淡定了，她靠上身邊的路燈，語氣又恢復以往的散漫，「找我接什麼單？」

常寧看著電腦上的人選，笑了笑，『他找妳查Q。』

Q，之前在美洲曇花一現的駭客，是個令各大網警頭痛不已，卻完全沒轍的存在。

『妳說，馬修是不是想讓妳跟Q較量？』常寧在電腦上滑到了歐陽薇那一頁，瞇起眼，『妳們情況差不多，也幾乎都沒碰過面。』

孤狼這個名字在馬修那裡也留過名，入侵過馬修的系統太多次了，所以馬修找上常寧的時候，常寧才留了一個心眼。

「那倒不是。」秦苒看了一眼施曆銘，他跟程木已經往回走了，「他就是單純想知道Q。這一單你別接，我這邊還有事，先掛了。」

另一頭的常寧還想問一句妳怎麼知道的，但一句話還沒問出來，秦苒就掛斷了電話。

「秦小姐，往這邊走。」

施曆銘剛跟鄒堂主交接回來，確定了秦苒的住處就先帶她進去，他手上還拎著莊園那邊幫秦苒裝好的行李箱。看她這身休閒的裝扮，倒有點像來旅遊的。

這裡說是停機坪，其實占地面積不小於雲城機場。現在已經接近晚上十點，來往的人卻似乎比白天還多，大多都是旅遊團跟一些打扮怪異的人。

「這裡是我們其中一個據點。」施厝銘一邊帶他們往裡面走，一邊幫秦苒跟程木介紹，「是一個貿易中心，執法堂常年有兩隊人馬在這裡駐紮，另外還有外貿堂的人，駱隊在跟他們交接。」

停機坪很大，雖然散落，但劃分得很有規律，並不像普通機場那麼正規，直升機、私人飛機、商機都有，一眼看不到盡頭。

施厝銘帶秦苒他們走一條路，直接通往一棟大樓，大門也是黑色煉鋼的。

程木看到大門的時候，一眼就想起了顧西遲家那個瞳孔驗證的高科技大門。

他還沒想完，就看到大門亮了一下，施厝銘拿出一張卡，古樸的機器音傳來：「驗證成功。」

大門打開，施厝銘轉頭想要跟兩人解釋一下這道門的來歷，一偏頭，就發現秦苒正漫不經心地滑著手機，似乎沒有注意到異樣，連一向大驚小怪的程木也有點淡定。

施厝銘要是真的問了程木，程木一定會特別淡定地告訴他自己見過比這個高級的瞳孔驗證。

施厝銘摸了摸鼻子，「我們去三樓，那是為老大留的房間，不過他沒來過幾次。」

整棟樓裡只有幾個忙碌的人影。施厝銘剛帶他們進去房間，外面就有人送飯進來。

秦苒在房間內轉了轉，然後坐到電腦面前。而程木吃完飯時，口袋裡的手機就響了一聲，是歐陽薇傳來的訊息，詢問他跟陸照影要不要打遊戲。

程木低頭回絕了，然後轉身看向施厝銘，「這裡面有訓練場嗎？」

「當然有。」施厝銘讓人把碗筷收拾一下，又跟秦苒說了一句有事找他，就帶程木出去了，

「正好我也要去訓練，作為老大的手下，訓練不能停，總有一天我也能像程水先生那麼厲害就好了。」

另一邊，京城——

歐陽薇有些煩躁地扔掉手機。陸照影就算了，為什麼程木最近也不理她了？

她看著手機，想不通這一點。

「小姐，」外面有管家敲門，「今天一二九那邊要寄出第一輪通知了。」

歐陽薇暫且放下程木的事，看了眼手機，心裡也打定主意，這段時間不要再聯繫他們了。

此時美洲邊界，駱隊跟鄒堂主都還在車旁等著。

「貨什麼時候會到？」鄒堂主走到看臺上，看了眼機場的方向，駱隊就跟在他身後。

他身邊是一個穿著軍綠色大衣，頭頂戴著小氈帽的中年男人，毛茸茸的衣服襯得他眉骨旁的刀疤沒那麼凶殘，只有一雙眼睛深邃犀利，讓人不敢直視。

這是程雋手下的大將霍爾，實力恐怖，是鎮守美洲邊界的第一人。

他嘴邊叼著一支菸，聲音雄渾，「淩晨一點，明天上午交接。」說完後，他頓了頓，擰眉看向秦苒他們離開的方向：「剛剛那三個人是誰？」

「是秦小姐……」鄒堂主解釋了兩句秦苒的身分，「我感覺風向不太對，霍爾先生，您走的時候能借我一隊人馬嗎？我怕秦小姐出事。」

「該死，麻煩，」霍爾往前走了兩步，「我會調一個分隊的人馬給你，人數不能太多，不然邊界這邊鎮守不了。」

兩人正說著，不遠處有個人匆忙跑過來，「霍爾先生，貨物的路線被人攔截了！初步懷疑是馬斯家族的人。」

「攔截？技術人員呢？」

霍爾碧綠的眼眸一深，眉骨上的那道疤痕猶如蜈蚣般彎起來。鄒堂主聞言，神色也緊張起來。

「技術人員已經在處理了，但是程火先生不在，我們行蹤又被洩漏了，回美洲的途中很容易被劫貨……」

停機坪的眾人緊張兮兮。

樓上，秦苒坐在房間的沙發上，跟陸照影打完了一局遊戲，還要開下一局，秦苒卻沒再動。她的手指放在鍵盤上，電腦依舊是她慣用的那台黑色筆電。她伸手敲了幾個鍵，電腦螢幕切換成藍底的虛擬網路螢幕，螢幕上有好幾個紅點在互相追逐較量。

秦苒瞇了瞇眼，輕笑一聲，「好熱鬧……」

『什麼？』耳機另一邊的陸照影催她快點進遊戲。

秦苒喝了一口水，不緊不慢地回答，「你先玩，我找到一件更好玩的事情了。」

程木被施曆銘血虐了一頓，接近淩晨一點的時候才從練武場回來。他似乎更頹廢了，因為他意識到施曆銘還是弱了一點。

「程木兄弟，沒事，」施曆銘拍拍程木的肩膀，安慰他，「我在採購堂算很厲害的，你其實也不錯。」

程木沉默寡言，抿著唇，沒開口說什麼。

他知道施曆銘是被執法堂淘汰才進採購堂的，連施曆銘這樣的實力都不能進執法堂的話，那執法堂的其他人呢？比執法堂杜堂主還厲害的程水呢？聽他們說，程火也是實力非常恐怖的駭客。

看著程木這樣，施曆銘跟在他身後，不由得摸了摸鼻子。

他知道程木是秦苒身邊的紅人，他真的留了一手，還準備跟程木打個平手，誰能想到⋯⋯

套房大廳的燈還開著，兩人進去的時候，秦苒正坐在沙發上抱著電腦玩。

電腦似乎是藍屏，秦苒微微低著頭，臉上還有些玩世不恭的肅冷。

等兩人走近，電腦變成了九州遊的遊戲畫面，陸照影的聲音從電腦裡傳來。

『我靠，奶我！奶我！你這個垃圾隊友！秦小苒，妳什麼時候來啊！』

秦苒漫不經心地伸手按了一下「Enter」鍵，關掉了陸照影的聲音，十分淡定地側頭看向兩人，真誠邀請，「要一起打遊戲嗎？」

與此同時，鄒堂主這邊的技術人員看著突然崩潰的連結，扶著眼鏡愣在座位上。

「怎麼了？」鄒堂主一直在注意他們的情況，見狀立刻走過來。

技術人員移開手，很玄幻地開口，「鄒堂主，他們那邊好像自己崩掉了⋯⋯」

「那是好事，有沒有攔截到什麼有用的訊息？」鄒堂主放下聯繫程火的手機，鬆一口氣，「一點了，貨馬上要到了，我們邊走邊說。」

技術人員立刻站起來，跟鄒堂主一起下樓接貨，「收到了一條資訊，他們明天準備走二六大道，明天你們回莊園的時候最好兵分兩路……」

兩方人馬渾然不知剛剛他們在網路上互相交手，打一場沒有硝煙的戰爭時，有個奇怪的東西混進去了……

次日，秦苒很早醒來，她起來之後，程木就揹著一個包包過來幫她照顧一下帶過來的花。

他站在花盆旁，仔細端詳著，今天的花葉似乎有些沒生氣。他拿起手機，點開林同學的大頭貼詢問了一句，還拍了一張花的照片傳過去。

這個時候，國內正是晚上七點，程木覺得林思然可能在晚自習，又把這件事跟程管家介紹的特別厲害的老園丁說，結果林思然跟老園丁的回覆幾乎同時傳來。

『正常。』

字數、標點符號，一個都不差。

程木疑惑地看了一眼，見到兩個人都說沒事就把花盆放下，然後跟在秦苒和施曆銘身後出去逛。

秦苒依舊穿著黑色的羽絨衣，長及膝蓋，襯得她整個人十分清瘦。黑色羽絨衣的袖口繡了一朵紅色的花，是清晰又顯眼的曼珠沙華，這是她前天來美洲時程水幫她準備的衣服，行李箱裡的衣服也大多數都是這個色系的。

一行三人走出大樓，就朝外面走。

三日月書版
《神祕主義至上！為女王獻上膝蓋》©一路煩花/Tefco/三日月書版2023 Not for sale

美洲邊界混亂，不屬於任何一方的勢力管轄，旅遊團的人在這裡只會待在飯店不敢亂跑。靠近停機坪這邊稍顯和平一點，但也是商業黑市、角鬥場拍賣場的聚集地。

帽子有點遮擋視野，秦苒就拉下了帽子。她這長相，在各色膚色的人中都十分顯眼，身上又頹又野的邪氣也極其引人注意，然而，大多數人的目光在碰到她袖子上的花紋後避之唯恐不及。

外面冷，很少有神乎其神的人擺攤子，施曆銘就帶秦苒他們去地下拍賣場。因為沒有預約，三個人沒進包廂，就混在一群人中看著拍賣台。

臺上的拍賣師是一個金色長捲髮的老人。

「接下來的這個物品，是雲光財團旗下開發出來的自動系列機器人EA3號，其中EA1號在英國女王那裡，起價七百萬。」

雲光財團控制了網路跟「食」這兩大方向，無疑是這兩個領域的領軍人物。

拍賣師敲了一下錘子，一群人就沸騰起來，開始十萬二十萬地往上加。至於樓上那些包廂的大人物，暫時還沒有人出手。

「這個機器人有這麼多人想買？」

程木看那個機器人，總覺得除了顏色，其他好像跟顧西遲家的那個沒什麼區別。不過顧西遲家的那個特別好用，江東葉打探了好幾次都沒打聽到來歷。

施曆銘只是迅速掏出手機撥通了程水的電話，跟程水彙報這邊拍賣場的情況，來不及跟程木解釋。

拍賣場的大螢幕上放大了機器人，能清楚看到機器人的手腕上有明顯的一朵紅色罌粟花標誌。

施厝銘看著大螢幕放大的細節，將手機放到耳邊，「程水先生，沒有看錯，上面有標誌。」

另一邊的程水看了一眼坐在房間裡的程雋，想了想，拿著手機走出門，壓低聲音，『老大現在正在跟馬斯家族談判，你先拍下來。』

施厝銘又跟程水說了兩句，就掛斷電話。

「秦小姐，妳有沒有覺得那個機器人很眼熟？」程木暫且忘了最近這兩天被打擊的事，偏頭看向秦苒。

程木沒仔細觀察過顧西遲家的小二，不知道手腕上有沒有罌粟花標誌。

秦苒低頭滑了滑手機，聽到程木的聲音，只略微抬了抬眼，挑眉：「沒。」

最後，施厝銘拍下了那台機器人。

他手裡沒錢，卡裡的錢也不夠，不過留下了霍爾的聯繫方式。拍賣場的人一聽施厝銘表明自己的身分，也不糾結他有沒有付錢，直接表明過兩天就會送回去。

等所有手續流程辦完，施厝銘才解釋：「那是EA3機器人。雲光財團掌控著世界上最齊全的智慧系統，機器人是外界唯一能接觸到的核心，雲光集團之所以能在科技界站穩，就是因為拿出了這套智慧系統。」

程火惦記著這套智慧系統很久了，施厝銘也沒想到這次出來會正好碰到。

「智慧系統？」程木不是第一次聽到這個名詞了，但總覺得施厝銘所說的智慧系統，跟他想像的不太一樣。

秦苒站在一旁扣上帽子，沒說話。

施曆銘顯然是知道一點內情的，他看了眼手機，鄒堂主傳來訊息要他們趕緊回去，提前出發。

「我也在情報局待過幾天，在程火先生那裡看過資料，二十年前國內好像有個隕石坑……」施曆銘說到這裡，壓低聲音，「好像是超前文明。」

秦苒一手枕在腦後，聽著兩人嘀嘀咕咕，不由得側了側身，姣好的眼睛瞇起，語氣涼薄：「超什麼前，走了。」

眼睛裡，是譏笑又摻雜著冷漠的薄涼。

一行人回去的時候，鄒堂主等人已經集結完畢了。車隊已經列隊排好，比來的時候多了兩輛黑色的車，所有人都站成兩排。

鄒堂主手中拎著一個黑色的箱子，看到秦苒他們回來，皺著的眉頭才終於鬆開。他直接把箱子裝到秦苒的那輛車，聲音很沉：「秦小姐，你們快上車，我們分兩路走。」

秦苒看了一眼，就知道鄒堂主放到她車裡的是他們這次的貨物。

她點了點頭，沒立刻上車，只朝施曆銘看了一眼，施曆銘立刻理解地點頭。

程木跟他說過，秦小姐不管去哪裡，什麼東西都可以不要，但她那個黑色背包一定要帶。

「施曆銘，時間緊急，你們先走。」鄒堂主見到施曆銘往回走，出聲阻止，「你幹嘛？」

「秦小姐還有行李，我去幫秦小姐拿行李。」他速度很快，一句話剛說完，人已經不見了，鄒堂主都來不及阻止。

站在一旁的霍爾眉骨上的刀疤動了動，似乎很不悅，但還是忍下怒氣，沒有開口。

程木看了霍爾跟鄒堂主一眼，沒開口。秦苒那台電腦有多重要，就算他解釋好像也沒用，畢竟他人微言輕。

沒幾分鐘，施曆銘就拿著一個行李箱跟一個背包出來了。

「駱隊，你帶秦小姐他們繞路走，」鄒堂主轉身，看向駱隊，「我們走二六道，吸引火力，秦小姐的安危就交給你了。」

駱隊是執法堂一隊的人，在這行人中武力值最高，派他保護秦苒最好。

一行人兵分兩路，鄒堂主按照他們以往的路線，帶著龐大的車隊走原路回去。而秦苒這邊只有兩輛車，還摘掉了黑色旗子，一輛是秦苒這三個人，一輛是駱隊執法堂那四個人。

秦苒坐在後座，手機響了一聲，是程雋的電話。

他那邊似乎剛忙完，聲音聽起來有些倦怠，『出發了？』

「嗯，」秦苒將手撐在車窗上，羽絨衣被她脫下來隨手放在一旁，修長的手指無意識地敲著車窗，「小施說明天早上會到。」

不走小路，開車十二個小時能到，因為走小路會到淩晨。

程雋正往外面走，他低頭扣上大衣的釦子，眉眼挑著：『好好玩，沒事別動手。』

她打起架來沒輕沒重的，程雋還記得她右手受傷的那一次。

聽到這一句，秦苒沉默了一會兒，沒立刻開口，程雋就耐心地等著。

半晌，秦苒「啊」了一聲，似乎很厭煩，但還是點頭答應了，「我知道了。」聲音似乎有氣無力的。

兩人說了幾句，程水在另一邊叫了一聲程雋，程雋才掛斷電話。

秦苒就低頭看手機，副駕駛座的程木不久後也接到了程雋的電話。

下午五點，他們過了邊界，進入美洲。駱隊一行人見一路平安，稍微鬆了一口氣。

太陽開始下山，一行人停下車休息。這次沒有龐大的車隊，程木也得到了程雋的吩咐，就不像以往那麼趕。他生了火，還從行李箱中翻出一個烤架。

後面那台車的駱隊四人也拿了麵包跟一瓶水下來，看到程木跟施曆銘很騷地拿出莊園廚娘幫他們準備的肉來烤。

秦苒摸了摸口袋，沒有糖也沒有菸。沒過一會兒，就看到她十分吊兒郎當地叼著一根草，坐在小板凳上翹著二郎腿烤肉。

「駱隊，」跟在駱隊身後的人終於忍不住低聲抱怨，「他們真的是來郊遊的嗎？車上還有我們的貨……」

駱隊的臉色也不好，但只低聲開口：「別說了。」

但是從現在開始，這幾個人沒有表面上那麼尊敬秦苒了。

周邊還有沒融化的雪，十分安靜，只有秦苒三人手中烤肉的聲音。

安靜到連程木都感覺到不對勁了。

他猛地抬頭看向四周，站起來走到駱隊的方向，「有埋伏？」

駱隊也扔下麵包，臉色沉下來，「先上車！他們走的不是二六道！我們被騙了！」

但已經來不及了，刺目的大燈閃著，刺耳的剎車聲尖銳，有一輛中型貨車停下來，一行身上幾乎染著血氣的傭兵從車上跳下來，手上拿著各式武器。

「秦小姐！」駱隊這幾個人看到秦苒還一動也不動地坐在火邊烤肉，像傻子一樣，不由得揚聲喊道。

駱隊身邊的年輕男人也低咒一聲，「找死吧？」這個時候竟然還在烤她的肉？

傭兵越走越近，足足有三十個人，這是一場不用打就已經分出勝負的局。

為首的傭兵也不急，他慢慢走近，似乎這一切都是囊中之物。看到秦苒還在低頭認認真真地烤肉，不由得戲謔地笑了笑。

他抬腳，踢翻烤肉架。

秦苒認真烤肉的手一頓，盯著沾上灰燼的烤肉，眼眸瞇了瞇。

她辛辛苦苦烤到現在的肉，沒了。

程雋告訴她，沒事不要打架，但是現在，沒、肉、吃、了。

她垂著眼眸，眸底醞釀著又邪又冷的光，翻湧著血色，就這樣低著頭看了那塊肉許久。

隱藏在身體深處的惡魔似乎被戳開了一個缺口，「砰」地一下炸開。

「秦小姐，」駱隊幾人靠過來，「別坐著烤肉了，妳先上車！」

執法堂一隊的四個人要一人對付三四個沒問題，至少還能攔幾分鐘。他們也知道這次肯定中了敵人的計策，對方根本就是拿二六大道來當幌子！眼下最重要的已經不是貨物了，而是秦苒的安危，所以見到這時候秦苒似乎還搞不清楚情況，他真的想罵人！

這時，秦苒在一行人的注視下終於站起來，先是伸手彈了彈烤肉上的灰燼，然後抬頭看向那群傭兵，嘴裡叼著的草微微晃動著，她就伸手把草拿下來，側過頭，笑得風輕雲淡：

「剛剛，誰踢了我的烤肉架？」

此時氣氛很緊張，誰也沒想到秦苒會說這句話，連那群傭兵都沉默了一下，然後看向秦苒，有些不可思議。

駱隊等人原本以為秦苒站起來是準備上車的……

聽到她的聲音，駱隊跟傭兵們的第一反應都是這女人瘋了吧？

「秦小姐，別惦記著烤肉了，這些都是傭兵，殺人不眨眼的！」駱隊幾乎有些崩潰地轉過頭。

他身邊的人面對三十個傭兵，心裡緊張得不行，誰知道秦苒會突然說出這句話。

傭兵們都是亡命之徒，何況有三十個人。如果鄒堂主那一行人在這裡，面對三十個傭兵不是沒有一戰的能力，但現在算上秦苒，他們才七個人。

只有七個人，他們還要分心去保護秦苒，這場架根本就沒有打贏的可能。

此刻，無論是駱隊還是施曆銘或程木，臉上都很不安，露出如臨大敵的驚恐之色。駱隊更在那輛中型貨車出現的時候就按亮手中的通訊器，把這裡的情況報告給程水。

只見駱隊吼完那一句話，秦苒依舊站在原地，看著那群傭兵不動。

她真的是來度假的？駱隊身邊幾個摸出武器的手下，不由得低罵了幾聲。

這不是在度假，也不是在演習！他們真想敲醒這個女人！

「烤肉架？」為首的傭兵反應過來，往後退了一步，疑惑地嘀咕一聲，然後看向秦苒，「是我踢的，妳準備怎麼樣？」

因為人多，傭兵們對這次出行的結果沒有絲毫意外。他雙手環胸，戲謔地看著秦苒。
秦苒點了點頭，然後往後退一步，「不怎麼樣。」
羽絨衣很長，很礙事，她直接伸手拉開拉鍊，脫下羽絨衣，隨手扔到身旁的車上。
裡面是一件沒特別長的毛衣。秦苒伸手將毛衣的衣袖捲起來，動作不緊不慢，眼睛半瞇著，稱得上有點懶散，只是那雙瞳孔深處微帶著的血色讓人不由自主地感到背後發寒。
周圍還映著雪色。
「秦小姐！」
程木沒有親眼看見過秦苒打架，但知道她以前在學校打過架。跟許慎打架的那一次，程木還幫忙處理了後續一連串的事情。但眼下這些人不是學校裡那些沒見過世面的學生，而是國際社會的亡命之徒，動起手來凶狠殘暴。
然而，程木的下一句話噎在喉嚨裡還沒說出來，秦苒就動手了。
傭兵是真的沒把秦苒當成一回事，見到秦苒動手，他還笑了笑，連武器就沒拿出來，只伸手想要抓住秦苒的手臂。誰知道他沒抓到秦苒的手臂，他的手臂還忽然傳來一陣錐心裂肺的疼痛！
砰——傭兵首領被一道力量狠狠打到一邊的樹上！
此刻，不僅是那群傭兵，連駱隊這行人都不敢置信地看著這一幕，「這怎麼可能！」
現實情況也等不了他們多想，傭兵們愣了一下就紛紛拿出武器。
被打到樹上的傭兵首領扶著樹，沒爬起來，只是擦了擦嘴角，狠戾地說：「給我把那個女人抓起來！」

二十多個傭兵一擁而上。駱隊跟程木這些人都來不及驚訝，就陷入了混戰中。

原本想像的是一場艱難、以少對多的艱難混戰，誰也沒有想到秦苒的身法很快，每拳都命中人的弱點。她遊走在一群傭兵之間，猶如行雲流水，幾乎沒費多少力氣，一群傭兵就躺在地上了。

秦苒還站在人群中央，周邊零零散散地躺著一地的傭兵。

全場陷入詭異的寂靜，駱隊等人也沒反應過來。

「駱駱駱隊，」駱隊身後有一人終於率先反應過來，「我剛剛好像看到看到看到秦小姐……」

這個人有些傻住。

駱隊沒有說話，施曆銘也沒說話，就連程木都十分僵硬地站在原地。

此時的他終於有些明白了，程雋那一句不用你保護她是什麼意思……

眾人沉默著，秦苒卻折回車邊打開車門，從裡面抽出一張面紙，一邊擦手一邊走到為首的傭兵面前。她蹲下來，微微側著頭，聲音散漫地說：「我的烤肉架被你踢翻了。」

五分鐘後，駱隊一行人看到詭異的一幕。

一行傭兵苟延殘喘地站在一旁，而傭兵首領坐在地上，用水把烤肉架擦乾淨，又重新生火。等明火熄滅，他才開始烤肉，只是剛剛拿出來的肉都掉到地上了。

他在四周看了看，沒看到其他乾淨的肉。

「這……這位小姐，」傭兵首領拖著身體過來，本來不想打擾秦苒的，但還是大著膽子小心翼翼地詢問：「火已經生好了，地上的那些肉……」

傭兵這些亡命之徒，比任何人都懂得能屈能伸，只要活著，要幹什麼都可以，更別說秦苒的

實力又狠又可怕。

秦苒靠在車門上，低頭玩手機裡的小遊戲。聽到這句話，她抬頭看向程木，「還有肉嗎？」

「喔，」程木反應過來，朝這邊走，「有，當然有，廚娘準備了很多。」

他同手同腳地走到後車廂，拿出裡面的行李箱，又從裡面拿出保鮮盒遞給傭兵首領。

傭兵首領十分真誠地說了一句「謝謝」，然後把肉放到烤架上烤。

廚娘還貼心地準備了很多調味料，瓶瓶罐罐擺了一堆。雖然剛剛被踢翻了，但只有外面有點灰燼，擦乾淨就好。

傭兵首領就問秦苒想要什麼口味的，秦苒連頭也沒抬，按著手機，漫不經心地開口，「多放點辣。」

「好。」傭兵首領點點頭，又拿起一堆瓶瓶罐罐看了一眼，在裡面尋找辣椒的標籤。

一旁，駱隊等人都神色複雜地看到這群亡命之徒坐在烤肉架旁，戰戰兢兢地烤肉，態度恭敬還十分有禮貌。

「剛剛這些傭兵來了，秦小姐在烤肉，其實是真的在烤肉吧……」駱隊身邊的一人喃喃開口，「這些人哪打得過她，她根本就沒把這群傭兵當成對手，所以才心安理得地烤肉……」

「駱隊，你有沒有看出秦小姐打架是哪個門派的？」有人小心翼翼地開口。

這麼凶、這麼狠，他們看到都替那群傭兵覺得痛了。

駱隊瞇眼，半晌後才開口，聲音發沉，「比傭兵還像亡命之徒……」

「所以？」施曆銘愣了一下，似乎有所預想，震驚地看向駱隊。

駱隊的目光沒偏移，他看著秦苒，目光裡多了尊敬，「比傭兵更像亡命之徒的人，我只在角鬥場的生死擂臺上看過。」

他身邊的幾個人都不說話了。

分堂的人各司其職，但有一點是共同的——都崇尚武力，崇尚高手。

眼下，所有人看向秦苒的目光都變了。莊園裡的人都去過角鬥場，打的都是普通擂臺，敢打生死擂臺的沒有幾個。

怕死，是人之常情。

駱隊還看著秦苒，口袋裡的手機就響了，又急又躁。他拿出手機一看，打來的是跟他們兵分兩路的鄒堂主。

『駱隊，你們現在情況怎麼樣？』鄒堂主現在還在車上，聲音急躁，『我們已經過了二六道，沒有看到馬斯家族的人，我怕這是個計謀。你們別往前走了，我現在就去找你們！有消息說埋伏你們的是幾十個傭兵，那些人下手很狠，要是被他們蹲到，就不是貨被拿走的問題了！』

聽到鄒堂主急切的話語，駱隊面無表情地看了眼正在烤肉的傭兵首領，頓了頓然後說：「不用了。」

鄒堂主聽出他的語氣不對，『怎麼了？』

駱隊淡淡出聲：「我們已經遇到傭兵了。」

『什麼！』電話那頭的鄒堂主眸光一緊，聲音緊張起來，『你們快走！先堅持一下，我們馬上到！他們有沒有圍住你們？現在情況如何？』

「啊，」駱隊抬了抬頭，「他們在烤肉。」

駱隊的目光落在不遠處的方向。

那邊，幾十分鐘前還氣焰囂張，笑得戲謔的傭兵首領正小心地拿著鐵夾，將烤肉小心翼翼地翻面。烤肉混合著油，發出細微的「嗶啦」聲響，他又伸手拿了一瓶燒烤醬料撒上，飽滿醇厚的香味散發出來。

莊園的廚娘都是程水精挑細選的，尤其在出發之前，程雋說過秦苒的愛好。程水還特地選了做肉類料理一絕的廚娘，醃製出來的肉香味彌漫。

手機裡，鄒堂主的聲音沒有立刻傳出來，他坐在為首的車上，正趕往這邊。

『信號不好，你剛剛說什麼？』鄒堂主的聲音頓了頓。

烤肉？他覺得自己剛剛有一瞬間幻聽了，好好的，怎麼會突然冒出「烤肉」這個詞？他們不是該打得轟天動地，或者在進行生死大逃亡嗎？

烤？肉？

「是，烤肉，」駱隊不知道要怎麼解釋，「你們現在正趕往這邊嗎？」

『嗯。』鄒堂主點點頭，抬手看了眼手腕上的錶，『再等我們一個小時。』

他們分成兩條路，意識到事情不對的時候，鄒堂主已經停下車，全速往這邊趕了，一個小時應該能跟上駱隊他們。

駱隊習慣性地嗯一聲，靈魂又回來了，「不用……算了，你們過來吧。」他說完就掛了電話。

鄒堂主那邊，看到他把手機放下，車裡的人都緊張地等著他的結果，「怎麼樣了？那群傭兵是不是去找駱隊他們了？」

「好像是去了……」鄒堂主的腦子裡還在回想駱隊剛剛的那句「烤肉」。

「真的去找他們了？」採購堂的眾人神色一變，都催促著同伴開車，「駱隊跟秦小姐他們沒事吧？要是沒有秦小姐，駱隊他們還能跑，多了她，那一車人凶多吉少！」

鄒堂主張了張嘴，覺得駱隊那淡定的語氣，事實好像跟他們想像的差得有點遠。

這邊，駱隊剛掛斷電話，傭兵首領將已經烤好的一碟肉放到旁邊的小桌子上，旁邊還放了兩個金黃的烤麵包。秦苒就坐到小桌子旁，安安靜靜地開始吃烤肉。

保鮮盒裡還有一大半的肉，廚娘準備了很多。秦苒沒發話，傭兵首領就繼續烤。

見到秦苒低頭開吃，他一邊翻著烤肉架上的肉，一邊問秦苒，「這位小姐……」

「秦，我姓秦。」秦苒頭也沒抬，漫不經心地打斷了他，低著眉眼，看起來漂亮又無害。

「這位秦小姐，」傭兵首領摸著肋骨，心下不由得打了個冷顫，「烤肉怎麼樣？」

「還可以，再多加一點辣。」秦苒點點頭，認可了他的手藝。

傭兵首領立刻又灑了一層辣椒粉。

其他傭兵被綁在一起，若是可以，他們也想跟老大一起烤肉，那個女人實在太恐怖了……這個魔王能不能看在他們烤肉的份上，等等不宰了他們？

肉不是很薄，烤完一盤需要十幾分鐘的時間。秦苒吃完了一碟又喝了一瓶水，看著擺在桌子上的東西半晌，伸手找施曆銘跟程木過來。

傭兵首領還在烤，他似乎愛上了烤肉，桌子上已經擺滿了烤肉，秦苒就從椅子上站起來，讓程木他們吃。

程木點點頭，他雖然驚訝，但這一個月來，他遇過比這更崩潰的時刻，接受度比之前高了不止一兩個階級。他淡定地坐在小桌子旁開始吃烤肉，這個傭兵首領強大的求生欲將他的烤肉天賦激發出來，肉烤得確實比一般人好。

施曆銘坐在程木對面，僵硬地拿起麵包，有些不可思議地看著程木，「兄弟，你……你……」就這麼淡定地吃起了烤肉？你是怎麼做到這麼淡定的？

程木高深莫測地試了試盤子裡烤肉的溫度，把最涼的一盤挑出來，示意施曆銘先吃。

「吃吧，再不吃就冷掉了。」

他這麼淡定，刷新了施曆銘對程木的看法。這種情況下還能這麼淡定地招待他，這麼淡定地吃肉，果然秦小姐不是普通人，她身邊的人更不是什麼普通人！

施曆銘對程木肅然起敬。

肉還在烤，程木看了一眼如同木樁站在一旁的駱隊等人，想了想，拿了四盤烤肉給他們。又想了想，回到後車廂拿了幾塊麵包出來，蹲到傭兵首領身側，讓他再烤幾塊麵包。

程木的這個舉動，別說駱隊了，連施曆銘都沒有想到！他手中的烤肉停在嘴邊，十分想問問程木是怎麼調整心態的，竟然敢讓人家傭兵老大幫你烤麵包，你知不知道三個你都不夠他揍啊？

十分鐘後，程木把幾塊麵包分給施曆銘跟駱隊他們。

見到他們手中的烤肉幾乎沒動，程木癱著一張臉，十分風輕雲淡地說：「吃吧，再不吃就冷掉了，口感不好。」

駱隊：「……」你、他、媽現在是口感的問題？

看著程木的背影，之前覺得程木柔弱又渺小的駱隊，突然覺得程木整個人高大不少。

至於靠在車門旁低頭玩手機的秦苒……現在除了程木，沒人敢往她那邊看。

鄒堂主他們來時，原本以為會看到殘忍血腥的畫面，但還沒下車就聞到了一股焦香的烤肉味。

車停在路邊，一旁還停著一輛改裝過的中型貨車。車隊的人覺得情況有些不對，不過還是迅速下來，往樹林裡面走，那邊還有微微的火光。

「駱……」鄒堂主走在最前面，急著確認駱隊這邊的情況，剛衝進去，就看到駱隊一手拿著烤肉，一手拿著烤好的麵包看著他，「隊……」

後面的一個「隊」字被鄒堂主化成了虛音。

身後，鄒堂主的手下匆匆趕過來，手上還拿著武器，「駱隊，那群傭兵呢！」

駱隊將嘴裡的烤肉吞下去，看著正在收拾最後一組肉的傭兵首領，「在那裡呢。」

他身後不遠處，雜七雜八地坐著苟延殘喘的傭兵們，一個個不是手臂掛彩就是腿掛彩，基本上沒有自理能力。看起來好像只有傭兵首領傷到的是肋骨，不太影響手腳的活動。

程木現在作為裡面反應最正常的一個人，看了鄒堂主一眼，「還有最後一塊烤肉，要吃嗎？」

鄒堂主沒反應。

剛剛在跟駱隊通電話的時候，鄒堂主就覺得有什麼地方不對勁，他一直覺得「烤肉」兩個字是他的幻聽，即使現在親眼看到，他依舊覺得是幻覺。

「吃吧，」駱隊把手中的盤子遞給鄒堂主，他不知道要用什麼語氣、什麼表情，但是他現在的表情跟一直面癱的程木差不多，「其實這些傭兵烤肉真的還可以，程木說得對，以後他混不下去了可以去開烤肉店。」

鄒堂主依舊沒有反應。

他口袋裡的呼叫器響了一聲，是程水的聲音：『我們已經定位到你們的地址，救援隊出發了。安全最重要，那群傭兵要貨就給他們，最重要的是秦小姐的安危……』

鄒堂主不知道該說什麼，就把呼叫器給了駱隊。

駱隊吃完一塊肉，然後接過來，「程先生，危機解除，我們明天早上九點能到。」

在電話裡解釋不清楚，駱隊報完平安就掛斷了電話。

鄒堂主畢竟是見過大風浪的人，他把呼叫器收回去，就想問駱隊具體發生了什麼事，「他們為什麼在烤肉？誰打傷了他們？你？程木？」

駱隊還沒回答，另一邊的傭兵首領烤完了最後一塊肉，把它裝到盤子裡，然後又用水熄滅了炭火，這才摸著肋骨，一步一步往秦苒那邊走。

鄒堂主現在才發現到秦苒，他一愣，還沒說什麼，就聽到傭兵首領對秦苒語氣特別恭敬、有禮貌地說：「這位……秦小姐，您的肉我都幫您烤好了，您看……我跟我的兄弟能不能走了？」

鄒堂主：「……？」

聽到聲音，秦苒把手中的手機一握，抬頭看了傭兵首領一眼。

真的只是很平常的一眼，鄒堂主覺得沒有比那更平常的眼神了，很漫不經心。

然而傭兵首領彷如受驚的兔子，猛地往後一跳。

駱隊等人：「……」

用「兔子」來形容一個鐵血傭兵真的不合適，可是……他們也確實找不到更合適的詞。

「嗯，」秦苒淡淡地點頭，「肉烤得很好。」

「您喜歡就好。」傭兵首領又往後退了一步。

剛才秦苒動手之前，也是用這種語氣跟他說話的。

秦苒看了一眼烤肉架那邊，東西全都被收拾好了，乾乾淨淨、整整齊齊，她打了個響指，「OK，走吧。」

一句話剛落，本來苟延殘喘的傭兵們全都爬起來，溜到中型卡車上，忙不迭地把車開走了。

如同一陣龍捲風，不到兩分鐘就只剩下駱隊跟鄒堂主這些人，又如同秋風掃落葉。

秦苒拉開後車門坐上車子，程木跟施曆銘則收好秦苒那個被其他人看作來郊遊的行李箱。

「嗯，就是你看到的這樣，」駱隊側頭，看著還沒回過神的鄒堂主等人，「不是我，也不是程木，是秦小姐。」

往日裡，駱隊叫「秦小姐」只是公式化地叫，但今天這三個字多了一種發自內心的畏懼。一個人單挑一個傭兵團還遊刃有餘，駱隊覺得，就算是程水……也可能做不到。

「喔，原來是真的烤肉啊……」鄒堂主低頭，看著手裡的烤肉。

這還是傭兵團的一個老大烤的，換一個情況，都可以送到拍賣場了吧？

駱隊真的很理解鄒堂主現在的感受，真的，他拍拍鄒堂主的肩膀，「鄒堂主，吃吧，最後一塊了，那傭兵首領的手藝真的還可以。」

鄒堂主也不知道手是怎麼動作的，就把烤肉塞到了嘴裡。他身邊的一群手下也是腦子一空，什麼都想不起來，只覺得從下車聞到烤肉味的時候起，情況就朝著他們無法想像的方向發展了。

而車內，秦苒脫下羽絨衣，身邊被人爭搶的貨物還安安穩穩地放在這裡。

她剛把手機拿出來，戴上耳機，電話就響了。

是程雋，他的聲音很淡定，『動手了？』

「不是，」秦苒坐直身體，挑了挑眉，下意識地反駁，「我沒惹他們。」

手機那頭的程雋放下手中的文件，走到窗邊，『確定？』

從程水那邊解除了警報的時候起，程雋就覺得不正常。

「是他們先動腳，踢翻了我烤的肉。」秦苒看了一眼外面，車子已經開走了，語氣還很理直氣壯。

前面的程木跟施曆銘：「……」

也沒錯，確實是那群傭兵先動的腳……

程雋又問了秦苒幾句，確定那群傭兵沒動刀子就放心了。掛斷電話時，外面正好有人敲門。

進來的是程水。

「秦小姐那件事……」程水剛從鄒堂主跟駱隊那邊得到了消息，要跟程雋報平安。

程雋抬了抬手，示意他不用說那麼多，「東西呢？」

程水沒說話，將手裡的資料夾交給程雋，「這是我找瑞金找來的名單，角鬥場的錢來得快，參與的人不少。高級生死擂臺雖然少，但每天都有好幾場，死去的人員名單都被劃掉了。瑞金的名單都在資料庫裡，我讓人找了好久才從資料庫找到的。」

美洲邊境有角鬥場，不受任何一方管理，在那裡打生死擂臺的人很多，不乏一些走投無路的人在這裡打生死擂臺，以致暴富。而美洲內部的角鬥場雖然受人管制，但是實際上不比境外的好多少，生死擂臺都會簽下合約，誰也管治不了。這些角鬥場都是馬斯家族手下管理的，程水為了進入他們的地下資料庫，也跟馬斯家族談判了很久。

程雋低頭，看著程木手上的一疊資料，眉眼垂著，沒立刻伸手。

程水覺得他這個反應不太對勁，抬頭小心翼翼地叫了一聲，「老大？」

程雋抬起頭，伸手接過那一疊資料，「給我吧。」

接過資料，程雋也沒有馬上看，只是側身把資料放在身後的桌子上。

「程火明天回來，」程水想起了程火的事情，「昨天晚上攻擊停機坪基地的事情，我已經讓程火去查了。」

酆堂主在停機坪基地遭到網路攻擊的時候，立刻聯繫了程水。後來雖然被順利解決了，酆堂主他們的神經粗，想得很簡單，但程水可不會想得這麼簡單，就直接把事情交給程火處理了。

「駭客攻擊？」聽程水這麼說，程雋瞇起眼，半晌後似乎笑了一下，「沒事，你讓程火查吧。」

程火雖然是駭客聯盟的人，但是他的駭客技術比不上駭客聯盟的會長，而秦苒的技術，程雋初步估計跟會長不相上下。

＊

次日，早上九點，鄒堂主他們的車隊終於緩緩開進莊園範圍內。

莊園內第二排的古堡大廳裡，杜堂主等人都在等著。

「程先生，鄒堂主他們確定都沒事嗎？」杜堂主大馬金刀地坐著，聲音很沉，「我聽說是一整個傭兵團，三十個人。」

駱隊他們為了保護秦苒，分出了一個七人小隊。杜堂主十分擔心駱隊那一行人的安全，畢竟為了保護秦苒，他上次分給鄒堂主的都是他手下的菁英，尤其是駱隊。可是再菁英的人，除非到了他們老大的等級，不然都是寡不敵眾，杜堂主現在有點後悔讓駱隊跟著鄒堂主那些人了。

他正說著，外面有人進來，「鄒堂主他們的車隊回來了！」

程水跟杜堂主都立刻站起來朝外面走。

一行車隊進來，比出發時多了兩輛車，是霍爾他們多加的人手。最先下車的是鄒堂主跟駱隊這些人，除了表情有些不對，身體上看不出一點受傷的痕跡，應該是沒有受傷，杜堂主瞬間放心了。

「沒事就好，老大說了，貨什麼的無所謂，只要人回來就好。」杜堂主拍拍鄒堂主的肩膀。

「那何止是一點貨，」身側，外貿堂的袁堂主臉色很黑，因為那是他們接下來一個月的業績。他壓低聲音，「早就說了，不要帶那個女人。」

如果駱隊他們沒有跟鄒堂主他們分開，一行也有二十個人，未必沒有跟那群傭兵一戰之力。

這些人嘴上不說，心裡卻是極度不舒服。秦苒若是老老實實地待在莊園做她該做的事情，其他人不會說什麼，可她偏偏無理取鬧，跟著這一行人出去玩，袁堂主等人心裡哪會好受。

聽到這句話，駱隊面無表情地看了他一眼，「袁堂主，秦小姐就是去玩玩。」

袁堂主皺眉，「我知道，但也不是這樣玩的，美洲多的是玩的地方。」

程水沒理會他們，只抬頭看向中間的那輛黑車，「秦小姐沒事吧？」

這些人都以為駱隊是等人把貨交給了那群傭兵才能全身而退，不然七對三十，尤其是這七個人中程木跟秦苒的戰鬥力忽略不計，根本沒有戰勝的可能。

程水正說著，秦苒跟程木他們也走下車。秦苒依舊一如既往，下車後戴上羽絨衣的帽子，而施曆銘直接去後車廂把行李箱拿出來，程木則沉默寡言地拿著那盆花。

今天這盆花看起來沒有那麼沒精神了，他又傳訊息給老園丁跟林思然講這件事。

跟著車隊回來、站成兩排的採購堂跟駱隊他們的手下，看到那只行李箱，嘴角忍不住抽了一下。尤其駱隊幾個人，想起昨天程木他們烤肉的事情……

「秦小姐，您沒事就好，」程水昨天一整晚都沒放下的心終於緩下來，看向秦苒，「老大還在書房那邊。」

秦苒點點頭，側身要往那邊走。

駱隊忽然想起一件事，「秦小姐，我們的貨呢？」他看著秦苒，十分恭敬地開口。

發自內心的恭敬。

這語氣聽得程水跟杜堂主都十分意外，整個莊園裡都叫秦苒為秦小姐，但大多都是例行公事，沒多少人是發自內心的。不過兩人來不及多想，因為他們聽到了駱隊的那句「貨」。

「你們沒把貨交給那群傭兵？」杜堂主開口。他看著駱隊，聲音很大。

袁堂主也一直以為貨被交出去了才出言不遜，一聽到駱隊的話，他也十分詫異地看向駱隊。

駱隊點點頭。

另一邊，秦苒也反應過來，她又折回去，從後座拿出一個箱子，隨手丟給駱隊。

這箱貨物只經過鄒堂主跟秦苒之手，其他人並不知道重量。看秦苒拿得那麼輕鬆，大家都以為那只箱子不重，駱隊也下意識地這樣想，然而一落到駱隊手中，他覺得自己拎了一箱石頭！

他看秦苒拿的樣子，覺得自己要接下的應該是一箱羽毛，誰知道竟然是一箱石頭！用接羽毛的力氣去接一箱石頭，他沒控制好力道，一個踉蹌就差點摔個狗吃屎。

駱隊：「……」

知道箱子重量的鄒堂主：「……」

旁觀的眾人：「……」

秦苒把箱子丟給了駱隊，才往後面走。跟在程水、杜堂主身後的一群手下不知道該用什麼眼神看她，就自動讓了一條路給她。

施曆銘拖著行李箱跟在她後面，程木則面無表情地拿著花盆。

程水他們出來是想迎接鄒堂主跟駱隊一行人的。在他們的想像中已經失去的貨再次出現，接著又被秦苒隨意把貨丟給駱隊的手段嚇到了，等秦苒他們的身影消失在視線裡，程水跟杜堂主等人才反應過來。

袁堂主將目光轉向駱隊手裡的箱子，「你們沒把貨交給那群傭兵？」

「嗯，他們沒拿。」駱隊言簡意賅。

「那你們是怎麼安然無恙地從那群人手中逃出來的？」

都是混跡美洲的人，傭兵的手段有多狠，大家都見識過。這麼大費周章卻連貨都沒拿，就這麼輕易地放過了駱隊等人？

鄒堂主沒有說話，只把目光轉向駱隊。

經過傭兵那一件事，駱隊已經成長了很多，他沒有先解釋，而是拿出手機，點開施厝銘的大頭貼，翻出他的動態貼文。

第一條是他昨晚轉發的動態。那篇貼文似乎是程木發的，駱隊又點進程木的個人頁面。

『程木：我希望他們將來開一家烤肉店（影片）』

動態是公開的，底下還有一個叫陸照影的問他這是誰，程木回：廚師。

駱隊把照片放大給杜堂主跟程水他們看。

程木拍照的水準普通，但手機自帶美顏相機，烤肉的畫面拍得很清楚，就是烤肉的人太不像是烤肉的。那個人的身材魁梧，滿臉橫肉，一看就不好惹。

杜堂主這幾人也看到了程木的回答，「這廚師怎麼了？是霍爾的人？」

駱隊突然理解了昨晚程木的感覺，「不是啊。你們不是問我們怎麼逃脫的嗎？這個烤肉的人就是傭兵首領，昨晚沒有拿貨，是因為他在幫秦小姐烤肉。」

經過了一夜，駱隊再說起這件事的時候淡定很多。

當時那個場景，沒有經歷過的人是不能親身體會的。就算沒有經歷過，看到影片裡一個平常拿刀橫著走的傭兵首領竟然老老實實地蹲著烤肉，這畫面也夠驚悚的。

駱隊身邊的人本來看到駱隊放大的烤肉照片還很疑惑，眼下知道那是傭兵首領，忽然陷入詭異的沉默，連一向淡定的程水都沒能避免，「他怎麼去烤肉了？」

駱隊回想起大魔王動手的驚悚畫面，手臂上還是泛起一層雞皮疙瘩。

程雋讓秦苒跟他們一起出去「玩」，在這之前，駱隊等人都很不滿，直到昨晚，他們才理解到那個「玩」是什麼意思。

秦苒是真的把這個任務當作郊遊，而程雋也沒有為他們增加人手，也是因為知道她的實力吧？

「我們回去再說吧。」

駱隊準備讓他們先去禮堂找張椅子，慢慢說。

另一邊，秦苒三人已經到了中間的那棟古堡。程木先把秦苒的花送到她的房間，施曆銘也把秦苒的行李送回去，秦苒則直接進了書房。

程雋的書房一直很忙碌，她進去的時候，他書桌前還站著一個類似管家的人，正在彙報情況。

「你先出去。」程雋看到秦苒就拉開一邊抽屜，把手中的文件放進去，對站在他桌前的中年男人開口。

中年男人垂著腦袋，也不敢直視，直接離開了。

秦苒看到中年男人走了，就拉開他對面的椅子坐下。程雋沒立刻跟秦苒說話，只是隨著她的動作看著她，漆黑平靜的眸底似乎醞釀著什麼風暴。

「玩得怎麼樣？」

半晌，程雋才移開目光，手中還拿著一支筆，笑了笑，似乎與以往沒什麼兩樣。

秦苒的手撐在桌子上，挑眉，然後十分從容地回他，「還可以，廚娘把肉處理得很好。」

正敲門進來的程木跟施曆銘：「……」

程雋點點頭，程水做事就這點十分周到。

「老大。」施曆銘跟著程木進來，叫了一聲之後就開始彙報，「我在拍賣場幫程火先生買了一個機器人，就是他之前提起的那個。」

秦苒本來漫不經心地打量著書房兩側擺著的書，聽到這一句，忽然有些清醒。

「EA代的？」程雋把筆放下，動作慢吞吞的。

程木最近完全搞不懂程雋他們說的話，他不知道程雋他們現在具體在做什麼，也不認識什麼人物，就面無表情地聽著。

「EA3，」施曆銘算了一下時間，「今天應該能到……」

這兩人說著，秦苒忽然站起來，「我先回去睡覺。」

他們是連夜開車回來的，大家一整晚都沒睡好，秦苒一路上基本上都在玩遊戲，也沒怎麼睡。

程雋看了她一眼，沒說話，半晌後才笑了笑：「先去休息，下午起來還想去哪裡就直接找小施。」

秦苒已經朝書房門外走了，聞言只朝背後揮了揮手。

她走後，程木也聽不懂EA3機器人，就跟程雋說要去訓練場，之後也離開了。

＊

中午一點，程水拿著手機走進中間的古堡。

「老大在嗎？」他問站在大門口的傭人。

「在書房。」傭人彎了彎腰。

還在書房？程水皺眉，從昨天傍晚到現在，程雋就沒出來過了吧？

他到三樓，敲開書房的門，一進去，果然看到程雋還在翻他昨晚跟瑞金拿的那一疊資料。

「老大，還沒找到你要的資料嗎？」程水看了那疊資料一眼。

那疊資料很厚，但程雋看字一向很快，從昨天傍晚到現在有十幾個小時，他如果沒睡的話，早就翻完了。

「這裡面沒有。」

程雋抬手將一本文件扔到桌子上，因為許久沒休息，他眼底也有一層血絲。

程水看了那疊資料一眼，詫異地開口，「那我晚上再去找瑞金？」

程雋沒說話，只是低頭，漆黑的瞳孔裡有著難得的平靜，沒說話。

過了半晌，當程水覺得程雋不會再回答時，對方才開口，「不用了，找不到……也好。」

程水還沒反應過來，就看到程雋撐著桌子站起來。

「你來找我是因為程火回來了？」程雋把資料裝好，然後拿起一旁的外套站起來。

「嗯，剛到莊園門口。」程水將目光從那疊資料上收回來。

程雋一邊慢條斯理地穿上外套一邊往外走，「走吧，去看看你們這批貨跟程火帶回來的消息。」

從中間的古堡往後走，要經過左邊的鵝卵石路，正好路過練武場。

程木從回來就沒休息，一直待在練武場。

練武場很大，設施也很齊全，裡面的人一直很多，又因為下個月的考核，每個人都十分努力。

程木來得晚，實力也不強，沒去占據最有利的中間位置，而是獨自在角落一隅，拿著一根木棍揮來揮去。

程水一眼就看到了，他皺起眉，「老大，他就一直在這裡？」

「嗯，」程雋將手插在兩邊的大衣口袋裡，淡淡地瞥一眼，「被你們刺激到了。」

程木跟程水他們是同代人，在各方面相差這麼大，他心裡會有巨大的失落也不難理解。

程水搖頭，「我叫他上來吧，他跟程火也很久沒見了。」

他下去把程木叫上來，程木就十分沉默地跟在兩人身後，兩隻眼睛下面有明顯的黑眼圈。

三個人很快就到了議事廳。

依舊是兩排椅子，中間站了各堂主跟各分隊的隊長，其中，有一個年輕的男人跟金髮女人被圍在中間。看到程雋過來，所有人都站好，自動分開了兩條路。

程雋坐在前面的位子上，程水跟程木就站在那兩邊。

以往只有程水能站在程雋左側，而程雋身邊也鮮少有其他心腹，此時站在底下的眾人看到程木，目光都隱約不太服氣。

程水的實力強大，一直是程雋的二把手，他們能理解，可是程木……

「老大，這是我們的貨。」鄒堂主把箱子拿出來。

程雋沒讓他打開來看，只點頭，語氣輕緩：「拿到外貿堂。」

金髮女人一直在把玩自己的頭髮，期間只多看了站在最前方的程雋、程水那三人一眼。

分堂的人這一次聚集得比較齊全，程雋就大略說了下次考核分堂的事情，這時，外面有人來彙報瑞金先生來找他。

瑞金，正是馬斯家族負責角鬥場的總管。

程水下意識地看向程雋。

程雋的手指本來有些漫不經心地敲著椅子的扶手，聽到這一句，他手指一頓。大概在椅子上坐了一分鐘他才站起來，舒雋的眉眼垂著，聲音也幾乎無波無瀾，「程水，你處理接下來的事。」

程雋雖然年輕，但氣勢極強，容色也盛，一般人都不敢直視他。

他走出議事廳的大門，壓在眾人心頭沉甸甸的氣息陡然一鬆。所有人都抬起頭來，又靠向了程火。

「那就是你老大？」金髮女人把目光從外面收回來，一雙深邃的眼睛看向程火，「跟我想像的不一樣。」

分明沒說什麼，連精緻的眉宇都顯得懶散，卻有種拒人千里之外的冷漠。

程火點點頭，還來不及說什麼，程水就從上面走下來，「程火，我昨天讓你查停機坪駭客入侵的事，你查得怎麼樣了？」

鄒堂主把手中的箱子遞給袁堂主，聽到程水的這句話，抬頭，「程水先生，停機坪那邊不是對面的駭客失誤了嗎？」

「失誤還能讓你們接收到錯誤的二六道埋伏訊息？」程火的神色嚴肅，低頭拿出隨身攜帶的電腦，打開翻出一個頁面給程水他們看，「我查了一下系統，有協力廠商介入，故意混淆了二六道，目的是什麼我不清楚，但最主要是那個協力廠商……也是從我們內部系統進入的。」

因為內部系統會留下記錄，但是再多資訊，程火就查不到了。

程火的身分不是祕密，大多數人都知道程火跟駭客聯盟有關係。至於程火在駭客聯盟的具體身分，除了程雋跟程水，沒人知道。但這些人知道一點——程火的電腦技術真的非常厲害，卻連他也沒有查到？

「能做到這個地步的，」程火抿了抿唇，聲音嚴肅，「應該就是最近幾年，馬修背後的那個駭客。除了他，我不知道還有誰。」

砰——

身後，程木手中的木棍掉下來，滾到了程火身邊。

這些人中，唯一知道秦苒電腦技術很好的只有程木，聽程火說起是由內部埠進入，腦子裡就想起了秦苒——那天晚上秦苒確實是在玩電腦，而且……中途的烤肉是她先提起的。

程木跟錢隊他們共事過，有了對比，才會知道秦苒的電腦技術有多強。可是有一點不對勁，秦苒的電腦技術……若按照程火所說，真的比程火還好？

這個問題，程木暫時找不到答案。

程火話說到一半就彎下腰，把程木不小心滾過來的木棍撿起來遞給他，笑道，「程木，也就幾個月沒見，你看到我這麼驚訝嗎？」

程木看了程火一眼，沒說話，只面無表情地接過棍子。

「對了，有件事我忘了，」程水看到程木，想起一件事，就從口袋裡掏出一個聯絡器，扔給程木，「這是執法堂的聯絡器。」

看到程水把聯絡器遞給程木，大廳裡有好多人的目光都變了。

莊園裡的制度森嚴，這種召集聯絡器只有每個堂的堂主跟隊長才有資格用，普通成員也只有呼叫器。

「我去訓練場了。」議事廳裡大部分的人目光總是看向程木，他有點受不了這樣的目光，因此壓低聲音，跟程水說了一句。

程水點點頭，也沒阻止他。等程木離開了，程火才看著他的背影，詫異地開口，「程木他怎麼了？」

「沒事。」人多，程水沒解釋，只是嚴肅地看向程火，「你剛剛猜測介入的協力廠商是馬修的人？」

「沒錯，」程火收回看程木的目光，皺眉，「說起這個，馬修怎麼會針對我們？他身後有一個駭客，要是介入我們莊園，會有點麻煩。」

「我讓人查查再去找老大。」程水點點頭，沒繼續聊這件事，只是看向程火身邊的金髮混血女人，「這是……」

「差點忘了，這是那邊新加入的技術人員，中文名叫唐輕。我們下個月不是考核嗎？她是我特地幫我們情報堂找來的小師妹，駭客技術……」程火側過身，向眾人介紹這位金髮的混血女子，說到這裡，他停頓了一下，笑道：「她曾經駭進三角大樓過，全身而退。」

程火是情報堂的堂主，身手雖然不及程水，但眾人對他的畏忌程度絲毫不輸程水。畢竟……沒事誰敢得罪駭客，還是一個駭客聯盟裡面的人，說不定哪天睡一覺起來，國籍都被他改掉了。尤其情報堂都是技術人員，每個人的身手雖然不及執法堂的人，但也不可小覷。

聽程火這樣介紹唐輕，眾人都對唐輕刮目相看。女性駭客本來就少，尤其是這麼猛，敢攻擊三角大樓的女性駭客。

另一邊，瑞金已經被人帶到了程雋的書房。

「L先生。」

瑞金低了低頭，十分恭敬地彎腰，再度抬頭，看到的是一張極其年輕的臉。他的手指頓了頓，表面上不顯，內心卻是波濤翻湧。

鑽石大戶，道上很少有人有這位大人物的消息，就連馬修那裡也只有一張背影照，因為他很少出現在人前。有人懷疑他是猶太人，有人懷疑他本身就是美洲人，總之，除了這個莊園的人，很少有人見過他的真面目。

在這之前，瑞金做了很多猜想，唯一沒有想到的是對方竟然這麼年輕！

「你找我，是為了角鬥場資料的事？」程雋伸手指了指他身側的椅子，「坐。」

瑞金驚駭地坐下，但畢竟事關角鬥場的管理，他調整心態的速度很快：「沒錯，L先生。我們有一份VIP資料，需要許可權。有影像，如果您需要看……」

程雋放在桌子上的手頓了頓，目光垂著，漆黑的眸底看不清楚是什麼表情，「謝謝，如果有需要，我會讓我的人去找你。」

瑞金也沒多說。馬斯家族是想分一杯羹，但是在能交好的前提下，馬斯家族不介意多一個強大的盟友。

向程雋傳達了馬斯家族家主的好意後，瑞金直接起身告別。

門口的傭人送瑞金出去。外國人都有些顯老，瑞金是四五十歲上下，但頭髮已經有些泛白，他人高馬大，常年在角鬥場練就出一身戾氣，五官深刻，幫他帶路的傭人也不敢直視他的眼睛。

走到樓梯旁時，迎面遇到一個人。

傭人認出了來人，立刻往後退一步，十分恭敬地開口，「秦小姐。」

秦苒左手拿了一件外套，沒有穿上，右手就這麼垂著。聽到傭人叫她，她微微側眸，眼睛微微眯起，「嗯」了一聲。

傭人問過好之後，繼續帶瑞金往樓下大門的方向走。而瑞金只是在下樓的時候，疑惑地回頭看了一眼秦苒。

兩人走下樓，秦苒卻依舊站在樓梯口沒有動。半晌，程雋走出來的時候，她還站在樓梯口，垂著眼眸，眼睫一顫一顫的。陰影浸透了她好看的眉眼，不知道在想什麼。

「怎麼了？施曆銘呢？」

程雋走過來，看她只穿了件襯衫，伸手拉過她的右手——剛碰到就如同冰塊。

古堡裡的溫度不低，但走廊上的溫度沒有房間裡高。她的手很冰，程雋的眉頭擰了擰，伸手把秦苒的外套拿過來，裹在她的身上，又拉著她的右手帶她去書房。

書房的溫度是二十四度，他又拿遙控器調高了溫度。

溫度回升，一股熟悉的冷香縈繞在鼻尖，秦苒才有些回過神來，抬頭看向程雋，有點迷迷糊糊的。

陽光透過窗戶落到書房裡，光線下，她對上程雋那一雙漆黑的眼睛。

她似乎這才反應過來。

旁邊的椅子上掛著他的外套，程雋看見，就放開她的手，轉身又要去拿，「秦小姐，妳真厲害，為什麼出門不穿外套……」

他的頭髮有點亂，因為這幾天沒睡好，眸光有些惺忪，也沒穿外套，但身上好歹套了件白色的毛衣，襯得他那張氣勢十足的臉有點柔和。表情也不像在外面時不好接近，有些漫不經心的溫潤。

他要去拿外套，秦苒卻反握住他的手。

程雋一愣，轉過身來。秦苒能聽到他似乎嘆了一口氣，然後又絲毫不帶旖旎之色地摟緊她。

他眉頭微微擰起，聲音放緩又低下頭，沉聲說：「想妳外婆了？」

秦苒的腦袋空了一下，半晌才搖頭，抬了抬眼眸，「施曆銘在樓下等我，我去找他。」

等秦苒出去，程雋臉上的和緩才消失。他站在書房窗邊，看著樓下的秦苒跟施曆銘說話，之後拿出手機打了通電話給程水。

他眼眸垂著，聲音很沉：「把兩點到兩點半書房走廊的監視畫面寄給我。」

樓下，施曆銘也在上午休息了一下，吃完中飯就謹遵程水的吩咐，把美洲附近的旅遊攻略看了一遍。

「秦小姐，附近有個很大的地下城，是來美洲必去的地方，您要去嗎？」施曆銘翻了翻旅遊攻略，把地下城那一頁翻出來給秦苒看。

「等等再說。」秦苒朝四周看了看，把帽子拉起來，沒看到程木的身影，「程木呢？」

「在訓練場。」施曆銘收起旅遊攻略，帶秦苒往訓練場走，聲音有些佩服，「程木兄弟真是刻苦。」

兩人朝訓練場那邊走。

程木依舊在角落，不過現在他不是一個人練，正在跟一個年輕男人對打。

砰——程木重重摔在地上，激起了一層灰。

他手撐著地面，再度爬起來。他對面的男人看似輕鬆地拍了拍手，微笑著看了一眼程木，拿起自己放在一旁的外套就跟著一群人嘻嘻鬧鬧地往外走。

秦苒沒進去，就這麼站在扶欄旁。

年輕男人路過秦苒跟施曆銘時，頓了頓，「秦小姐。」雖然叫著秦小姐，但語氣沒有太恭敬。

其他人也叫了一聲秦小姐。

施曆銘在秦苒身邊，低聲開口：「那是傑瑞，情報堂的大隊長，程火先生手下的。」

秦苒的手還枕在腦後，目光瞥了他們一眼，微微低著的眉眼盡顯張揚，只沒說話，嘴角有些漫不經心地勾著。

傑瑞一行人走遠，才有人回頭看了一眼秦苒他們的方向，「看到沒有？施曆銘手中拿了本旅遊攻略，他是真的要當馬屁精了，還好當初程水先生沒有找我……」

一行人嘻嘻鬧鬧的聲音不算大，但認真聽還是能聽到。

秦苒看著程木默不作聲地爬起來，笑了笑，然後看向施曆銘，挑著眉眼又冷又邪，語氣很淡：「知道什麼地方能讓一個人快速變強嗎？」

聽到秦苒的話，施曆銘愣了愣，側頭看向秦苒：「什麼？」

秦苒放下手，半瞇著眼看向訓練場上慢慢爬起來的程木，沒再說話。

施曆銘站在她身邊，看著她的側臉，欲言又止。

程木看起來雖然狼狽，但傷得並不嚴重，他只是沒想到會被一個比自己小的人打成這樣，垂頭喪氣地從練武場出來。

施曆銘看著他咳了一聲，沒有開口詢問傑瑞的事，與平常沒兩樣地開口，「程木兄弟，我要帶秦小姐去地下城，你要去嗎？」

由於秦苒跟施曆銘站在高處，程木從剛剛那個角度看不到秦苒跟施曆銘。聽施曆銘的語氣跟以往沒什麼兩樣，程木悄悄鬆了一口氣，他們應該沒有看見。

「我的衣服有點髒，先回去換件衣服。」程木說。

秦苒靠著後面的木椿，低眸玩著手機，聞言，頭也沒抬，語氣平淡，「去吧，快點。」

她跟施曆銘的態度都跟平常一樣。

程木吁了一口氣：「好。」然後快速回自己的住處換衣服。

他就住在中間那棟古堡的一樓，程水的隔壁房間。

施曆銘站在秦苒身邊看著程木的背影。他跟程木不一樣，是從底層一步一步爬起來的，雖然沒有進執法堂，但在採購堂也算是實力不錯的人。儘管沒有經歷過程木的那種失落，無法切身體會那種感覺，卻也能理解現在程木的壓力。

不到七分鐘，程木就換好衣服趕過來了。

「走吧。」施曆銘從口袋裡拿出車鑰匙，帶著他們往大門外走。

不遠處，一行人也正朝這邊走來。

走在最前面的是程水，他身後緊跟著程火，還有一個年輕的金髮女人跟幾位堂主，幾位堂主都熱情地跟那年輕的金髮女人說話。

秦苒伸手將頭頂的帽子往下拉。

兩方人馬都看到了對方。

唐輕看到程木跟施曆銘兩人，尤其是程木剛剛在議事廳見過，她還有些印象，但應該不是太重要的人，她目光一轉就移開了。至於秦苒……直接被她忽視了。

她想走過去，卻發現身邊的一行人都停下來了。

鄒堂主十分有禮貌恭敬地叫了一聲「秦小姐」。程水也停下來了，他朝秦苒欠了欠身，然後細細詢問，「秦小姐要出去玩嗎？」

聽程水說到「玩」這個字，鄒堂主的嘴角忍不住抽了一下。

「嗯。」秦苒懶洋洋地應了一聲。

「施曆銘，好好跟著秦小姐……」程水又轉向施曆銘，詢問他要去哪裡之後，又仔仔細細地叮囑一番。

程火在金木水火土的群組中，早就聽程木說過秦小姐了。

「秦小姐。」他也跟在程水後面叫了一聲，然後抬頭，好奇地朝秦苒看去。

秦苒拉著羽絨衣的帽子，臉看不大清楚，只能看到精緻的下頷。露出來的皮膚很白，尤其被黑色一映，愈發顯白。

有些人是骨相長得好看，就算看不清長相，也不妨礙別人對她的判斷。

「這是程火，」程水這才想起來還有程火，立刻側身對秦苒介紹，「我本來準備晚上帶他去拜訪您的。」

面對秦苒，程火咳了一聲，端正了態度，跟秦苒認真隆重地介紹了一下自己。

程火的名氣不僅是在美洲莊園，就算在駭客界，提起他的名字也是如雷貫耳，這是唐輕願意跟在程火身後的原因。她其實不知道程火是效忠美洲的哪個勢力，但能收復程火的勢力顯然不簡單。

在走進莊園大門、看到大門上的曼珠沙華圖案時，唐輕就已經猜想到了程火的勢力。

如她所料，程火在這群人中地位非常高。除了程水之外，其他人都十分尊敬程火。撇除他們那個神祕的老大，這是唐輕第一次看到程水跟程火對其他人這麼恭敬，還是一個看起來沒有什麼攻擊力的女人。

本來很不在意的目光一凝，唐輕不由得多看了秦苒一眼，但實在看不出來什麼。

程水說了幾句話，就沒有再打擾秦苒的行程，站在原地目送秦苒跟程木等人離開。

「程木的表情怎麼像死了老婆一樣？」程火一手拿著包包，一手插在口袋裡，挑眉看著程木的背影。

程水看著程火，聲音嚴肅，「……程火，別亂說話。」

程火「喔」了一聲收回目光，心裡有些想問那位秦小姐的事，不過身邊人多，他暫時忍住了。

等秦苒一行人的身影消失了，程水才繼續帶唐輕他們逛整個莊園。

秦苒出行的黑車已經被莊園管家開到了大門口，施曆銘他們一出去就能看到。

依舊是施曆銘開車，程木坐在副駕駛座上。他繫好安全帶，然後偏頭看了一眼來時的方向。

「那個金髮的女人是誰？你認識嗎？」程木看施曆銘的目光中帶著詢問。

進莊園後，程木所受的打擊一次比一次嚴重，尤其是今天，程火隨便帶回來的一個女生都厲害到不行，程水還親自招待，程木已經有一種莊園裡隨便一個掃地僕人都比他厲害的感覺了。

「我知道，採購堂的群組裡有人說過，」施曆銘轉動車鑰匙，緩緩將車子開進大道，「那是唐輕，程火先生的師妹，是個駭客。」

秦苒坐在後面，百無聊賴地玩著手機。聽到「駭客」兩個字，她抬起眼眸饒有興趣地開口：「駭客？」

聽秦苒問起，施曆銘連忙收起懶散，正襟危坐地開口：「聽說是駭客聯盟最新加入的會員，最近一次的壯舉是攻入了三角大樓，然後全身而退。程火先生說比起他只差了一點，實力很強，是程火先生為情報堂準備的新成員。」

語氣裡有一絲敬畏，畢竟……沒人會不敬畏一個強大的駭客。

程木聽著，肅然起敬。駭客聯盟，一聽就知道不是什麼簡單的組織。不過他看了一眼後視鏡，心裡又開始糾結，秦苒跟她比，哪個比較強？

前天晚上混入停機坪基地系統的協力廠商，真的是秦苒嗎？

後視鏡裡，秦苒似乎在按手機。那手機的樣子跟普通手機不太一樣，程木似乎還看到了螢光。

還沒仔細看清楚，秦苒就抬起頭，程木嚇得立刻轉回頭。

後座，秦苒收回目光，漫不經心地伸手翻轉手機，打開微型電腦。

不久後，音箱裡傳來一到甜美的女音：『前方一百公尺處，紅綠燈路口直走。』

施曆銘開車開得好好的，突然聽見系統提示音，嚇了一跳。正好紅燈，他往前開了一下，然後停下來等紅綠燈，拿起放在一旁的手機拍了拍，「怎麼回事？我沒開導航啊？」

施曆銘在美洲待了這麼久，地下城雖然是個銷金窟，但施曆銘也去過，不是很遠，他認識路，所以不用導航。但現在導航竟然自己響了，他被嚇了一跳。

「照著導航走吧。」程木聽後座的秦苒沒有出聲，就看向施曆銘。

秦小姐……突然來這麼一下，程木完全能理解，真的。

「程木兄弟，你嚇死我了。」施曆銘並不知道秦苒是個駭客，聽程木這麼說，就覺得是程木搞的鬼。

程木看了他一眼，沒說話。

車越開越偏僻，最後停在一個黑街口。這裡施曆銘也很眼熟，莊園裡有不少人尋求突破時，在這裡打過普通擂臺賽，但是施曆銘有點無法適應這裡的氣氛，不太常來這裡。

「秦小姐……這裡？」

他停好了車但沒有下去，就坐在駕駛座上有些糾結地看向秦苒。

秦苒的表情沒有太大的變化，甚至說得上冷漠，那雙眼睛有沉寂蒼涼的冷，「下來吧。」

她率先開門下車。

黑街裡，不時有人扛著武器亂晃，而隔壁就是特別亂的貧民窟。

秦苒一邊穿上羽絨衣，一邊看向入口的地方。

黑街上的人看到有新人過來，目光都朝這邊看，有壯漢叼著菸瞇眼看著秦苒，但在目光碰到她衣袖上的花紋時，手上的菸顫了顫，然後迅速收回目光。

「跟我過來。」秦苒當先朝一個方向走。

這裡只有一個地方，就是角鬥場。

施曆銘本來想先帶路，沒想到秦苒就直接走了，路也沒有走錯。

「小施，我們這是要去哪裡？」程木跟在秦苒身後，小聲詢問施曆銘。

施曆銘沒回答，因為他已經看到角鬥場的大門了。門上有兩個恐怖的黑色骷髏頭交叉的標識，有種莫名的壓抑感。

秦苒從口袋裡摸出一張黑色的卡，遞給施曆銘，「去辦張VIP卡。」

角鬥場裡除了打擂臺的人，剩餘的就是押注賭博、看刺激的觀眾。VIP卡最低一千萬起跳，有專用的空中看臺跟包廂，還有很多特殊許可權。也有有錢人想尋求刺激，就在角鬥場邊當開門員。

三人走進去，就如同到了不同的天地。裡面的聲音嘈雜，不時傳來歡呼或者咒罵聲，也有加油吶喊聲。這裡打的是黑拳，就算是普通擂臺，上面的人為了贏，也會不擇手段地動手，有些人則是被逼到絕境，才會生死一搏……贏了，全民英雄；輸了，傾家蕩產或者賭上一條命。

程木雖然經歷過特種訓練，既辛苦又嚴厲，但挑戰的是人體的極限，並不血腥。就算跟郝隊出過幾次任務，經歷過無數次生死交戰，也沒有經歷過這麼壓抑黑暗的一幕。

他臉色有些泛白，接受不了，「小施，我們帶秦小姐離開……」

他轉頭看看秦苒跟施曆銘的狀態，施曆銘只是略微皺了皺眉，沒有太大的異樣。至於秦苒……

程木臉色變了變，秦苒的表情比他想像得平靜許多。

「看完這一場再走。有菸嗎？」秦苒側頭看了眼程木。

程木糾結地拿出了一包菸，正心想著要是給了秦苒，回去會不會被程雋打死時，秦苒就抬手抽出了一根。

她低頭看了看，沒抽也沒點燃，漫不經心地側頭看向程木，勾起意味不明的笑：「程木，想要成為強者，代價很大。」有些玩世不恭的模樣，總算透出一些程木熟悉的感覺。

程木「啊」了一聲，回過神來。

秦苒拍拍他的肩膀，低聲笑了笑，半眯著眼睛懶洋洋地開口：「程水他們都是行走在地獄邊緣的人，那些比你厲害的人，不是天生就比你強。你資質不弱，我讓你去打普通擂臺，也許不會死，但可能會殘廢。每一場你都要全力以赴，每一場你都要提心吊膽，敢嗎？」

她看向程木。

施曆銘站在兩人中間，完全不敢說話。

程木則內心一震，如果沒有經歷這幾天的事，秦苒問他敢嗎，他可能真的不敢。但現在，程木捏了捏拳頭，看著秦苒，粗聲粗氣地說：「秦小姐，我敢！」

一雙眼裡生死無懼。

秦苒摸著下巴看了他一眼，意外地挑眉。

「我知道了。」擂臺上，一場普通擂臺剛好打完，秦苒把羽絨衣的帽子拉上，轉身往外走，「回去吧。」

程木一愣，追上去，「秦小姐，我們不打擂臺嗎？」

施曆銘也跟上來，看著秦苒，他也以為秦苒是要讓程木打普通擂臺。

「小施，你們莊園有小型的室內訓練場嗎？」秦苒一邊往外走，一邊拿出手機，滑到顧西遲的大頭貼。

『有藥嗎？快速恢復細胞的、耐揍的……都需要。』

她列了一大串。

顧西遲一向很快就回覆她的訊息：『有。』

秦苒直接把莊園的地址傳過去，但傳完地址，她忽然覺得有什麼地方不對。

第三章 實力打臉

秦苒低頭看了眼地址，是美洲莊園的地址。見顧西遲那邊還沒有回，她直接收回了。

上車的時候，她擰著眉頭看了程木一眼，心想著自己是不是跟程木待太久了，莫非低智商也是會傳染的？

程木見到秦苒看著他，不由得摸了摸頭，「秦小姐，我們要回去嗎？」

他在猜，秦苒是不是又要他回角鬥場了。

秦苒上車，等施曆銘打開空調，又把外套脫下來隨手放到一邊，壓著嗓音開口：「不回去。」

施曆銘回想了一下，回答：「莊園有室內訓練場，不過場地不是很大，一般都是各個堂主在使用的，我沒去過，不過程水先生應該知道。」

秦苒點點頭，表示了解。

至於手機另一頭的顧西遲還在醫學組織的實驗室裡。

他穿著醫學組織的白袍。這些都是醫學組織的標準配備，醫學組織特有的白袍不如那些做手術的主刀醫生穿的那麼沉重，不是防輻射鉛衣，而且能防輻射，只是造價極高，也是那位鑽石老大贊助的。

單純的醫學組織，是不會幫每位學員分配一套這種裝備的。

「老師，你們上次研究出來的加快傷口癒合、活躍細胞的藥還有嗎？」顧西遲從實驗室的一排藥櫃裡拿出瓶瓶罐罐一堆藥，然後側身去看老頭。

他每樣都拿了兩三瓶，有些藥誇張地只留了一瓶當樣本。

老頭轉頭看著被顧西遲抱在手上的實驗用藥，嘴角扯了扯，「孽徒，你又隨便拿我的研究藥！」上次也是，幾乎把他實驗室的藥洗劫一空了！現在又來？

「免費的實驗對象，我會讓人幫你記錄藥效的。」顧西遲把手中的一堆東西遞給江東葉，然後偏頭看老頭，「沒有鑽石老大，你能研究出這麼多藥？」

這一句話一出，老頭瞬間無話可說。因為鑽石老大每次匯來的錢都特別多，還是老頭徒弟拉來的贊助，醫學組織劃分資金、提供實驗器材跟藥物給老頭都特別慷慨，沒有這些支援，老頭也研究不出這麼多東西。

「你學長就不會這樣。」他說不出反駁的話，只坐到椅子上嘀咕了一句。

顧西遲不理他。

老頭又想起什麼，看向顧西遲，坐直身體，語氣有些緊張，「說起你學長，他不來了吧？」

他這句話問得有些小心翼翼，還略帶著期待。

顧西遲只會洗劫他的實驗室，但程雋一來……老頭沒再繼續想。

聽老頭提起這個，顧西遲把口袋裡的手機拿出來，看到秦苒收回了一條訊息。

他覺得有點奇怪，但也沒問，只傳了一條訊息過去：『你們在哪裡？』

秦苒那邊回得也很快：『美洲。』

然後又迅速傳來一個地址，是雲光集團在美洲的據點，要顧西遲把藥寄到那邊。

顧西遲看完，就側身看向老頭，笑了笑：「他到美洲了。」

醫學組織就在美洲。老頭整個人都傻住了。

顧西遲再看向手機：『妳剛剛收回了什麼訊息？做了什麼蠢事嗎？』

秦苒沒說話，只回了個「微笑」表情。

*

秦苒他們回到莊園的時候已經是晚上了。程雋還在書房，書桌上的文件已經被撤走了，換擺著一台電腦。

他在看監視器畫面，是走廊上樓梯口的。

瑞金跟秦苒擦肩而過的時間只有一分鐘，秦苒卻在樓梯口站了很久。

外面有傭人在敲門，「秦小姐回來了，要開飯嗎？」

程雋坐在椅子上「嗯」了一聲，伸手關掉影片站起來。

飯桌在一樓，以往只有程水、秦苒、程雋跟程木他們，今天多了一個程火。

「莊園有室內小型訓練場嗎？」秦苒夾了一塊水煮肉，看向程雋。

程雋正拿著筷子，他沒什麼食欲，只吃了幾口飯，「一樓就有我的訓練場，通常沒人會去，妳要去可以去那裡。」

「好。」秦苒把手機放到桌子上，點了點頭。

一行人吃完飯，程雋看到秦苒站起身，就把桌子上的手機遞給她。

秦苒接過手機才看向程雋，「我先去看看訓練場，你吃完就回去睡覺吧。」

程雋「嗯」了一聲。這半個月來他確實沒怎麼睡，不過也放下筷子站起來，「訓練場在那邊。」

剛放下筷子站起來，想幫秦苒帶路的程水瞬間又拿起了筷子。

整個莊園的訓練場設備都十分齊全，但程雋的更加完備，就是外面大型訓練場的縮影。

「這是感測器，可以測驗妳一拳的力道……」

程雋帶著她逛了一圈小訓練場，為她介紹幾個訓練器材的用法。

這個訓練場雖然是為程雋準備的，但他以往一年在這裡住不到幾天。這個訓練場他也是第一次進來，不過裡面的設施他倒是很清楚。

秦苒本來想帶程木來親自感受一下，也想試試這些測試力道的感測器。

感測器上，一拳的最高紀錄是九百一十。

不過是程雋帶她過來的，秦苒想了想，還是沒有試，反而散漫地點點頭：「我知道了，明天再來看，我們回去吧。」

程雋正等著她試用，見到她沒有要用的意思，不由得挑眉，聲音很輕：「不試試？」

「不試了，回去打遊戲。」秦苒收回目光往外走，見到程雋沒跟出來，不由得側身挑了挑眉。

程雋站在原地，看了秦苒一眼，笑道，「回去吧。」

二樓，秦苒的房間——

秦苒回去剛打開電腦，程木就來敲門，把林思然的一盆花遞給秦苒。

這盆花需要每天打理，而通常晚上秦苒回房的時候，程木是不會進秦苒房間的。

他就把放在溫養室的花搬回來，遞給秦苒。

「明天早上七點，在一樓等我。」秦苒接過程木手中的花盆，不緊不慢地說了一句。

程木說了聲「好」就沉默地退下，沒有回房間，又去了訓練場。

秦苒也沒提醒他，看到他走了之後折身回去。

她確實開了遊戲，電腦裡陸照影的聲音傳出來，在叫她打遊戲。

秦苒拉開椅子坐下，沒立刻開遊戲，而是打開一個文件，「你先等我一下，我寫個東西。」

『好，我先開一局。』電腦那頭的陸照影也非常乾脆俐落。

他用滑鼠點了開始匹配對手，等匹配的時候，他又想起一件事，『你們在美洲郊遊了？程木貼文裡的那個廚師開燒烤店了嗎？我看他烤的肉確實很有食欲。』

他漫不經心地問著，而秦苒一邊打字一邊回：「什麼廚師？」

她有程木的帳號，但沒有滑動態的習慣，還不知道程木把傭兵首領烤肉的畫面貼上去了。但聽陸照影說起烤肉，她有點記憶。

『就前兩天那條動態，你們那個廚師在野外幫你們烤肉。』

秦苒：「……他大概不會開店。」

秦苒在幫程木擬定訓練計畫。大約過了三分鐘，秦苒就發現了不對勁，她瞇了瞇眼，打開編輯器查了一下莊園的無線系統。

有人正試圖透過無線系統查她的訊息，不僅是她，程雋那邊的系統也被人動過了。

「膽子不小……」

秦苒靠著椅背，把文件關掉，直接打開搜尋引擎。遊戲頁面被最小化，螢幕變成了黑屏白字，一行行代碼在上面跳動。

與此同時，後面一排古堡的客房裡，金髮女人正坐在電腦前。

她剛從無線網路入侵了秦苒房間的無線埠，還沒徹底破除，螢幕就忽然一黑！

能被程火看中，唐輕對電腦的了解在業界自然勉強能稱王稱霸。整個莊園裡，她唯一忌憚的只有程火一人。若要讓她去駭程火的電腦，她當然不會去，但莊園的其他人她就無所畏懼。

一個下午的時間，她都沒有弄清楚那位秦小姐的身分，不過打聽到了她的住所。等晚上沒有人的時候，她就開始入侵鎖定的兩個房間。然而，還沒有入侵那位秦小姐的終端，她的電腦就突然黑掉了！

唐輕愣了一下，重新按著鍵盤，敲了一串代碼。

電腦的指示燈還亮著，就是螢幕沒有任何反應。作為一個駭客，唐輕對這情況自然是再清楚不過——她的電腦被人反駭了！

對面那個人的技術一定比她高超很多，才能在她毫無反應的情況下反駭她的電腦。

唐輕靠在椅子上，脊背泛起一層薄薄的汗。

是程火嗎？不對，就算是程火，也不能在她完全沒有應對能力的狀況下駭進她的電腦。

就在唐輕膽戰心驚的時候，對方又忽然撤回去了，沒有下一步動作。

唐輕怔怔地按著鍵盤，鬆了一口氣，心底忍不住想著這到底是誰？是今天程火提到的馬修的人嗎？

另一邊，陸照影已經打完了一局遊戲，在電腦那頭催促，『秦小苒，好了沒？』

「好了，別催。」

秦苒調出搜索結果，上面顯示出房間定位，是後面那一棟樓的三樓客房……是今天程火帶回來的那個女駭客？

秦苒瞇了瞇眼。

陸照影還在催她，秦苒就慢吞吞地操控遊戲人物，加入了陸照影的隊伍，一邊排隊一邊幫程木寫訓練計畫。

此刻，程火並沒有回自己的房間，而是在程水這裡跟他彙報這次的情況。

「駭客聯盟的會員都比較神祕。」程火拉開一張椅子坐下，「都行事乖張，很少有人會聽人命令行事。而唐輕背景乾淨，不過她有一個缺點，很自大。」

程水幫他跟自己都倒了一杯水，點點頭，表示了解，「看得出來。」

二十歲上下就能在電腦方面取得如此成績，這麼自大，能理解。

「再觀察一段時間吧，」程水喝了一口水，然後放下杯子，「等下個月考核的時候再說。」

「我也是這麼想的。」程火點點頭，他拿著茶杯，忽然想起一件事，「採購堂的人跟我說拍到了ＥＡ系列的機器人，現在在哪裡？」

「還在排隊待檢，明天上午讓人送給你研究。」機器人的事，程水已經收到了通知。

程火有些躍躍欲試，剛想問研究所在哪裡，口袋裡的手機就響了。

是莊園內技術部人員打來的電話，程火挑著眉接起，「什麼事？」

那邊的聲音嚴肅又急躁，『程火先生，我們的內部系統被人攻擊了。』

「你確定？」程火從椅子上站起來，擰眉，「慢慢說，我馬上到。」

他拿起外套要走，程水也撐著扶手站起來，問他怎麼回事。

「莊園系統出了問題，被人攻擊了，我去看看。」程火把外套穿起來，急匆匆地往外走。

他安裝在莊園裡的防火牆是從駭客聯盟會長那裡偷來的，能成功攻擊這個系統的外部人員沒幾個。有這個能力攻擊他們系統的那幾個高手中，誰沒事會攻擊一個莊園的系統？

程火覺得事情有些不對，再加上今天程水說的馬修，臉色沉了沉。

程水不知道事情的經過，不過看程火的面容也明白事情不簡單，就拿了外套跟程火一起出去。

「怎麼回事？」他問。

兩人一邊往情報堂走，程火在路上跟程水解釋了整件事。

情報堂是一座單獨的塔樓，一樓擺放著十幾台電腦，現在每台電腦上都跳動著一行行代碼。

情報堂的一個隊長見到程火來了，立刻站起來讓開位置。

程火按著電腦，查看了一下埠。他的認知裡，能攻破防火牆的這個人一定是駭客界超級高手等級的人物，他準備用十二分的力來應對這個人。

但他還沒使出十分力，對方就輕易被他擊退了。程火一向很淡定，但這下子是真的有些被搞糊塗了。他順著這條線查下去，勢如破竹，沒多久就摸到了唐輕房間的線路有入侵秦苒跟程雋房間的痕跡。

程火不由得瞇起眼，手停在黑色的鍵盤上，「奇怪……」

「怎麼了？」程水坐在他對面，一直沒有打擾他，見到程火停下來才看向他，「情況不對勁？」

「確實奇怪。」程火指著電腦頁面顯示的紅點，看著程水：「對方是個高手，我查不到半點蹤跡……但是，他並沒有動我們的任何資料，倒像是……」

倒像是在引他去發現唐輕。

程水聽完，沉吟了一下，「唐輕這個人，再觀察一段時間。你把秦小姐跟老大的資料看好。」

作為一個駭客，去查別人的資料，程水不知道正不正常，雖然唐輕也沒有動莊園的祕密，但一來就查秦苒跟程雋，已經敗了程水的好感。

*

次日一早，秦苒起來吃完了早飯才下來一樓。

不早不晚，七點，程木就在大門口等著了。

「秦小姐，我怎麼沒有看到小施？」程木在四周看了一下，都沒有看到施曆銘的人影。

他以為今天依舊由他跟施曆銘帶秦苒出去。

大廳內，秦苒沒有穿羽絨衣，只穿了件衛衣，外面是一件風衣。

「他還沒到，」秦苒手裡拿著一份文件，直接開口，隨手把文件遞給程木：「跟我過來。」

她把程木帶到程雋的小型訓練室。

「這裡，是拳力測試指數。」秦苒停在拳力儀旁，一邊脫下外套扔到地上，一邊指著儀器對程木道：「打一拳試試。」

拳力儀上有五行數字。

第一排是總最高紀錄：九一〇

第二排是本機最高紀錄：〇

第三排是本機單次紀錄：〇

第四排是本機第二次紀錄：〇

第五排是本機第三次紀錄：〇

第一排應該是整個莊園的最高拳力指數，後面四排……程雋應該從來沒有用過這台機器。

程木點點頭，他原本以為秦苒要帶他出去，還穿了件黑色的大衣。現在聽到秦苒的話，他也脫掉大衣站到拳力儀前。他先是活動了一下，然後握緊右手，手背青筋暴起，雙眸爆睜。

「砰」地一聲，程木的右手如同一道殘影狠狠砸在儀器上！

儀器滴了一聲。

第二排跟第三排都顯示出拳力指數——六五二。

程木：「……」

跟最高紀錄差了兩百多，也沒有其他紀錄做對比，但接近三百的差距……

秦苒咳了一聲：「再多打幾拳。」一拳看不出什麼。

口袋裡的手機響了一聲，她拿出來一看，是施曆銘的訊息，問她在哪裡。

秦苒把一樓地址傳給施曆銘。

施曆銘穿上衣服就朝古堡這邊走，在路上正好遇到了程水跟袁堂主一行人，他停下來問好，才繼續小跑著去找秦苒。

「這個施曆銘都不去訓練場？下個月要考核耶。」袁堂主自然記得之前採購堂的紅人，低聲詢問鄒堂主。

鄒堂主回了一句：「他的主要任務就是陪秦小姐吧。」

「那真是可惜。」袁堂主搖了搖頭。

不遠處，傭人拿了一個包裹過來，遞給程水。

程水本來想隨手放到一邊，目光一瞥就看到了雲光財團的標識，一向淡定的他也詫異地挑眉：「雲光的人？」

雲光財團是亞洲的五大頭之一，不管是幕後之人還是成員都很神祕，跟他們莊園也沒有任何生意往來。程火當初還想了很多辦法要打入雲光內部，都沒成功，現在怎麼會寄東西到這裡來？

「雲光的？做出ＥＡ機器人的那間神公司？我懷疑那個寫出ＥＡ機器人程式的，一定是我知道的高手。」程火對雲光財團的科技人員特別感興趣，聽程水提起雲光財團，本來昏昏欲睡的他立刻提起了精神，接過程水手中的包裹翻看，「他們怎麼會跟我們有來……」

他在正面看到了秦苒的名字。

「這包裹是……秦小姐的？」程火話說到一半，整個人就呆掉了。

程水看到雲光財團，也下意識就想到程雋，可沒想到會是秦苒的。

他把包裹拿過來，「我送去給秦小姐。」

程火也偏頭跟袁堂主他們說了一聲，「你們先去議事堂，我馬上回來。」然後又小跑著跟上程水，壓低聲音，十分意外地說：「秦小姐竟然認識雲光財團的人？」

程木從來沒有跟他們提過。

兩人剛走進大門，就看到從二樓下來的程雋。他今天似乎睡得很飽，不像之前那麼懶洋洋的。

「老大。」程火跟程水都停下來，十分恭敬地叫了一聲。

「嗯，」程雋漫不經心地應了一聲，停下來，「她的包裹？」

程水就把包裹遞給程雋，「是秦小姐的，我正準備送去訓練室。」

「給我吧。」程雋伸手，眼眸微抬，「我正好要去找他們。」

程雋去送包裹，程火不敢跟著他一起去騷擾秦苒，就跟在程水後面，心裡像被貓爪撓了一把，「你說，秦小姐怎麼會認識雲光財團的人，她認識內部技術人員嗎？」

兩人一邊說，一邊朝議事廳走去。

「程火師兄。」

不遠處，一道清亮的聲音傳來，正是唐輕。

程水看了她一眼，微微點頭，禮貌、富有涵養卻疏離的一句：「唐小姐。」

跟昨天幾乎沒有什麼差別，唐輕卻感覺到了不太對勁，程水的態度似乎有些奇怪……

＊

古堡一樓訓練室——

秦苒正雙手環胸站在一旁，程木也退開來，換成施曆銘打拳力儀。

砰——他的腰部與胯部猛然發力，一拳打完，拳力儀都在微微顫著。

於此同時，第二排跟第三排的紀錄都被刷新。

本機最高紀錄：八二六

程木默不作聲地站在一旁，看到這個紀錄張了張嘴，訕然道：「小施，你好厲害。」

「一般吧。」施曆銘摸了摸腦袋，然後低頭和程木八卦：「大部分的人都在八百到八百五十之間。八百五十以上需要技巧跟質量的突破，那個九百一十就是程水先生打出來的，到今天都沒人能突破。」

程木聽完，看著最後兩排自己打的六七八跟六七三：「……」

秦苒看程木打了這麼久，一直在六百五十到七百之間徘徊，就知道程木大概的實力了。

她低頭捲起衛衣的袖子，穿著寬鬆的運動褲，「程木，你過來跟我打一次。」

程木一聽，腦子裡就回憶起不久前秦苒虐傭兵首領的那一幕：「秦……秦小姐……」他結結巴巴地說。

秦苒的表情風輕雲淡，「把我當成生死擂臺上的對手，想盡辦法打敗我，打不死我就是你最後一次站在擂臺上。」

她抬手，擺出了作戰的姿態。

施曆銘一看就知道秦苒要幹嘛，有些羨慕地看了程木一眼：「程木兄弟，你快去吧！看不出來秦小姐在教你嗎？」

能有個高手當對手，尤其是個超級高手，實力要提升一定迅猛無比。

程木自然也想到了，愣了愣：「還……還有這種好事？」

程木捏了捏拳頭，跳上中間的對打擂臺。

剛跟秦苒過完一招，他整個人如同被一把鐵錘狠狠貫穿，「砰」地一聲落在了地上！

這一招又狠又直切要害。

平常程木看秦苒都散漫又有些玩世不恭，這是第一次切身感受到她作戰時的狀態，整個人表情冷漠，如同冰冷的機器人，冷酷無情。她一點也沒放水，就如她所說，她就是生死擂臺上的對手。

這狠絕的態度讓程木打起了一百分的精神來對抗，但最後還是被打趴在地，沒有爬起來。

站在一旁的施曆銘被嚇到了，愣了好久都沒有反應過來。

秦苒低眸把袖子捲起來，走到程木身邊，「生死擂臺就是這樣，我要是真的對手，你早在五分鐘之前就死了。程木，還想變強嗎？」

程木用手有些艱難地撐著地板，他抬頭，另一隻手緊握著拳頭，「想。」

秦苒站起來，然後偏頭。還沒說話，一直靠在門邊的程雋就走進來，把手中的包裹拆開了。

他站在秦苒身邊，低頭在包裹裡找了找，很快就找到了一個標記著四十七的白色藥瓶，扔給程木，「兩粒。」想了想，又看向站在一邊的施曆銘：「你去拿瓶水給他。」

「喔，好。」施曆銘反應過來，去休息室拿了一瓶礦泉水，擰開來才遞給程木。

程雋吩咐這一切的時候，秦苒就站在一旁，手很冷酷地插在口袋裡，眉眼垂著，沒開口。

「有紙跟筆嗎？」程雋繼續跟施曆銘說話。

不遠處的椅子上放著一疊紙跟一支筆，是秦苒帶來的，施曆銘就跑去拿過來。

程雋要施曆銘紀錄程木吃完藥之後的狀態跟恢復程度，之後彎腰把秦苒扔到一旁的外套撿起來，伸手幫她披上，然後把她帶到訓練場外面。

沒去書房也沒有下樓，而是帶她去了頂樓。

頂樓是一個花園，頭頂是巨大的玻璃罩，隔開了冷空氣，有陽光直射不算冷。旁邊有鐵質的椅子，下面墊了一層軟墊，正好可以俯瞰整個莊園的景色。

程雋讓她坐到椅子上，耳邊有氣息若有似無地纏繞，秦苒下意識就想往後退一步。

一隻手扣住了她的後腰，程雋看了她一眼，「妳坐，我們好好談談。」聲音很清淡。

秦苒抬頭看天，想要摒棄這不自然的氣氛：「啊，談什麼？」

程雋摸出了一根菸叼在嘴裡，沒點燃，聲音含糊不清：「三年前，妳怎麼突然消失了？」

「我回去找明月了。」秦苒偏頭看向程雋。

她原以為這件事她可能永遠都說不出口，會永遠埋在她心裡，直至腐爛成灰，挖也挖不掉。

但不知道為什麼，現在要說出口好像也沒有特別難。

「嗯。」程雋點點頭，指了指身後的矮牆，示意她坐下。

秦苒看著樓下不遠處的訓練場，聲音很飄：「我很想所有人，可是不夠，我挖不動了。」

程雋放在牆上的手一顫。

「我本來可以救他們的。」秦苒繼續說。

「妳一個十六歲的女生，能救出一個人就很厲害了。」程雋聽得有些難受，伸手把她的頭轉過來，目光一眨也不眨地看著她的眼睛，「妳一直護著她，幫她遮掩身分資訊、轉學，又讓封樓誠護著她。」

「我知道，就是遺憾。」秦苒看著程雋，忽然笑了。不是那種漫不經心的笑，而是燦爛的，那雙眼睛裡彷彿盛滿了星光，「我以為我說起這件事肯定會很難受，不過現在也沒有那麼難受。」

「妳當時要是聯繫我，」程雋看著她，幽幽開口，「說不定我還能幫妳挖。」

「……」秦苒咳了一聲，避開了他的目光，「當時沒想到。」

程雋覺得她真的很理直氣壯，真的，他記了三年，她只說了一句沒想到。

「妳當時想起來多好……」程雋低下頭，下巴抵在她的肩膀上。

秦苒偏頭看了他一眼，一時間也想像不到三年前要是真的赴約了會怎樣，說不定兩人真的能把那三個人都救出來，還一起去打職業賽？

那現在還有楊非什麼事？

「我們下去找程木。」秦苒拍拍他的肩膀。

程雋慢吞吞地「嗯」了一聲，但沒動，聲音很悶，「等一下。」

啊。秦苒仰起頭，頭頂的天空似乎很藍。

她從剛剛的狀態走出來了。

外面，露天訓練場——

昨天把程木打趴的傑瑞正在跟唐輕說話。

「傑瑞，今天那塊木頭沒有來訓練，施曆銘也沒有來，會不會是被你打到怕了？」有人過來拿了個武器，又跟唐輕打招呼。

經過昨天一整晚，唐輕的大名就傳遍了整個莊園。

傑瑞不屑地笑了笑，「那兩個人是出去玩了吧，再這樣下去，下個月怕會淪落成傭人。」

他不再提程木跟施曆銘，轉向唐輕，語氣中多了些許尊敬，「唐小姐，妳試試這個拳力儀。」

能被程火帶來，唐輕的實力自然不差。女人在力氣上天生占弱勢，她一拳下去，七一二。

能跟採購堂那些比較弱的幾個人媲美了。

傑瑞笑了笑，「唐小姐果然厲害。」

唐輕卻皺起眉，七一二跟九一〇相比差了兩百，她不太滿意。

「這九一〇是程水先生打出來的，好幾年了，都沒人能破。」傑瑞一眼就看出唐輕在想什麼，解釋道。

他一句話剛說完，第一行的最高紀錄九一〇就稍微閃了幾下，刷新成一條新的數字。

一千三百二十一！

訓練場上，圍在拳力檢測儀旁的人都沒反應過來。

就連說話的傑瑞也怔愣，所有站在拳力儀旁的人都陷入了一片詭異的寂靜。

一千三百二十一，比程水的最高紀錄高了四百多。

這個四百多跟零到四百不一樣，超過了一個界限，五十的差距就是天差地別。程水的拳力一般會在八百八十到九百一十之間變化，也在瓶頸期，但他本身的實力就極其恐怖，這麼多年來都沒有人能超越。而現在不僅有人超越了，還是一千三百二十一？

剛剛打完一拳七百的唐輕也沒有反應過來。

剛剛那一拳，是她為了給莊園裡的人留下第一印象，才用盡全力打了那一拳，到現在手腕跟手臂都是麻的。那已經是她的極限了，所以她沒有再出手打下一拳。

只有全力測過的人才知道一千三百二十一是多恐怖的數字。

「傑、傑瑞……」傑瑞身邊的人不由得拉了一下傑瑞的手臂，吞了一口口水，「這……這是誰打的……」

傑瑞也大喘了一口氣，目光沒有偏移，「這資料，應該是老大打的吧……」

除了程雋，傑瑞想不到還有誰能打出這麼逆天的成績。

聽到傑瑞說起程雋，場上的其他人才略微鬆了一口氣。

如果是程雋打的，那就不稀奇了。不過一千三百二十一的成績……還是讓人忍不住側目。

古堡一樓訓練室內，秦苒打完，低頭吹了吹拳頭。

身側，程雋將手插在口袋裡走過來，眉微微挑著：「一千三百二十一，還行。」

站在一旁的程木跟施曆銘收回下巴：「……」

還、還行？這兩人之前見過秦苒有多猛，打那群傭兵的時候，她也沒有用太多的技巧，能達到一千三百二十一的分數，是意外之外卻是情理之中。

「一千三百二十一，這力道連合成木桌都、都能拍成渣了……」施曆銘幽幽開口。

程木低頭看了一眼自己的身體，雖然被秦苒摧殘了，但秦小姐好像真的沒對自己下狠手……

他抿了抿唇，然後開口，「秦小姐，再來！」

施曆銘一手拿著筆，一手拿著本子，在上面記錄了一行程木的身體狀態。

他不是醫生，也沒學過醫理，但學功夫、格鬥的平常經常受傷，已是久病成醫。

聽到程木的話，他眉心一跳，「程木兄弟，你也太拚了吧？不休息一下，下午或者明天打嗎？你現在能動手？」

秦苒剛剛下手很猛，就算沒有太大的內傷，總會遭受一頓皮肉之苦，施曆銘也能看出程木的傷勢。

「當然，」程木抬起手臂，又走兩步過來，掄了掄拳頭，「我感覺好像跟以往沒什麼兩樣，身上也沒有特別痛。」說著，他還向施曆銘展示了一番。

明明一個小時前還抬不起手臂，現在就能隨意轉了……

施曆銘下意識地看向身旁椅子上的那堆藥，忽然有點領悟到了什麼。

這些藥的來歷恐怕不簡單……有這種神藥，加上不斷在生死邊緣的磨練，還有個超猛的人親手訓練，只要不是木頭都能成為高手吧。

施曆銘想到這裡，一邊在本子上記錄狀態，一邊看向程木的方向，這一刻，他真的嫉妒了……

秦苒跟程木說了一聲「稍等」，伸手接過施曆銘記錄的本子，看了一眼。

「對了，顧西遲讓我問你，」一眼掃完，秦苒忽然想起了什麼，看向程雋，「什麼時候去醫學組織？」

程雋低頭想了一下，然後看她：「妳什麼時候玩完？」

「最少也要下個月吧？」秦苒看了程木一眼。

程木本來就有底子，只是潛力沒有激發出來，一個月不間斷的特訓差不多了。

「那就再等等，不著急。」程雋慢悠悠地回了一句，「妳不用管，我跟他說。」

秦苒點點頭，沒再管，繼續去揍程木。

程雋站在一旁看了一會兒，見到秦苒揍程木似乎很開心，才朝外面走。

*

最近這兩天，莊園討論唐輕的人十分多。

唐輕打出了七百以上的拳力，這在女生的爆發力中極為罕見，本該是眾人討論的熱門話題，卻被突然空降的一千三百二十一搶了風頭。莊園裡收到消息的各堂成員都去了最近的訓練場，看拳力檢測儀上的最新紀錄，有人甚至拍下來，發了動態。

一個小時之後，施曆銘在拍賣場拍下的ＥＡ３代機器人終於通過了檢測，被人送去議事廳。

程火聞訊，風風火火趕過來，包裝裡只有一個ＥＡ３代機器人。他在裡面翻了半天，都沒有翻到說明書之類的東西。他繞著那台機器人，一時間竟不敢輕舉妄動。

這些高科技的東西，一個弄不好就會被鎖死，程火撓撓腦袋，吩咐身邊的人：「你去把唐輕叫過來。」

傑瑞等人也早就聽說了機器人的事，跟著唐輕過來看傳說中的第一代智慧系統。

「這就是ＥＡ３？」唐輕走到程火身邊，小心翼翼地觀察ＥＡ３。

ＥＡ３還沒完全普及，但駭客聯盟接到消息，ＥＡ代機器人完全是人工智慧系統。

現代化的科技已經發展到巔峰了，只要是玩電腦的，沒有不想拿一台ＥＡ代機器人來研究的。

情報堂的人一個下午都圍著這個ＥＡ３機器人，但沒人敢輕舉妄動，程火也把消息也告知了駭客聯盟會長，還試圖聯繫雲光財團的內部人員。

程火想要問他們，為什麼一個智慧型機器人沒有說明書？

「你有雲光財團內部人員的聯繫方式嗎？」程火偏頭看程水。

說這句話的時候，程火想起早上雲光財團寄給秦苒的包裹，準備晚上吃飯的時候問問秦苒。

程水略微思索了一下，然後搖頭，「我們跟雲光完全沒有生意來往。」

雲光財團的生意大部分集中在亞洲，手很少伸到這邊來，而他們的生意基本上都在國外。

一直低頭看著機器人的唐輕聽到這句話，忽然抬起頭，目光閃爍著：「我其實認識一個雲光財團的管理者，他就在美洲⋯⋯」

「妳認識雲光財團的內部人員？」程火抬頭看了唐輕一眼，十分意外，這藏得夠深啊。

連程水等人也多看了唐輕幾眼。

「他是我的叔叔，不過我們很少見面，他從不跟我提雲光財團內部的事。我叔叔也是從事IT行業的，你們想要見他，我可以試著把他請到莊園來。你們也不要抱太大的期望，我不確定他會不會來。」唐輕笑了笑。

*

晚上吃晚飯，程木臉有點腫地坐在飯桌旁，吃得很快，幾乎沒有閒聊。

「那個唐輕，今天拳力測試是七百，實力不錯。」程水跟程雋彙報。

一般情報堂的只需要IT技術過關，對實力要求沒那麼高，還會派執法堂的人員跟著保護，但是像唐輕這種有技術又有實力的人相當少。

程木一聽連唐輕都有七百，低頭吃得更快了。程雋也漫不經心地吃著，「嗯」了一聲沒說話。

程火夾起一塊肉，忽然想起什麼，看向秦苒，「秦小姐，妳認識雲光財團的人？」

秦苒手上拿著筷子，吃得慢條斯理，聞言就抬眸：「怎麼了？」

「上次採購堂的人在停機坪基地那邊買了一台機器人，那個機器人沒有說明書，我想聯繫雲光財團的人，問問他們這台機器人怎麼使用。」程火解釋。

這台機器人一千多萬，只有這麼一台，程火不敢亂按開關也不敢亂拆零件，小心翼翼的，如同對待一個寶物。

秦苒聽完，面無表情地看了程火一眼。

她的眉眼很淡，沒什麼表情，但程火從她的眼眸中感受到一股看傻子的意思。

程火愣了一下，輕咳一聲，一張年輕的臉上有些小心翼翼：「秦小姐？」

「沒事，你去把那台機器人拿來。」秦苒又重新低頭吃飯。

雖然很疑惑秦苒讓他去拿機器人來幹嘛，不過程火也沒問，飯還沒吃完就放下筷子，回情報堂讓人把ＥＡ３小心翼翼地抬到這裡來。

「秦小姐，搬過來了，您要看看嗎？」程火看向秦苒，以為秦苒是想看看ＥＡ３機器人的樣式。

秦苒吃得差不多了，就伸手拿起紙巾擦了擦嘴角，撐著桌子起身，走到ＥＡ３身邊。

飯桌上，程水的目光也看向這邊，不知道秦苒到底要做什麼。只有程雋一手撐在下巴上，懶洋洋地看著這一幕。

「秦小姐，您就先看看，等我們找到了ＥＡ３的啟動方式，再送過來……」程火為秦苒介紹了一番。

秦苒又看了程火一眼，然後面無表情地開口：「啟動ＥＡ３智慧系統。」

程火：「啟動不……」

他一句話還沒說完，ＥＡ３機器人的眼睛與身上幾處亮起藍光，同時，機械音響起：『ＥＡ３系統正在載入中。』

不到一分鐘，機械音再次響起：『系統載入完畢，開啟投影模式。』

隨著機器人的聲音落下，一道虛擬的藍色三維螢幕投射在半空中。

從左到右，依次寫著：瞳孔綁定——管家模式、研究模式、全能模式。

桌子上，程雋依舊懶洋洋地撐著下巴看著。

秦苒看了程火一眼，雙手插進口袋裡，抬起眉眼，散漫地說：「人、工、智、慧，聽過嗎？」

程火：「……」

程火一句話都說不出來了。他低下頭，覺得下午圍著ＥＡ３轉的自己像個傻子。

程水也十分意外地放下了筷子。

現在有不少ＩＴ公司都在開發智慧系統，但那些都是偽智慧，就算有聊天系統，也要用總開關開啟。他們研究了一個下午，還去找拍賣場，甚至想去找雲光財團要說明書，但研究了半天，到頭來只用一句話就能搞定？

只有程木很淡定地看了一眼，把碗裡最後一口飯吃完。

「秦小姐，我去訓練場了。」

程木放下筷子，腫著一張臉，十分平靜地跟秦苒和程雋打完招呼就走去訓練場。

秦苒點點頭，「你先去。」

路過愣在原地的程火時，程木的腳步頓了頓，看了程火一眼，然後對ＥＡ３開口，「ＥＡ３，你有名字嗎？」

『小黑。』

程木「喔」了一聲，是跟小二同一個輩分的名字。他繼續朝訓練場走去。

他的臉除了有點腫，其他就跟以往一樣，依舊是面癱。

程火真的覺得，程木那個蠢蛋是故意的。

程火看著他的背影，伸手抹了一下臉，偏頭看向秦苒，「秦小姐，妳……好厲害。」

系統啟動了，程火也明白了ＥＡ３的管理方式。秦苒沒再多說什麼，就上樓換了一件衣服，也去訓練場。

「我覺得我像個傻子……」程火苦澀地看向程水，又看看程雋。

程雋收起手，漫不經心地「嗯」了一聲，沒說話。

ＥＡ３啟動了，程火連飯都不想吃了，就讓小黑介紹它的功能。綁定系統的時候，是綁定程雋的瞳孔。

『綁定成功，開啟全能模式。』

程火就像走進大觀園的劉姥姥，「老大，這台機器人先給我們情報堂研究吧？」

程雋點點頭，把使用權給了程火。

程火風風火火地就要回情報堂，離開時忽然想起了什麼，腳步頓了頓，偏頭看向已經走到樓梯上的程雋，「老大，你上午用了拳力檢測儀吧？」

說起這個，程水也看向程雋。

程雋聞言挑了挑眉，十分氣定神閒地說：「沒，不是我。」說完，往樓上走。

在門口的程火身後跟著小黑，聽到程雋的話，他腳步頓了頓，看向跟他一起出來的程水，「我剛剛是不是聽錯了？」

不是程雋，那這一千三百二十一分還有誰能打出來？

程水也沉默了一下。程火不知道那幾個傭兵的事，但他知道……

「可能是……秦小姐吧。」程水沉吟了一下，然後嚴肅地開口。

程火的腳步踉蹌了一下，緩緩抬起頭，「兄弟，你是認真的嗎？」

程水淡淡地看了他一眼。

程火：「……」他死了。

秦苒這邊還在訓練程木。

顧西遲寄了一大包藥過來，施曆銘覺得他自己就算花幾輩子都吃不完這麼多藥，但程木今天一天各種藥都吃了幾粒，加起來差不多四五十粒，是普通人一個星期的量……

施曆銘看到程木一個小時前還苟延殘喘地爬不起來，現在又生龍活虎地站起來找秦苒訓練，他低著頭，面無表情地在本子上記錄下程木現在的狀態。

秦苒這一次沒有跟程木對打，只是摸了摸下巴，然後看了眼施曆銘：「你跟程木對打。」

施曆銘指了指自己：「我？」

程木才訓練一天啊。

「嗯，用盡全力。」

秦苒雙手環胸退到一邊，示意施曆銘去跟程木打。

施曆銘放下筆跟本子。他之前跟程木打都有刻意放水，眼下秦苒讓他用盡全力，他就捏了捏手腕，準備用十二分的力量。

「程木兄弟，你小心了！」他快速出拳。

眼下的程木只訓練了一天，當然打不過施曆銘，但跟程木打的過程中，施曆銘心底也暗驚！程木比起上一次確實進步了很多，這就是不要命的打法！更何況，程木還嗑了一堆秦苒給的神藥！

秦苒的特訓已經初步體現出了效果。

施曆銘更嫉妒了，就專打程木的臉。

程火帶著小黑回到情報堂，就開始把小黑連接到電腦終端。

小黑站在他身邊，幾乎跟下午沒什麼兩樣。程水看了一眼，他不太懂代碼，新奇地跟小黑玩了一下就去處理今天剩下的事了。

沒過一會兒，傑瑞拿著電腦進來，「程火先生，拍賣場那邊有回覆了！」

他們一整個下午都不敢動小黑，除了唐輕說的叔叔，程火也讓傑瑞去聯繫停機坪的拍賣場，詢問拍賣機器人的主人說明書的事，現在才得到回覆。

程火把一段代碼燒錄下來，仔細研究，一直沉浸在詭異的代碼中，直到聽到傑瑞的聲音才抬起頭。

「那邊說什麼？」他伸手按了按太陽穴，示意傑瑞把電腦放在桌子上。

電腦螢幕上是拍賣場那邊的回覆。因為是程雋這邊買下的，拍賣場知道事情的嚴重性，還特地找了拍賣的人，把賣方的回覆截圖下來。

『抱歉，我們也不知道怎麼使用，這個人工智慧機器人應該是雲光財團的幌子，不然怎麼到最近只有三個EA代機器人？感謝用一千多萬拍下EA3的買家。』

接下來就是拍賣場十分官方的回覆：『抱歉，尊敬的傑瑞先生……』

傑瑞氣得捶了一下桌子，眼睛通紅：「程火先生，這個拍賣的人明顯就是在騙我們！我一定要查出他是誰！」竟然敢騙到他們的頭上。

程火的個性跟人一樣，十分火爆，以至於整個情報堂的人脾氣都不太好，嫉惡如仇。

傑瑞本來以為程火看到這段回覆也會怒氣高漲，沒想到程火只是往後靠，似乎還笑了一下。

「程火先生？」傑瑞小聲開口，有點懷疑程火是不是被氣到變傻了。

程火沒說話，直接拿出手機，打開相機開始錄影片。

「小黑，去倒兩杯水來。」

原本一動也不動的小黑眼睛微微亮了一下，『好的，程火先生。』

它的原型就是按照真人設計的，行動之間看不出市面上那種普通機器人的感覺。

它很快就倒了兩杯水過來，程火拿了一杯，然後示意傑瑞拿一杯。

傑瑞……十分僵硬。

「小黑，統計一下美洲最新的人口數量。」他繼續漫不經心地吩咐。

二十秒後，小黑面前出現一個藍色三維投影螢幕。最上面一行是總人數，下面是男女老少的比例，還有即時浮動資料。

傑瑞：「……」這是機器人？不會是一個駭客吧？雲光集團是魔鬼嗎，這種東西也賣出去？

就算是他，統計美洲的人口資料也沒這麼快……

「好了，自己去充電吧。」程火停止錄影，然後把影片傳給傑瑞，抬了抬下巴，「你讓拍賣場把影片傳給那個賣家。」

程火放下手機，繼續研究代碼。剛敲了一下鍵盤，他又抬頭說：「啊，對了，順便感謝一下對方，只用一千萬就把這個無法估值的人工智慧賣給了我們，真的。」

他等著代碼運轉，在這過程中，越想越不對勁……秦苒跟程木這兩人對小黑也太熟悉了吧？

程火拿出手機，問了程水一句：『**秦小姐是不是雲光的內部人員？**』

這一晚，多了一個恨不得把自己錘死的商場巨擘。

另一邊，傑瑞傳完影片，目光依舊看小黑的方向沒離開。此時，唐輕也拿著手機來找程火，一路上遇到她的人都很尊敬地叫她一聲「唐小姐」。

唐輕點點頭，直接朝程火這邊走來，聲音乾脆俐落又壓抑著激動，「程火師兄，我叔叔回覆我了，他知道ＥＡ３！」

唐輕一回去就聯繫了她叔叔，只是她叔叔一向很忙，他們之前也很少聯繫，對方剛剛好不容易回覆了一句，唐輕就立刻來情報堂找程火。

「我叔叔說可能會有點麻煩……」唐輕把手機往桌子上一拍，然後抬頭看向程火，目光炯炯。

程火重新複製一個小型模擬器，單手敲了幾個代碼，抬眸看了一眼唐輕笑了笑，伸手打了個響指：「小黑。」

唐輕一愣，想不通下午的程火那麼急，怎麼現在忽然那麼淡定？

她剛想到這一點，程火背後慢慢走出一個機器人。

小黑看了程火一眼，明明是機械聲，卻莫名聽出一點嫌棄：『程火先生，還有什麼吩咐嗎？我還在充電。』

「……沒事，你繼續回去充電吧。」程火最後敲了一下「Enter」鍵，沉默了一下才開口。

小黑又看了程火一眼，就自己去充電了。

等小黑離開，程火才摸摸額頭，往椅背上靠，看向唐輕，「我已經啟動ＥＡ3了，它叫小黑。」

唐輕終於收回了目光，轉回頭時金色的頭髮微微晃動著，輪廓有致的臉上很不可思議，「你們是怎麼啟動ＥＡ3的？」

「不是我，是秦小姐。」電腦上的模擬器開始啟動，程火坐直身體，目不轉睛地看著電腦的類比螢幕，「她知道怎麼控制ＥＡ3。」

這兩天在莊園裡讓唐輕如雷貫耳的名字，除了程火的老大，就是這位秦小姐了。

她站在原地，眉睫動了動。然而下一秒，就被程火電腦上的類比系統震驚到了。

看完整個單系列的類比系統，程火才深吸一口氣。他偏頭看向唐輕，「這是我連接小黑得到的一段程式碼，但還沒完全解開。妳叔叔會來莊園嗎？」

這麼神奇的程式，不止程火，相信每個看到的駭客都會迫切地希望能跟創始人好好交流。

「我不知道，我晚上再問問他。」唐輕定了定神後說。

程火點頭，目光又回到電腦螢幕上，「妳過來看看這串代碼。對了，妳有把電腦帶來嗎……」

＊

秦苒又特訓了程木一個多星期，顧西遲的各種藥都被秦苒試用了一遍。

第十二天的時候，秦苒就讓施曆銘跟程木對打，她也沒在旁邊盯著，就在書房……練字。

「秦小姐，這是雲光財團轉寄來的包裹。」程水從外面敲門進來。

他看了一眼秦苒的字帖。雖然她是左撇子，但字寫得真的很可以，一筆一畫自帶筆鋒，勾勒肆意。這樣的字還天天練，程水暗嘆一聲。

當然，要是程木在這裡一定會告訴他，幾個月前，秦苒的字跡不是這樣的。

程水直接把一個包裹遞給秦苒。

若是去打生死擂臺，基本上也就每天一場或者隔幾天才會有一場，不過程木一天會打好幾場生死擂臺，用藥用得很凶，藥已經用完一大半了。

秦苒放下手中的筆，把字帖跟筆放到一旁，旁邊的程雋正好去幫自己跟秦苒倒了一杯茶。

現在沒有程木在，這種瑣碎的事情基本上都是程雋動手。他順手遞來剪刀，秦苒就十分自然地接過來把包裹拆開。

一旁的程水目不斜視，表情上斯文淡定，內心則波濤洶湧。

又是一包藥。秦苒隨手拿了幾瓶出來，指著一瓶問程雋：「這個，顧西遲上次不是說你師父那裡的藥都被他搶光了？」還有這麼一大堆？

「是其他博士那裡的。」程雋掃過瓶蓋上寫的代碼就知道這些藥來自哪裡，挑眉，「應該是整個醫學組織都被他掃蕩一遍了。」

秦苒點點頭，那就解釋得通了。

程雋看了她一眼，然後微微靠著桌子，低頭從口袋裡摸出手機，點開了顧西遲的大頭貼，眼眸一瞇，慢條斯理地傳了一句：『你還真盡心盡力。』

顧西遲那邊正拍開江東葉的手，讓他別搗亂，放在一旁的手機就亮了一下，上面顯示著程雋的名字。顧西遲精神一振，拿過手機，螢幕自動解鎖，跳出了程雋那句話。

莫名地，顧西遲背後一涼。

他就按著手機，回覆程雋：『都是跟師兄學的，不及師兄十之一二。』

這句話顧西遲倒是沒說謊，想當年，程雋拿著一本醫學手冊去堵人時，整個醫學組織的人，別說年輕的學員，連那些博士都被程雋搞到崩潰了。

他就是個人型機器。

別說十之一二了，顧西遲覺得，他只是學了百分之二的精髓，畢竟這種藥主要是靠鑽石老大的面子，半威脅半搶才拿到的。

醫學組織的那些博士也知道最近幾年的資金大部分都是老大資助的，所以也只是表面罵一頓，實際上並沒有做什麼實質性的阻攔舉動，畢竟顧西遲還是每樣都留了一瓶給他們當樣本。

下午，秦苒才換了件衣服，慢悠悠地朝一樓的訓練室走。

她到的時候，程木正在打拳力檢測儀，施曆銘則躺在一旁的地上，身上到處都掛了彩，臉上更是慘不忍睹。

風水輪流轉，他也有被程木揍趴的一天啊。

只差不多半個月的時間，若不是全程親眼看到秦苒是怎麼特訓程木、程木每天又經歷了怎麼樣的地獄式訓練，施曆銘真的懷疑程木是換了一個人。

秦苒伸手抵著唇，把包裹裡的藥拿出來給施曆銘一瓶，準確無誤地扔到他的手邊：「三粒。」

施曆銘猛地爬起來，雙手捧著藥瓶，有種熱淚盈眶的感覺。

他竟然也有這一天！

「秦小姐。」程木打完一拳，然後側身把背後的拳力分數給秦苒看。

他打了三次拳，記錄分別是——八百四十五、八百五十九、八百五十七。

從六百多到八百多，進步了不止一個等級。

這其中不僅是因為每天地獄式的訓練，也有顧西遲給的強身健骨藥的關係。不僅拳力分數，施曆銘親自體驗過，程木的格鬥術與秦苒如同一脈，又狠又准，是幾乎不要命的打法。

吃完藥，施曆銘感覺藥效發揮得很快，至少臉上沒那麼痛了，不過還是齜牙咧嘴，有些佩服程木每天要被這樣打上七八遍，耐力真好。

秦苒看了眼拳力分數，不太滿意，不過還是點點頭：「跟我下樓。」

程木以為秦苒又要來揍他了，所以聽到秦苒的這一句，他愣了一下：「今天不特訓了？」

「嗯，我們去樓下訓練場找那什麼……」秦苒瞇了瞇眼，看向施曆銘：「傑瑞是吧？」

施曆銘：「……嗯。」

他感覺身上沒那麼痛了，就默默戴上口罩及帽子，跟在秦苒後面下樓。

他要看到傑瑞也被打到這麼慘才甘心。

＊

樓下訓練場——

今天外面沒有大風，頭頂也有陽光，不過還是莫名地冷。

傑瑞這幾天很少來訓練場，都在情報堂忙小黑的代碼，而程火連吃飯睡覺都在情報堂。不過這兩天分析代碼陷入了瓶頸期，傑瑞跟唐輕等人都來到訓練場。

「傑瑞，那個程木已經快半個月沒來訓練場了，是被你揍怕了吧。」幾個人跟唐輕打了招呼，然後笑瞇瞇地開口。

傑瑞不屑地瞇起眼，直接說：「半個月？施曆銘也沒來吧，那個孬種跟施曆銘一樣，整天圍在女人身邊，早晚有一天會被程水先生淘汰。」

說完，又想起身邊還有唐輕，傑瑞又立刻對她開口。語氣變了，很尊敬地說：「抱歉唐小姐，我並沒有說妳，妳跟其他人自然不一樣……」

這十幾天，唐輕在情報堂的作用大家都有目共睹。論能力，她只在程火之下，又有個聽說十分厲害的叔叔。

唐輕的眉頭這才舒展開來。

她還沒說什麼，不遠處，程木一行人慢慢朝這邊走來。

訓練場內的人都認出了慢悠悠跟在程木身後的秦苒，立刻讓出一條路，十分恭敬地喊：「秦小姐。」

傑瑞愣了一下，然後往後退了一步。他吐槽得厲害，但也恭敬地開口：「秦小姐。」

先不說程雋，光是看實力恐怖的程水、程火跟各個分堂的堂主對秦苒的態度，也為手下的這些人立了威信。

一旁的唐輕這才側過身，看向秦苒那邊。

秦苒拉下羽絨衣的帽子，精緻的眉眼微挑：「別客氣，今天我不是主角。」

她身後的施曆銘扣著帽子又戴了口罩，只有幾個跟他熟識的人才能勉強認出他的身形。

秦苒這一行人明顯是衝著他們來的，傑瑞抿了抿唇，問：「秦小姐找我們有事嗎？」

莊園裡的人都聽說過秦苒喜歡玩，該不會是來逛訓練場的吧？

施曆銘上前一步，還沒回答，不遠處又一個年輕人匆匆跑過來。

他是衝著唐輕來的，神色激動：「唐小姐，程火先生讓我來找您，小黑身上的代碼有進展了！」

一句話說完，年輕人才看到秦苒。他立刻往後退一步，禮貌地跟秦苒打招呼：「秦小姐。」

秦苒的手還插在口袋裡，聽到他的話，她微微皺眉看向年輕人：「你們在研究小黑的代碼？」

年輕人點頭，剛要說話，一直在一旁冷豔地站著、沒有說話的唐輕終於開口了，「先回去找程火師兄吧，代碼還沒有研究出來。」

她直接打斷了年輕人的話，沒有看向任何人，語氣淡然，「你也解釋不了我們現在到了什麼程度。」

這句話自然是對年輕人說的。

莊園的技術人才都在情報堂，跟一群不懂這些的人，確實沒辦法解釋代碼跟解代碼的問題。

年輕人撓了撓腦袋，張嘴，也不知道該從什麼地方跟秦苒說起。要是從頭說起，秦苒也不一定聽得懂，他還急著回去看程火的模擬結果呢。

唐輕站在一旁，看著年輕人十分冷豔地勾了勾嘴角，沒說話，直接轉身朝情報堂走去，金色的頭髮微微晃出一道弧度。

「好了，你走吧。」秦苒把目光收回來。

年輕人如獲大赦，連忙跟在唐輕身後跑走，「秦小姐，那我先回情報堂了。」

「這個人……」程木本來在想挑戰的事情，聽到幾人的對話就反應過來，皺起眉。

秦苒低頭笑了笑，眉眼輕挑，「沒事，他們解不出來的。」

「那就好。」程木一聽，心裡舒服多了，他很清楚秦苒的電腦技術能力。

但跟在他們身後的施曆銘不知道。他往前走一步，低聲詢問：「為什麼他們解不出來啊？程火先生很厲害的，而且那位唐小姐聽說也非常厲害，僅次於程火先生……」

秦苒沒說話，只是朝四周看了看，不遠處有個橫杆，她將雙手枕在腦後，慢悠悠地往那邊晃，

「因為菜。」

等坐到橫杆上，秦苒才看了程木一眼。

程木握了一下拳頭，一雙漆黑的眸中滿是堅毅。他往前走了一步，看向傑瑞：「我今天要挑戰你。」

聽到程木的這句話，他愣了一下，覺得自己聽錯了：「你說什麼？」

「我要挑戰你。」程木的表情沒變，言簡意賅的五個字。

傑瑞身邊的人面面相覷了一眼，壓低聲音，「這個程木是來找虐的嗎，竟然敢找你挑戰？」

別說程木這個月沒來訓練場，就算有來訓練，也遠遠不是傑瑞的對手。

傑瑞也瞇起眼，又目光深沉地看了眼秦苒。

程木來挑戰他，那秦苒來這裡是什麼意思？不想讓自己下狠手？

傑瑞的臉色黑了一階。

秦苒坐在橫杆上，手撐在身側，一雙腿還微微晃著。眉眼在陽光下顯得有些漫不經心，反射著微微的恣意。

似乎感覺到了傑瑞的想法，她微微抬眸，笑道：「你儘管使出全力，不用顧忌我，我不管這些的。」

傑瑞神色一動，「秦苒小姐，您……確定？」

「當然，我就是來看看熱鬧。」秦苒笑得懶散，看起來確實沒有太大問題。

她確實沒有要為程木撐腰的意思，傑瑞才鬆了一口氣。他今天穿著大衣，跟眾人說了一聲，就去後面的休息室換練習服。

施曆銘氣定神閒地站在另一邊，跟人一起看熱鬧。

有採購堂的人也在這裡，看到施曆銘像在看熱鬧，不由得低聲問他：「程木怎麼會忽然來挑戰傑瑞？這件事做得不明智。」

跟程木對打過的人不止傑瑞，不過也只有傑瑞下手最狠、最不屑，情報堂的人都是那種個性。現在在大庭廣眾之下，程木又來挑戰傑瑞。有了秦苒的話，憑傑瑞的性格不但不會下狠手，還會變本加厲。畢竟這次他沒有挑釁別人，是程木先挑起的事端。

「還有你，半個月都沒有下來訓練，」採購堂的人看不清楚施曆銘的臉，低頭壓低聲音，「鄒堂主已經換一個接班人訓練了。」

施曆銘進不了執法堂，但在採購堂實力不弱，之前鄒堂主一直把他當種子選手培養，眼下卻因為他的倦怠，換了一個人。

「我沒有不來訓練。」施曆銘笑了笑。

最近十幾天，雖然沒有參加訓練，但每天看著秦苒跟程木對打，他真的學到了不少。空閒時秦苒還會跟他們說發力跟作戰的技巧。

「實際上，我們一直都跟在秦小姐身後訓練。」他壓低聲音說道，眉眼張揚。

施曆銘的語氣裡帶著獻寶又得意洋洋的意味，讓身邊的人不由得抽了抽嘴角：「看你說的，我還以為你跟在老大身後訓練了呢。程木就因為這個，跑來找傑瑞挑戰了？」

這年頭八卦藏不住，施曆銘的這句話沒過幾分鐘就傳到了換好衣服的傑瑞耳裡。

傑瑞穿了件黑色的練習服，出來正好遇到程木，他皺了皺眉：「程木，你輸給我也不算丟臉，別以為跟著秦小姐隨便學了幾招就能跟我對打。我們都是打過黑拳的，趁現在還沒開始，我們可以協商一下。先聲明，我是絕對不會放水的，到時候丟的不止是你的面子，還有秦小姐的面子。」

現在莊園裡的人都很尊重秦苒，如今這個消息傳出來，以後大家表面上還會尊重秦苒，但心裡怎麼想就不得而知了。

程木看了他一眼，聲音依舊冷酷，「不用。」

兩人一起出來時，秦苒還坐在橫杆上，一手撐著身側，一手拿著手機似乎在玩什麼單機遊戲。看到兩人出來，她就迅速打完遊戲，抬了抬眉眼。一張好看精緻的臉上有些懶散，看起來沒有太大的攻擊力，旁人真心不覺得她能教程木什麼。

周圍的人讓出一塊空地，傑瑞拿起自己常用的武器長棍，程木則什麼都沒拿，就站在原地等傑瑞。

此時已經有不少人聞訊趕來圍觀，看到這一幕，不由得笑了笑，「他怎麼不拿武器？」

「可能是因為很厲害，不用武器也能隨便打人！跟程水先生一樣！」

程水跟人交手的時候從來不用武器，因為他實力強悍，不用和武器借力。

這個人看似是在幫程木說話，實際上諷刺了一句。這裡大部分的人都很看不起程木，明明沒有實力，卻在莊園裡占了那麼重要的位置，還住在那棟古堡裡。

程木之前也在訓練場待過，大部分的人都知道他的實力很弱。

「也不一定，萬一秦小姐真的教了他……」

「半個月能教什麼？」

「我們來打賭他能在傑瑞手下撐幾分鐘？兩分鐘？」

「上次一分鐘就被打倒了，勉強一分半吧……」

程木將這些話聽在耳裡，直接看向傑瑞，「你準備好了嗎？」

裁判是執法堂的一位成員。他在宣布開始前看了程木一眼，壓低聲音，只用兩人能聽到的聲音道：「程木先生，實力這方面沒有捷徑，傑瑞也是從小開始訓練的，中途還去打了黑拳。別再說秦小姐教了你，你直接開口認輸也算挑戰結束，就說是來跟傑瑞討教一番就好……」

程木看了那個人一眼，沒說話，之後在他宣布開始的時候，直接橫掃出拳。

他的拳鋒淩厲，完全不像之前的風格。傑瑞本來很漫不經心，看到這一幕，他的臉色瞬變，倏然往後退了一步。

然而程木的動作比他想像中還快！

砰——

傑瑞手上的棍子還沒揮出去，就被程木找到了一個破綻，將他整個人扔在地上。

後背有些受傷，但傑瑞不到一秒又迅速爬起來，這一次也下了狠手！

原本好整以暇地站在一旁說說笑笑的人，此刻全都安靜下來。

所有觀戰的人都能看出傑瑞絲毫沒放水，然而——

砰！似乎還有一道細微的「喀嚓」聲。

傑瑞猛地倒退好幾步，肋骨斷了幾根，嘴角也沁出血來。他踉蹌了幾步，還是沒站穩，跪倒在原地，即便有木棍撐著，也無法讓他撐著站起來。

不到一分鐘的時間。

這一下，讓圍觀的人瞠目結舌，一個個都說不出話。

第四章　背後的駭客

來圍觀的都是有實力的人，傑瑞有沒有使出全力，誰都能看出來。

尤其是程木，他就像變了一個人一樣，身形靈活，出手狠戾，幾乎看不清他出拳的速度！

「我、我靠，打贏了？」

半晌後，才有一人遊神般地開口，喃喃低語。

因為這道聲音，眾人這才反應過來，不由自主地將目光轉向程木。

他臉上並沒有得意，也沒有高興，似乎不覺得自己贏了這件事有什麼大不了，只是看了裁判一眼，甕聲甕氣地道：「我贏了嗎？」

程木確實沒有得意，因為他還是打不過秦苒。最近這幾天越訓練，他越是感覺到秦苒的高深莫測。他要打贏傑瑞很輕鬆，但是面對認真起來的秦苒依舊是挨揍的狀態。

裁判的心思還停留在剛剛勸說程木的時候，聽到程木的聲音，他才轉過頭，「比、比試，程木獲勝！」

程木這才點頭，然後去休息室換衣服。當他換好衣服出來，圍在這裡的人姿勢還是沒變。

程木卻不管這些人，十分高深莫測地走到秦苒那邊。

「秦小姐，我打得怎麼樣？」他撓了撓頭問。

秦苒懶洋洋地坐在橫杆上，看到他來了就伸手一撐，跳下來往回走：「就一般般吧。」

程木點點頭，「我知道了，我會更努力的。」

兩人一邊說話，一邊往古堡的方向走，施曆銘也拉了拉帽子，跟上來。

三個人來得突然，走得更加突兀，甚至沒引起大風大浪。若不是傑瑞還十分慘澹地躺在地上，所有人都會覺得剛剛那是一場幻覺。

半晌，執法堂的那個裁判終於回過神來，拿出手機打電話給莊園的醫生，然後蹲下來看傑瑞的傷勢：「你還好吧？」

傑瑞終於撐不住了，他緩緩地搖了搖頭，「媽……媽啊，好恐怖……」

人群中也漸漸有聲音傳來，大家面面相覷，不太敢接受。

有人吞了一口口水：「半個月前，他不是被我們虐了嗎？也不像是隱藏了實力，但剛剛……剛剛……」

「駱隊，」剛才的裁判看向駱隊，聲音嚴謹，「你要是跟傑瑞對打，能在幾招之內把傑瑞打成這樣嗎？」

駱隊是執法堂中除了杜堂主之外，最厲害的一人，在整個莊園，能打過駱隊的人屈指可數，也正是因為如此，當初杜堂主才會讓駱隊去跟著採購堂，保護秦苒。

「不確定。」駱隊收回了看向秦苒他們的目光，「但沒有程木這麼快。他的身法詭異，我從來沒有見過，要是我跟他對打，也只能打到平手，勝負未知。」

這句話一出，所有人再度陷入了沉默。

半個月前明明隨便一個人都能虐的程木，才過沒多久就能跟莊園前十名的高手打到平手，到底發生了什麼事，是程雋幫他惡補了？

「施曆銘不是說，秦小姐一直在訓練程木嗎？」有人弱弱地開口。

眾人沉默了一下。程木打完的時候，確實走去了秦苒那邊，還詢問她自己打得如何，秦苒跟施曆銘對於程木的比試結果，也沒有半點驚訝。

「但……秦小姐那樣不太可能……」

這個人的話還沒說完，駱隊就搖頭。

他目光深沉，「他的身法確實繼承了秦小姐那一脈。上次去停機坪基地，我見過秦小姐出手。剛剛施曆銘還全身都包得緊緊的，我猜他是接受了訓練。大家加油吧，還有半個月的時間，今年，所有人都會面臨兩個勁敵。」駱隊說完，就轉身回執法堂。

剩下的人半晌都無法回過神。別說執法堂的那個裁判，連傑瑞也忘了疼。

「那個秦小姐是不是很厲害？」

所有人都回答不了這個問題，因為……秦苒那樣子……確實看不出來，但按照駱隊說的，恐怕有八成的可能。不管秦苒的實力如何，程木確實是她打造出來的。一開始他們只把秦苒指導程木這件事當成一個玩笑，但經過駱隊的梳理，除了秦苒，好像也找不到第二個人了。

才半個月，就能把一個弱雞教成這種地步，那再過半個月，程木是不是都能跟程水對打了？程木都能變得這麼厲害，若是……她教的是自己呢？

聽駱隊所說，施曆銘好像也在接受訓練……

在場的每個人都很努力訓練，還有人會去打黑拳，可見大家對實力的渴望。所有人光是想想，全身的血液都沸騰起來，但又想到之前程水讓他們跟著秦苒時，他們一個個都推拒……一瞬間沸騰起來的血液又瞬間冷卻。

從今天這場比試開始，莊園的這些手下是真的發自內心佩服秦苒了，不再是因為程水、程火這些人的威壓。

＊

情報堂——

程火還在研究那串代碼，一旁的唐輕也打開了電腦。她的身材比一般本國女人高大，一百七十八公分，有一頭金頭髮，五官深刻，如同國際雜誌封面的超模。

情報堂中，很多人的電腦上都分配了一段代碼，此時還有人站在程火跟唐輕的身後，看兩人的操作。

「不知道這次會不會成功。」有人小聲開口。

另一人點頭，「應該會的，唐小姐很厲害，而且她叔叔提供的幾個突破口給了程火先生思路。」言辭之間，可以看出對唐輕的敬重。

幾個人討論時，程火直接把類比軟體傳給唐輕，「妳試著用終端跑看看。」

他的電腦右下方有一個緩慢的進度條，已經到了百分之七十一，還在增長。不過增長的速度十分緩慢，上面的倒數計時顯示還需要五天。

唐輕接收到程火傳過來的代碼。

她跟程火研究了半個月，現在終於有很大的進展，敲著鍵盤的手都在顫抖。

「唐小姐，這次有幾成機會？」情報堂的一個人低聲問。

「九成。」唐輕打開模擬器，敲了幾串代碼。

螢幕上迅速出現了「載入中」三個字，進度條飛快地運轉……

很快就到了百分之九十九，連程火也把椅子踢過來，目不轉睛地看著唐輕的電腦。

「唐小姐，妳成功了，真的超強！」一人壓著聲音說。

唐輕冷豔的臉上終於多了一絲笑，她將手放在鍵盤上，微微側著頭，嘴邊還有一絲輕狂，「我叔叔也說過，這個管理程式不難，大家也都有功勞……」

一句話還沒說完，卡在百分之九十九的進度條沒有在下一秒到達百分之百，而是在短時間內崩掉，退出了模擬器！

唐輕略顯得意的臉上一愣，迅速坐直，「這怎麼可能！」

她又連續試了好幾遍，都是這個結果，唐輕放在滑鼠上的手僵硬起來。

程火也沒有太意外，他靠在椅背上，看向唐輕：「妳叔叔有時間跟我們見面嗎？」

唐輕搖頭，「不知道，我晚上再問問他。」

「希望有機會，」程火抿了抿唇，思考了很久才出聲：「不過這件事還是跟老大說一聲吧。」

＊

下午，秦苒沒有再特訓程木，而是讓程木跟施曆銘對打。當然也定了規定，程木不能還手。她沒練字，就在書房找書來看。

程雋書房裡的書特別齊全，一整排都是略顯殘缺的古董書。她沒碰，只在後面找一些原文書，還真的被她找到了幾本絕版的原文書。

程水偶爾會進來彙報事情，下午過了一半的時候，程火帶著唐輕走進書房，這也是唐輕第一次進這棟古堡。她在莊園待了這麼久，所有人都告訴她哪裡都可以去，唯有這棟古堡不能靠近，只有程水他們可以來去自如。

兩人進去的時候，程雋正在幫秦苒拿書架上最上面那排的書。

唐輕愣了一下。

「那個小黑研究得如何？」程雋把書隨手遞給秦苒，往書桌走。

秦苒拿著書，靠在最近新買的沙發旁邊，挑眉替程火回：「完全沒有頭緒。」

唐輕皺了皺眉，沒開口，內心卻很厭惡。她最厭惡的就是這種明明不懂，卻非要插一句話找存在感，覺得自己很懂的人。

秦苒還沒來美洲的時候，程木在群組裡就不止提過她一次，因此程火對秦苒也有些了解，知道秦苒跟她外公學過電腦，會分析資料。再加上程火總覺得秦苒跟雲光財團有莫名其妙的聯繫，所以聽到秦苒說出這句話，也沒有感到不對勁，只點點頭：「秦小姐說得對，確實沒有頭緒。」

他說話的時候，唐輕就站在他身邊，皺著眉頭，沒有說什麼話。

程雋坐回椅子上，伸手翻了翻文件，很意外地挑眉：「一點也沒有？」

「那代碼太怪了。不過唐輕的叔叔是雲光財團ＩＴ的內部人員，我想讓唐輕請她叔叔過來。如果她叔叔願意來，到時候能不能讓他在莊園待一段時間？」

程火來找程雋，主要就是為了唐輕叔叔的事。對雲光財團人工智慧感興趣的並不只有程火，程雋也很關注，不然情報堂不會在這方面花這麼多時間。

程雋眉目疏展，手指敲著桌面，大方地開口：「可以，讓程水去安排。」

「我晚上跟他說。」知道程雋有很大的機率不會拒絕，程火也沒有很意外。

想了想，他的目光又轉向秦苒，終於問出了那句一直憋在他內心深處的問題：「秦小姐，妳是不是認識雲光財團內部的人？」

程火這幾天一直待在塔樓裡研究代碼，很少出來，今天才找到機會問出這一句。

因為這句話，唐輕下意識地抬眸看了秦苒一眼，十分意外。

秦苒翻過一頁才抬起眼眸，語氣不急不緩：「認識一個，打遊戲的，九州遊職業選手。」

九州遊這個遊戲程火也知道，他有時候也會玩，程木也提過秦苒經常跟陸照影打遊戲。程火點點頭，知道那大概是ＯＳＴ戰隊的人。

不過有些失望，他一張年輕朝氣的臉上很頹喪，「那只能等唐輕的叔叔來回答了。對了，秦小姐，妳對小黑的代碼了解多少？」他總覺得秦苒很了解人工智慧。

秦苒看書很快，又翻過一頁，但還沒回答，程火身側的唐輕就開口了，「程火師兄，我先出去聯繫我叔叔。」

現在唐輕的叔叔是程火的關注重點，唐輕這麼年輕就這麼厲害，程火總覺得唐輕的叔叔也不會是什麼簡單的人物。聽到唐輕要去聯繫她的叔叔，程火也沒有多留，跟程雋、秦苒說了一聲就與唐輕一起出去了。

兩人出去後，秦苒才側過頭，一手拿著書一手撐著下巴看程雋，「你對人工智慧也感興趣？」

「不感興趣。」程雋放下手中的文件，目光轉向她，笑了一下，「不過對開發這個人工智慧的人感興趣。」

「啊，」秦苒低頭，聲調也降了幾度：「這樣嗎？」

她只問了一句，然後靠到沙發上，動作十分輕緩地翻過一頁，不敢再開口。

書房內暖洋洋的，有一股很淡的安寧氣味。秦苒這段時間白天都在陪程木對打，雖然沒用盡全力，但也耗費體力。她沒跟程木一樣天天吃那些實驗藥，體力自然有點跟不上，此時更昏昏欲睡。

程雋本來還想問她關於人工智慧的問題，一抬眸，發現她似乎精神不足就沒再多問，而是坐在另一邊，繼續翻閱另一本書頁殘缺的古籍。

外面，程火正在等唐輕聯繫她叔叔。

現在代碼的進展不多，程火想聯繫駭客聯盟的會長來解惑，不過他最近似乎在忙其他事，很久沒有回覆程火了。

「程火師兄，那位秦小姐也懂這些代碼嗎？」唐輕傳影片給她叔叔，在等待的期間問程火。

程火看著她的手機頁面，聲音十分不在狀態上：「她跟她外公學過一些。」

「喔，那她是駭客聯盟的人嗎？」

「不是，每年會長都會讓我整理一份聯盟會員的名單。」程火的目光依舊沒有移開。

駭客聯盟對駭客來說是天堂，在裡面確實能學到不少東西。除了少數不用依靠駭客聯盟，憑藉自身實力就能立足的人，其他只要有名氣的駭客都會選擇入會。一是保護自己、順便學一些東西，二是在駭客聯盟的官方網路上可以隨意接單，是十分正規的管道。

聽到程火說沒有，唐輕就沒有再多問，淡淡地收回目光，等她叔叔接通語音電話。

第一遍她叔叔沒接，第二遍叔叔才接起語音通話。

另一邊似乎有點吵，對面的聲音有點低沉，略顯渾厚，『唐輕？妳找我有事？』聽起來十分有威嚴。

唐輕顯然對叔叔十分恭敬，聽到聲音就立刻站直身體，額邊金色的捲髮輕輕晃動：「叔叔，您還在美洲嗎？」

電話另一頭的唐輕叔叔似乎在走路。片刻後，電話裡嘈雜的聲音沒了，她叔叔應該是找了一個安靜的地方，『還在處理一些事。』

「是這樣的，我這邊有個代碼，是關於人工智慧的，想請您來……」唐輕十分簡明扼要地解釋了一下情況。

她叔叔的聲音也很淡然，『不行，我走不開。』拒絕得乾脆俐落。

聽他那個語氣，似乎在下一秒就要掛斷了。

唐輕已經料到了結果，不過還是試圖勸說：「我們就在彼岸莊園，距離您的工作地點不遠，如果您不怕我們去打擾您，我們也可以去拜訪您的……」

聽到唐輕的話，那邊的聲音才頓了頓，『等等，妳說妳在哪裡？』

唐輕原本以為她叔叔要掛電話了，沒想到峰迴路轉，她叔叔竟然在打聽她在哪裡。

唐輕立刻把莊園的準確地址傳給她叔叔。

那邊看完，似乎沉吟了一下才回答：『我考慮一下。』

「我叔叔沒有拒絕。」打完電話，唐輕才壓抑住內心的喜悅，一雙碧藍色的眼睛像海，「還有機會。」

程火趴在一旁的窗臺上看向唐輕，「妳知道妳叔叔是雲光財團的什麼人嗎？聽他的聲音……」感覺不太像普通人。

「我真的不清楚，不過在我小時候我叔叔就很厲害。」唐輕壓低聲音，「駭客聯盟的人很早以前就邀請過他，他沒加入。」

有一種高手是天生放蕩不羈、熱愛自由，不喜歡駭客聯盟束縛的制度，才不加入駭客聯盟。

很顯然，唐輕叔叔就是這樣的人。

程火點頭，對唐輕說的那個叔叔更加期待了，「妳叔叔只要一聯繫妳，就立刻告訴我一聲。」

「好。」唐輕握緊手機，笑了一下，「只要有消息，我會第一時間通知你。」

＊

傍晚，程雋被生理時鐘叫醒。他本來就嗜睡，下午秦苒睡著了，他也打了一下瞌睡。醒來的時候，秦苒還在沙發上睡著。

她的頭枕著他的手臂，只看得到半張臉，十分安靜地睡著。呼吸平緩，從這個角度能看到她垂著的睫毛，纖長有度。頭髮軟軟地順著耳邊垂下來，睡著的時候，沒有半點平時看到的鋒銳。

程雋把室內溫度調得很高，秦苒就沒穿外套，只穿了件休閒服，整個人清瘦到不行。自從陳淑蘭死後，她基本上就沒好好吃過飯，來到美洲後也只有最近才吃得比較正常，只是一直很瘦。

程雋輕嘆一聲，用手輕輕將擋在她眼前的一縷頭髮撥開。

這時，外面有人小聲地敲門，聲音不是很大，秦苒卻動了動。她撐著沙發爬起來，眼睛中還帶著迷茫，看了一眼外面的天色，「是要吃飯了？」

程雋站起來，把外套遞給她，「走吧。」

秦苒慢吞吞地穿上外套，順便低頭拿出自己的手機看一下時間，美洲下午七點，確實是吃飯時間到了。

她不緊不慢地跟著程雋往樓下走，一邊滑手機。

她睡了一下午，傳訊息給她的人很多。有陸照影邀她打遊戲，有林思然傳來今天班級的影片，還有言昔跟她要地址、寄專輯……

她一個一個回覆。遊戲晚上打，林思然的她就拍了莊園的花園傳過去，言昔的則回覆了學校地址，並附上林思然的名字。

然後滑到了最後一條。

這個聯絡人比較特別，兩人上一條訊息停留在一年前，這次的訊息更是乾脆俐落。

『妳在美洲哪裡？』

秦苒按了按手機：『有事？』

對方回得很快，像是一個複讀機：『妳在美洲哪裡？』

秦苒摸了摸下巴，偏頭看向程雋，「這裡的地址是什麼？」

程雋回了一句，秦苒就點頭「喔」了一聲，隨手把地址傳過去。

這個人的大頭貼是一個黑洞，名字也是很簡單的兩個字：鄰居。

秦苒盯著這幾條訊息看了一會兒，又回：『你不是知道？』

這邊的地址，她曾經傳給雲光那邊，不過沒具體寫到街道，只傳了一個莊園名字。美洲的莊園應該只有這一個。

對方還在問她，秦苒就連街道、門牌號碼都傳過去了。這裡的門牌號碼秦苒還真的沒注意過。

對方也回得很快：『沒事，只是確認一下。』

到了一樓大廳，秦苒收起手機，程木跟施曆銘也剛從訓練室出來。

訓練的這段時間，施曆銘也跟著程木等人一起吃飯，不過他今天的臉也是腫著的，反而是程木看起來沒什麼變化。

一行人坐好開飯，程水不動聲色地看了一眼秦苒，手上拿著筷子，「程木，聽說你今天去找人挑戰了？」

「嗯。」程木吃飯很快，聲音也含糊不清。

今天因為情報堂的代碼模擬器陷入了瓶頸，程火才過來一起吃晚飯。聽到這句話，他側頭挑起眉：「你找誰挑戰？沒被人打？」

「傑瑞。」程木繼續扒飯，一如既往的話少。

傑瑞就是情報堂的，是裡面少見實力不錯的成員，程火對他印象很深。程木要是對上他，會被揍得很慘。

程火手撐著桌子，挑起眉，十分疑惑：「你沒被揍？」

聽到這句話，程木的手頓了頓，然後面無表情地抬頭看向程火，沒有說話，接著又低頭把最後一口飯吃下去。

「雋爺、秦小姐，我先回訓練室了。」他拉開椅子站起來。

程雋看了他一眼，有點懶地「嗯」了一聲，秦苒就隨意揮揮手。

施曆銘看到程木走了，也迅速把飯吃完，跟桌旁的人說了一句也去訓練室。

「程木竟然不理我？」程火拿著筷子看向程水，「不會是被揍傻了吧？」

程水搖頭，不過沒多說，只是看向秦苒，遲疑了一下還是禮貌性地問：「秦小姐，妳最近……都在特訓程木？」

秦苒漫不經心地點頭，程水徹底無話可說了。

等吃完飯，秦苒跟程雋都出去了，程火才問程水這是怎麼回事。

「你覺得程木跟傑瑞對打會是什麼結果？傑瑞是你們情報堂的人。」程水沒回答，反問回去。

程火挑眉，十分誠實地說：「傑瑞很厲害，拳力分數在八百二十左右，想要跟他打，三個程木也不夠。」

「今天，程木跟傑瑞打了一場，過手不過五招，傑瑞就爬不起來了，現在還在醫務室。外面有人猜測程木的拳力到達九百。」程水說話慢條斯理的，非常斯文。

程火一跳，「這怎麼可能？他的拳力最多六百五十！」

程木的實力大家都心裡有數，他怎麼可能打得過傑瑞？不過六百五十的拳力，程火對程木也算相當了解了。

但程水不會騙他，程火的腦子裡忽然蹦出一個想法：「你剛剛說秦小姐特訓程木……」

「嗯，我們去看看程木是怎麼特訓的吧。」程水將目光轉向訓練室。

兩人進去的時候，程木在跟施曆銘對打。程木全程沒有主動攻擊，都在防守，而施曆銘下午的時候還能找到破綻、揍到他的臉，現在卻絲毫破綻都找不到。

程火跟程水都沒有看到上午程木挑戰傑瑞的那一戰，對傳言中的對戰結果都覺得很奇妙。可是看到程木跟施曆銘對打，兩人本來就是高手，自然能看出不少頭緒。

程木進步了不止一個階級。

「程水，程木他現在都能跟我過幾招了吧？」程火幽幽地看向程水。

程水點點頭，目光嚴肅地看著不遠處對打的兩人。

不說程木，他在各方面都進步得十分驚人，而施曆銘……招式也變得有些古怪。

五分鐘後，程木跟施曆銘才停下來，看見程火跟程水在不遠處觀戰，都往這邊走來。

施曆銘十分恭敬地開口：「程水先生、程火先生。」

程火「嗯」了一聲。他的性格如火一般，急躁得不行，直接看向程木：「程木，聽說你上午把傑瑞打到爬不起來了？還有傳言說，你的拳力到了九百？」

「傑瑞那件事是真的，不過拳力哪有那麼高，」程木搖頭，「太誇張了。」

程火呼出一口氣，「我就說，我的拳力分數才八百九十，你怎麼可能到九百？」

程水卻皺起眉，「你現在拳力分數多少？」

「八百六十吧？」程木往拳力測試儀上看了一眼，上面有三排資料，都在八百五十到八百六十五之間浮動。

程火剛緩下來的心又提起來，瞪著一雙眼睛看著程木，半晌說不出一句話：「你他媽……」

程水也很震驚，他也用了幾分鐘才回過神來，「秦小姐是從你去雲城的時候開始特訓你的？才幾個月？」

六百五十到八百五十，有兩百的差距。一般人體到達極限時，基本上就會停滯不動，除非有新的突破，但一旦到達某個境界，練個兩三年都不一定會有突破。

就像程水，卡在九百一十這個界限兩年了，都沒有什麼突破，其他人也差不多。

但程木練了半年不到，就從六百五十到八百五十？

程火突然覺得程木跟秦苒有點恐怖，尤其是秦苒，她是用什麼辦法才能讓程木突破的？

聽到程火的這一句話，程木更訝異：「沒有，秦小姐不是從雲城開始特訓我的。」

程火鬆了一口氣，那就不止幾個月了，程火覺得自己勉強可以接受。

然而，程木的下一句就來了，「是從半個月前吧？是不是？」說完又轉頭跟施曆銘確認。

施曆銘揉了揉自己的臉，想了想後開口：「準確來說，是十三天前。」

他天天看秦苒揍程木，還幫忙記錄試用藥的資料，很清楚時間。

現在別說程火，連向來以冷靜、理智自持的程水也忍不住了，「你、你們……」

程水跟程火面面相覷，幾個月程火就接受不了，更何況十三天就能把程木教成這樣……

……秦小姐她還是個人嗎！

＊

次日——

唐輕等她叔叔的訊息等了一整晚，都沒有等到。她叔叔跟她不親，他常年在國內生活，而她在國外，也只有小時候匆匆見過幾次面，尤其是從小她父母就很尊敬她叔叔，唐輕自然也是。

「程火師兄今天沒來嗎？」

來到情報堂，唐輕在四周看了看，沒看到程火，不由得問了一句。

裡面的人說話很恭敬，「還沒，不過我剛剛來的時候，有看到程火先生在南邊的花園。」

花園？唐輕覺得奇怪，但也沒多問。

她打開電腦，繼續昨天自己中斷的模擬器實驗。電腦剛開機，手機就多了一條訊息：『**等我忙完就去你們那裡。**』

匡噹一聲——唐輕手裡的滑鼠掉到了椅子上。她拿著手機猛地站起來，問了南邊花園的位置就連跑帶走地去找程火。

一大早，程火就蹲到了秦苒。他昨晚一晚沒睡，眼睛下面有明顯的青黑色。

秦苒正拿著手機拍花園裡的花。

程火就拿著水壺，跟在她後面隨意澆澆水，「秦小姐，妳是怎麼把程木教成那樣子的？」

程木是拯救了銀河系嗎，剛會爬就被帶著飛？

秦苒拍完一組詳細的影片，雙手敲著手機，直接傳給林思然。

林思然對程雋這個莊園裡的植物非常感興趣。程木最近在訓練沒時間，秦苒就隨意幫林思然拍一些她感興趣的影片，有空還會問問園丁這些植物的習性。

聞言，秦苒有些漫不經心地回答，「就，吃藥。」

吃藥？吃藥就能十三天成為猛男？

程火若有所思地撓撓腦袋，準備待會兒找時間問問程木吃的究竟是什麼神藥。

秦苒收回手機，又看向程火，詢問：「對了，你那個代碼……」

她一句話還沒說完，不遠處，唐輕的聲音就出現了，「程火師兄，我叔叔……」

她跑到程火身邊，金色的捲髮略顯淩亂，也沒看向秦苒，直接對程火開口，「我叔叔回我了！他要來莊園！」

聽到唐輕的話，程火手中的水壺抖了一下。他一轉身，水壺的噴水口剛好對準唐輕，不過好在水壺裡沒有剩多少水，唐輕只有鞋子濕了一點點。

一個視代碼程式設計為生命的人，對代碼程式設計的關心程度自然很高，尤其是這段時間，情報堂一直在等唐輕叔叔的訊息。

唐輕本來以為自己說完，程火會非常激動。然而程火只是點點頭，沒有多問，又側身看秦苒：「秦小姐，妳剛剛說代碼怎麼了？」

對於秦苒的電腦技術，程火不太清楚，不過有認真問過程木、陸照影跟郝隊那群人。程木、陸照影不是很清楚，但跟錢隊長期合作過的郝隊曾解釋過，綜合來看，程火覺得秦苒可能是個高手。

秦苒看了看腳邊一朵開得火紅的花，也不知道是什麼品種，寒冬凜冽還開得這麼旺盛。

「沒事，沒什麼。」她收回看程火的目光，語氣沒什麼變化，並將手擱在腦後，有些懶散地往回走，「我回去看書。」

程火還站在原地，看著秦苒的背影，微微瞇起眼。不過唐輕就在身邊，他皺了皺眉頭，還是沒多問秦苒，只是看向唐輕：「妳叔叔大概什麼時候來？」

唐輕不知道程火為什麼會跟秦苒討論小黑的問題，不過還是收回看秦苒的目光，回程火：「就這兩天，他快忙完了。」

這對情報堂來說，確實是一個好消息。

情報堂的人現在都在熱切討論著，連躺在床上的傑瑞也艱難地爬起來聽人說這件事。

下午，秦苒又去盯程木跟施曆銘兩人訓練。

傍晚的時候，手機又響了一下，是林思然，她需要那株紅花傍晚時的影片，秦苒又十分好說話地出門。

程雋對那些花沒什麼興趣，不過也跟她一起去拍了影片。

「就這個？」他指著紅色的花，想了想又偏頭沉吟一番：「明天讓程水找人挖出來送回國？」

秦苒把影片傳給林思然，才慢吞吞地往回走，「她爸爸好像是種花的，應該很喜歡這些品種，我明天問問她。」

兩人回程時路過室外訓練場。此時天還沒太黑，五點，訓練場的大燈也開了。

這兩天莊園裡的人似乎都被刺激到了，每天訓練場裡都有一批人在不要命地訓練，還有人簽了一個星期的黑拳賽。

秦苒跟程雋兩人一出現，就引起了場上所有人的關注。

駱隊最先開口。他放下手中的武器，抹了一把汗才走到訓練場周邊，揚聲開口：「秦小姐，我有個問題想討教妳一番……」

程雋單手撐在外面的木樁上，聞言，朝駱隊斜一眼，挑了挑眉。

秦苒也很好奇地趴在隔壁的木樁上，低聲笑了笑，問他：「問什麼？」

駱隊說的自然是突破瓶頸的問題。

經過這段時間，駱隊對秦苒也有了一些了解。她看起來比程雋冷酷得多，一雙眉眼也總是又冷又不耐煩的，但實際上她比程雋好說話。

秦苒聽了問題，然後點頭。訓練場是沉陷式的，繞過一條小路會有大門跟階梯。她沒有從旁邊繞過去，而是直起身，單手撐著木樁，直接從上面跳了下來。

下陷式的訓練場沒有特別高，但加上木樁也有兩公尺多，下面圍觀的一行人不由得往後倒退了一步。

程雋半年沒插手這邊的事情，積累了一堆事要辦。不過看秦苒似乎很有興趣，也就沒回去，繼續倚在木樁旁看著。莊園裡的人大部分都非常怕他，所以他沒有下去，就站在上面。

不遠處，唐輕也在一群人中間。

一開始程火並不打算讓她參加下個月的考核，想讓唐輕直接成為二把手，但是這幾天，程火又改變了主意。

唐輕這個人極其自負，加入莊園要考核，她一定要是所有人中最出色的一個，所以這幾天除了情報堂，她最常待在這邊。

她被情報堂的一群人圍著，此時為首的一人詢問唐輕：「唐小姐，妳叔叔是不是非常厲害？」

聞言，唐輕微笑了一下，一頭金色捲髮在大燈下折射出冷芒：「他比我厲害，我去駭客聯盟沒有經過考核，是我爸讓他直接寫了一封推薦信。」

能讓駭客聯盟免考核的人，真的厲害。

一行人吹捧來吹捧去，其中還有不少執法堂跟採購堂的人，不過到後來，唐輕這邊的人少了一半，全都圍到了駱隊那邊。

執法堂、採購堂和外貿堂的人雖然敬畏唐輕，但是他們並不會研究代碼。代碼神祕，但比起真正的實力，大家看中的還是真功夫。

唐輕說完了這些，不由得把目光轉向秦苒那裡，並微微瞇眼，側身問情報堂的一個人，「他們在幹嘛？」

情報堂的人看到了秦苒的身影，想了想後回答，「應該是在向秦小姐討教。」

程木在短短半個月內提升那麼多，有不少人想要找秦苒討教，但都沒膽子也沒臉……

唐輕不僅看到了秦苒，還看到了靠著木椿的程雋。他眉如遠山，疏淡的眉眼被夜色沖散。

「這位秦小姐，她很厲害？」唐輕收回目光，問身邊的人。

除了駱隊那幾個人，大多數人其實都沒有見過秦苒出手，只有隱約聽說過一些。

情報堂的人也說不清楚，只摸了摸腦袋：「應該是很厲害，不過沒有看過她出手。我們知道的不多，但程水先生跟杜堂主他們應該知道。」

「她這麼厲害，卻沒出過手？」唐輕眯了眯眼，若有所思。

晚上，程火依舊來一樓吃飯，不過他念了半天，秦苒還是沒有繼續跟他說代碼的事情。

程雋看他死賴在這邊，還幫傭人收碗，不由得挑眉：「想洗碗？」

程火：「……」不，他不是認真的。

程雋卻沒給他反駁的機會，十分溫和地開口，「那今晚讓廚娘放個假。」

程火：「……」

一旁的廚娘拿出掛在圍裙外面的毛巾擦擦手，真誠地朝程火道謝，「程火先生，那我就先回去看電視了。」

程火：「……」

——他、真、的、只、是、想、找、秦、苒。

等他洗完了碗，也沒有去情報堂，而是回到自己的房間。

他的房間在程水跟程木的中間。晚上八點半，他拿出手機，打了一通電話回國。

『程火，你找我？』

國內才早上八點半，接到電話的郝隊剛出勤。他坐到車上，聲音很沉。

程火走到窗邊，摸出一根菸：「我想問問你關於秦小姐的問題。」

郝隊知道他是想問秦苒的電腦技術，雖然不知道程火為什麼想要知道秦苒的事，但是他也沒敷衍：『刑偵界中，錢隊手下的人都很厲害，尤其是技術人員。但是，那個技術人員在電腦方面比不上秦小姐。』

「技術人員？」程火微微瞇眼，吐出一道煙圈，「你有那個技術人員的資料嗎？」

『錢隊的成員資料我沒有。』到了目的地，郝隊從車上下來，攏了攏身上的大衣，『不過我辦過的案發現場應該有他的正臉，我找找再傳給你。』

對於一個駭客，尤其是一個厲害的駭客，有一張照片就足以把人家的老底都翻出來。

不到一分鐘，郝隊就把一張案發現場的照片傳過來。上面有兩個人的正臉和一個屍體，郝隊把技術人員的臉單獨圈出來，還叮囑程火不要把案發照片洩漏出去。

程火隨手回了一個「嗯」，然後點開大圖。

照片上的技術人員是一張很普通的大眾臉，二十七八歲的樣子。程火咬著菸，微微瞇眼，他覺得這個技術人員看起來有點眼熟。雖然程火的記憶力不錯，但一時半會也想不出來，應該是偶然見過但沒說過話的人。

他直接利用搜尋引擎搜尋技術人員的資料。

資料非常普通，完全看不出半點破綻。程火靠在椅背上，低眸沉思。

＊

兩天後，上午——

情報堂的人都十分激動，一向忙碌的程水也休息了一個上午，穿上正裝，與程火一行人站在莊園大門旁等著。

根據程火的分析，唐輕的叔叔應該是雲光財團的高層。而雲光也是一方巨擘，程水作為莊園的大管家肯定要出來迎接。

唐輕站在程火右邊，目不轉睛地看著門口的方向，手緊握住手機，看得出來有些顫抖。

不到一分鐘，眾人視線可以看到的地方，有一輛十分普通的老爺車緩慢地朝這邊開過來。

車子駛近，一行人看得更清楚，左邊的車燈……似乎裂了。

程火偏頭問身邊的唐輕，「這是妳叔叔的車嗎？」

唐輕也不確定，輪廓略顯分明的臉上遲疑著，「應……應該是吧？」

程水還算淡定，一如即往的沉穩，身形站得筆挺，目光一直看著那輛老爺車。

一行人說話的期間，車已經停在大門旁了，程水等人都不由自主地往前走一步。

老爺車的駕駛座車門被打開，一個四十歲左右的男人從車上下來，穿著一身灰色的長羽絨衣。

唐輕的叔叔不是混血兒，長相乾淨斯文，沒有唐輕那麼鋒銳。鼻梁上架著一副寬大的黑色眼鏡，眉心淡淡地擰著，穿著很簡單，卻莫名有種不顯山露水的神祕感，也如唐輕形容的一樣，顯得孤僻。

新聞上的天才……總有一些性格缺陷，有程雋為例，程水等人十分理解。

程水往前走了幾步，露出笑容，「唐先生，把車鑰匙交給傭人就可以了，他會幫你停車。」

隨著程水的話，一個傭人恭敬有禮地往前走一步。

唐輕叔叔停下來把車鑰匙遞給傭人，然後看向程水，伸手扶了一下眼鏡，禮貌地打了個招呼才開口，十分言簡意賅，「我姓陸。」

程水：「……」

程火也看了一眼唐輕。

唐輕也現在才反應過來，解釋道，「程水先生，我忘記說了，我爸隨我爺爺姓，我叔叔隨我奶奶。」

程水反應過來，抱歉地看了唐輕叔叔一眼，「抱歉，陸先生。」

這位陸先生只搖頭，表示無妨，依舊沒什麼話，秉持著孤僻。

「叔叔，先去我們工作的地方吧。」唐輕適時開口。

程火落後這些人一步，拿出手機，在群組裡說了一句話：『所有人先撤。』

今天莊園內的大路上都沒什麼人，十分安靜。

唐輕在她叔叔來之前就說了，她叔叔為人孤僻，人多會不耐煩，不喜歡見陌生人，連她都不願意多見。之前沒有加入駭客聯盟，主要也是因為這樣。

為了表達對唐輕叔叔的禮貌，程水囑咐了莊園裡的人，所以一直到情報堂都沒遇見幾個人。

這一路上，一直十分善談的程水也沒有多說話。

情報堂裡平常總有人忙碌著，今天的大廳卻是空無一人，只有擺著的十幾台電腦是開著的，上面是藍屏加上白色的代碼，安靜到不行。

這位陸先生一路上蹙著的眉頭現在才舒展開來。

陪同隨行的只有程水、程火跟唐輕這三人，小黑從角落裡出來，托盤上放著四杯茶。

看到小黑，這位陸先生的表情更加緩和，他拿起一杯熱茶。茶泡得很濃，茶葉放得很夠，他喝了一口就沒有再喝了，放到一旁。

「陸先生，」程火平常十分善談，但此時也不敢多說話，只請教專業性的問題，「這個模擬代碼是我從小黑身上截出來的一段，已經到百分之八十九了。還有另一個，每到百分之百就會斷線。」

程火打開隔壁的電腦，把另一個模擬器打開，模擬給陸先生看。

「很抱歉，如果這屬於商業機密，算是我唐突了。」最後，程火又加了一句。

小黑是雲光財團內部研發出來的，程火雖然對這個人工智慧感興趣，但不是想要人家的核心機密。

陸先生看了一眼電腦上百分之八十三的進度條，伸手推了一下眼鏡，搖頭，「這只是一段管理程式設計，算不上核心機密。」

涉及到專業性的知識，陸先生的話就多了起來。

他拉開程火隔壁電腦桌的椅子，坐下來，打開編輯頁面，手放在鍵盤上，敲出一串代碼。

他敲代碼的速度非常快，程火等人的眼睛也跟不上他的手速。認真敲代碼的時候，陸先生的身上的氣息就變了，沒有那種孤僻、難以接近的感覺，整個人似乎在發光。

程火沒有想到這位陸先生這麼好說話，直接幫他們解決了問題。

不到二十分鐘，他「啪」地一聲敲了一下「Enter」鍵，電腦上很快就出現了藍色的進度條。

從百分之一到百分之百跳得很快，不到二十秒，模擬器成功啟動，進入了一個藍色螢幕的三位空間，與此同時，情報堂所有停在內碼表面的電腦都有了新的進度！

別說程火，連唐輕都十分震驚！

陸先生這才從椅子上站起來，走到一旁，「你們可以研究一下，有問題再找我。我明天會搭上午七點的飛機回國，會在這裡停留一天。」

程火連忙道了謝，有些迫不及待地想要研究那串代碼。

而程水不懂這些，在這個時候發揮他大管家的智商，「陸先生，讓他們自己研究，您跟我來客房吧，那裡很安靜，沒人。我們老大出去見馬斯家族的人了，下午才回來。」

聽到有安靜的房間，陸先生的眉頭更加舒展，跟著程水一起出門。

陸先生走後，程火立刻拉開椅子坐上去，按著鍵盤的手都忍不住顫抖，對唐輕道：「這次情報堂真的要感謝妳！」

都是駭客，程火自然能從那位陸先生的舉止間看出他的實力……恐怕不劣於他們駭客聯盟的會長。

唐輕其實也非常驚訝，她跟她叔叔真的不親，全家人只有她爸爸能跟她叔叔說上幾句話。沒想到這次不僅只因為她的幾句話就來了，還幫了這麼大的忙。

小黑見到陸先生跟程水走了，就去樓上把情報堂的人全都叫下來。剛剛因為程火的一句話，情報堂的人都躲到樓上了，連動都不敢動，小黑一通知，他們立刻一窩蜂下來。

「我靠，有新進展了。」連傑瑞也拄著拐杖一瘸一拐地下來，坐到電腦旁，看向唐輕的目光更加敬畏，「唐小姐，妳叔叔太厲害了！」

程火也點點頭，目不轉睛地看著電腦螢幕：「應該是跟我們會長同等級的人。」

情報堂的人基本上都沒有加入駭客聯盟，當然不認識駭客聯盟會長這種神仙人物。聽程火這麼說，他們全都面面相覷。

確認過眼神，是個高手。

先前，因為唐輕本人的身分，加上她是程火的師妹，又展現了實力，情報堂的人都對她很尊敬。現在因為這位實力高深莫測的陸先生，他們對唐輕更加敬畏了。

唐輕微微笑了一下：「我也沒想到我叔叔會來，不過能幫到大家就好。」

情報堂的人一個個幾乎都沒吃午飯，直到下午的時候程雋回來，程火跟唐輕才停下來。程火有些依依不捨地走出情報堂的大門，去中間的古堡找程雋，他們幾個要跟陸先生一起去見程雋。

至於秦苒今天一整天都在訓練程木跟施曆銘，兩人的臉都很腫，一直到林思然打了通視訊電話給她。

『苒苒，難道妳回京城了？』林思然是在宿舍裡，聲音裡壓抑著激動，把手中的專輯拿給秦苒看，『妳寄給我的專輯我收到了！我今天上午搶了很久都沒搶到，太愛妳了！』

應該是言昔寄給林思然的專輯。

秦苒想了想，沒說是言昔寄的，她怕林思然會瘋掉，所以只說是一個朋友寄的。

「對了，那種紅色的花妳要嗎？」秦苒想起了程雋的花。

『寄回來很貴吧？』林思然皺了皺眉。

「不貴，不用妳出錢。」秦苒看了一眼對打的施曆銘跟程木，十分淡定地開口。

林思然這才點頭，『好啊，那妳寄回來，我爸很想要。』

她傳了一個農場的地址給秦苒。

秦苒看了一眼地址，估算一下時間。程雋現在應該回來了，他馬上就去書房找他說這件事。

書房在三樓。

她走得一向很慢，走到書房門旁的時候，程火跟唐輕也正走上樓。唐輕走在前面，距離書房有五六公尺遠，看到秦苒，她不由得皺了皺眉，也沒跟秦苒說什麼，直接偏頭看向程火：「我叔叔在裡面吧？他不喜歡見陌生人。」

那位陸先生確實孤僻，不喜歡人多的場合，所以今天一整天程水跟程火都非常盡心。

但在程火眼裡，秦苒是莊園裡其他隨便的人嗎？——當然不是。

程火沒有回答唐輕，而是看向秦苒，一如即往地微笑，恭敬有禮，「秦小姐，沒事。」

「程火師兄？」唐輕抬頭看向程火，滿臉不可思議。

程火看秦苒敲門進去才低頭，將聲音壓低，只讓他跟唐輕聽見：「妳今天要是真的因為陸先生把秦小姐阻擋在門外，老大可能會直接把那位陸先生趕出去。」

聞言，唐輕抿了抿唇，心底卻十分不甘。

她看到秦苒收回目光，依舊不緊不慢地敲門，有些不懂這個女人。

她都說得這麼明顯了，裡面有重要的人物在，那女人竟然還能心安理得地敲門？一般不是都會識趣地離開嗎？沒腦子？

「到時候我叔叔要是生氣了，我可不管。」唐輕收回了目光，表情跟聲線都十分冷淡。

程火沒回答，只跟上秦苒。

秦苒推開門，三個人一起進去，屋內正是程雋和陸先生這三人。

陸先生跟程水顯然也剛來沒多久，程雋跟陸先生坐在特意隔開的會客處沙發上，兩人手邊都擺著茶，程水則在書桌旁整理文件。

陸先生有些心不在焉，眉心擰著。

聽到有人敲門進來，程水把一份文件拿到程雋這裡，壓低聲音開口，「應該是程火跟唐輕。」

他一句話剛說完，門就被人推開，是秦苒那三個人。

秦苒走在前面，程火不管走在哪裡，向來都是落後秦苒一步。

陸先生也抬起頭，不經意地看向門口這邊。不知道看到了什麼，手中的茶杯被他「啪」地一聲放在桌子上，然後猛地站起來。

陸先生這個人向來孤僻，性格沉悶，話也不多，來到莊園將近一天，其他人都清楚他的脾氣，但這還是第一次見到他情緒波動這麼大，程水愣了一下。

「我都說了，我叔叔不喜歡見陌生人，」唐輕在程火耳邊說，聲音十分不悅也不耐，「你偏要讓她進來？」然後也不等程火回答，往前走了幾步，「叔叔，沒事，我先帶您下樓，等一下清靜了，我再帶您上……」

唐輕一句話還沒說完，陸先生就抬起手，阻止她繼續說。

不遠處，秦苒站在程火前面，面無表情地看向陸先生：「你為什麼會在這裡？」

「一年多沒見，我特地來看妳還活著嗎。」這位陸先生揹著手往秦苒那邊走，然後繞著秦苒轉了一圈，語氣熟稔到不行，「還可以，活得像個人樣，沒等我去收屍。」

他的表情一如既往，略顯孤僻，但眉宇間的躁鬱一掃而空。說話的時候也不像對程火等人那麼言簡意賅，彷彿從神壇上下來，帶了幾分煙火氣息。

程雋手中的茶杯也頓了頓，之後隨手放到桌上，走到秦苒面前眉眼一抬，「這位是……」

他的目光看向那位陸先生。除了陳淑蘭，秦苒很少對別人露出這種狀態，即使是魏老跟徐校長也一樣。

「我鄰居，小時候經常去他家玩。」秦苒笑了一下，眉宇間猶如被細雨滋潤過的清然，「陸叔叔。」

程雋本來有些淡然的態度變得嚴肅起來，「原來是陸叔叔，先坐。」他的聲音溫潤，態度也是十足有禮，剛剛那點不近人間煙火的氣息全然消失。

陸叔叔不動聲色地看了程雋一眼，又問了幾句秦苒最近的生活情況。

旁邊，唐輕還維持著剛剛的表情跟動作，僵在原地，臉上一陣青白之色。

而程火本就個性火爆，藏不住心思也藏不住話，此時腦袋也有些嗡嗡作響。只有程水，愣了一下之後就平復了心情，去幫秦苒倒茶。

他清楚秦苒的習慣。他將茶遞給秦苒之後，秦苒就把茶推給了她的那位鄰居。

程火依舊僵在原地。

看陸先生對秦苒的態度，若不知道唐輕才是陸先生的姪女，眾人恐怕會以為秦苒才是陸先生的姪女！最重要的是，依照陸先生的話……他好像是為了秦苒來的……

他記得，秦苒之前住的地方是哪裡？聽程木說，好像是一個主要扶貧的山區，一般人不會去那麼窮的地方，人少到不行。

雲光財團的大人物會住在那裡？還住在秦苒隔壁？

這一愣，一直到吃飯的時候，程火都沒回過神來。

因為陸先生在，程木跟施曆銘就沒過來吃飯，飯桌上則多了一個唐輕跟陸先生。

唐輕全程低著頭，手裡的筷子捏得很緊。

其他人不了解陸先生，但她是非常了解。她叔叔對她爸那些人，都不像對秦苒這麼親近。

如果不是唐輕控制著力道，一雙筷子都要被她捏斷了。

吃完飯，程火跟唐輕就回情報堂了。

情報堂的人幾乎都把便當放在桌邊吃著，沒有去食堂。看到程火跟唐輕兩人回來，他們都很有禮貌恭敬地對兩人開口，尤其是對唐輕。

傑瑞把電腦上的一串代碼遞給唐輕跟程火看：「程火先生、唐小姐，陸先生還在嗎？這串代碼好像有點問題……」

唐輕心裡不知道是什麼滋味。她本來就很疑惑，她叔叔為什麼會這麼乾脆地答應她要來……現在連她也不得不承認，她叔叔就是為了秦苒來的！會那麼乾脆俐落地給了他們一串編碼，大概也是因為秦苒。

唐輕不懂她叔叔怎麼會因為這一個人……

「這麼晚了，我叔叔應該睡覺了。」唐輕搖頭。

程火卻瞇了瞇眼，拿出手機傳一條訊息給秦苒，問能不能去找陸先生。

秦苒只回了兩字：『書房』。

程火把這串代碼複製到電腦上。這一部分是傑瑞負責的問題，他就順便把傑瑞也帶上。

不僅是傑瑞，程火也有好多疑問要問陸先生。

作為電腦狂人，有個高手在身邊，程火恨不得每分每秒都去問陸先生。

之前因為陸先生是唐輕的叔叔，程火就沒多問，現在知道他是秦小姐的鄰居，態度還那麼友好，程火哪能忍住！更順便問了秦苒一句，能不能多帶一個人。

秦苒說可以。

能見到那位傳說中的陸先生，傑瑞拄著拐杖，表情顯得非常激動，情報堂的其他人則都十分嫉妒羨慕恨地看著傑瑞。

這時候的秦苒跟陸先生在書房裡小聲聊天。

秦苒抱著抱枕坐在程雋身邊，陸先生則坐在兩人對面，手邊擺著一杯跟秦苒一模一樣的茶，七片茶葉，一片不多、一片不少。

「你是京城人？」聽到程雋的話，陸先生抬起眉眼。

程雋點頭，表情嚴肅又有禮貌，「我還有個哥哥跟姊姊。」

陸先生：「……」誰問你哥哥姊姊了？

三個人正聊著，程火跟傑瑞兩人就把電腦帶到書房來。

程火先跟三位老大打了招呼，然後看向秦苒：「秦小姐，我剛剛去花園澆水的時候，看到花匠在移妳的那朵紅花。」

秦苒靠在沙發上，捏著茶杯喝水，垂著眉眼：「要寄回國的。」喝完就把茶杯放到桌上。

程雋一邊跟陸先生說話，一邊隨手幫她倒了一杯水。

陸先生坐在一旁，依舊不動聲色地看著。

程火就沒再多問秦苒，經過程雋同意之後，就跟陸先生說代碼的問題。

他一邊說著，一邊打開電腦。

陸先生一直觀察著這幾人。他很聰明，從幾人的言行就能看出秦苒跟他們的關係是真的很好。

在寧海鎮，除了魏子杭跟潘明月，應該找不到其他人。

「苒苒，」陸先生看了一眼電腦上的代碼，那是從小黑身上截取出來的一段晦澀智慧代碼。他側身問秦苒，眼神是慣有的沉鬱，語氣不解：「妳人就在這裡，他們為什麼會為了一個這種代碼，求我求了一個星期？」

原本陸先生以為程火這些人跟秦苒不熟，所以秦苒才沒動手，但現在他看到的情況明顯不是這樣。

不說程雋，看程火、程水他們的態度，連茶葉量都算計得很好，這像是不熟的樣子？

秦苒就隨便應了一聲，往後靠著，語氣有些風輕雲淡，「沒找到機會。」

其實也找過兩次機會，都被唐輕打斷了。秦苒能主動提起第二次真的不容易，想要她再主動提第三次？不可能。

陸先生看了她一眼，沒說話。

秦苒想了想，還是站起來，走到自己的桌子旁拉開椅子坐下，然後看向程火跟傑瑞，「電腦拿過來。」

程火的腦子還沒反應過來，不過手上的速度也不慢，立刻將電腦遞給秦苒。

「看了一下，主要還是原始程式碼的問題。」陸先生還坐在沙發上，稍微抿了一口茶，目光轉向秦苒，「有空回去一趟，美洲有分部。」

「看情況吧。」秦苒掃了眼電腦上的原始程式碼，懶洋洋地開口，說著其他人聽不懂的話。

她打開電腦的編輯器。

陸先生將茶杯放在桌子上，看到程火跟傑瑞兩人還愣著，心中更加肯定秦苒很喜歡這群人。他便開口：「你們兩個不要愣著，準備好硬碟。她的速度比我快很多，看不懂就讓她稍微放慢一點。」

秦苒這時候已經敲了一串代碼。

之前在情報堂見識過陸先生的手速，程火跟傑瑞都覺得那位陸先生的手速夠快了，沒有想到還有更快的。

另一邊，程水把那朵紅花的事情安排好了，要空運回去。美洲跟國內相差十二個小時，估計到林思然手裡的時候，正是次日早晨。安排完這一連串的事情，他便敲門走進書房。

進去的時候，秦苒還在敲代碼，她的神色嚴肅，完全沒有平常那種不務正業的氣息。而程火跟傑瑞都處於呆傻的狀態，全場只有程雋跟那位陸先生的表情還算比較正常。

程水的腳步頓了一下。程火跟傑瑞為什麼在這裡，他能猜到，不外乎就是為了小黑的代碼，可是……現在為什麼是秦苒坐在電腦前？她敲鍵盤的速度也太快了吧？

電光火石間，秦苒已經按下了最後一個字，也沒立刻離開，而是隨手把電腦一轉，將螢幕移向程火那邊，讓那兩人看代碼。

她先示範了一遍，三個步驟。

閒放著的手指隨手敲著桌面，聲音一如既往的隨意：「看清楚了沒？」

程火雖然不在狀態上，但該聽的還是聽著，聞言便僵硬地點了點頭。

秦苒這才撐著桌子站起來，目光看向陸先生的方向，眉頭挑了挑，「聊聊？」

陸先生也點頭，不動聲色地看了程雋一眼，「去我房間吧。」

秦苒也看了一眼程雋。

程雋臉上的表情沒有什麼變化，表情一如既往的淡定。

他將兩人送到樓梯口才回到書房，伸手摸出一根菸，隨意咬在嘴裡。

因為他的出現，僵在書房裡的三個人終於有點回過神來，尤其是傑瑞。

「程火先生，我是不是被程木打到出現幻覺了？」傑瑞抹了一把臉，像個沒有感情的機器，「秦小姐剛剛在解原始程式碼？」

程火把電腦合上收起來，「啊」了一聲，應該還沒從衝擊中緩過來，「好……好像是吧。」

人工智慧是雲光財團的核心技術，雖然他們截取出來的代碼不涉及核心，但程火跟傑瑞也知道其中肯定夾雜著多年前隕石降落的外星文明。沒有經過五年以上的專心研究很難破解，所以他們才會向陸先生求助。

秦苒就……就這樣把代碼敲出來了？

程火之前就跟程水猜測過秦苒是不是雲光財團內部的人，但是秦苒的年紀就在那裡，程火就算再深入了解，也不敢把秦苒往多高的位置上想，只是現在他已經……完全說不出話來了。

「老大，你早就知道了？」程水看向坐在書桌旁，開始淡定翻文件的程雋，終於問道。

程雋搖頭，目光有些懶散，語氣漫漫，眉挑著：「沒，不過憑她的技術，不是很正常嗎？」

能幫顧西遲擦屁股這麼多年、電腦技術直逼駭客聯盟會長的人會被雲光財團招攬，他並不覺得奇怪，畢竟雲光財團是亞洲ＩＴ的領軍人，要是沒招攬，程雋才覺得雲光財團眼光有問題。

程水：「……」

一樓，陸先生的房間——

「改變很多，」陸先生打開電腦，然後拉開窗簾看外面的燈火，聲音帶著一些嘆息，「很開心看到妳這樣。」

他伸手拍拍秦苒的腦袋。

秦苒小時候就喜歡在他家看書，看的都是他的原文書，還有一堆代碼書。

陸先生的性格孤僻，家裡也沒其他人，就開了一間修電腦的店。他修電腦的技術不錯，但他的店裡也十分安靜，秦苒就喜歡在他家看書。

難得遇到脾性跟自己很像的人，陸先生覺得秦苒莫名有點親近。不喜歡與人交流的他，對秦苒都一而再、再而三地破例，還會送很多書給她。

秦苒一開始還會拿書回去，不過後來秦語會拿她的書之後，就沒有再要過一本。她想看書就會直接去他家裡，坐在書架旁看書。

這麼多年來，陸先生能感覺到秦苒心裡似乎隱藏著一座火山，他越來越擔心她的狀態，但是還沒等到機會跟秦苒細聊，她就離開了一年。

「對了，楊先生那裡，妳……」陸先生偏頭看了她一眼。

秦苒隨意坐在一張椅子上，雙手枕在腦後，眉眼輕挑，「我算是退出幕後了吧？你們有事再找我就好，其他的事，太煩了。」

她一向任性，不過雲光財團也從來沒有約束她的行動。但聽她的意思是不打算完全退出，陸先生就沒再多提。

「那個程先生……」他想起程雋，眉頭皺了皺，「妳認識他多久了？」

「三年？」秦苒偏頭，有些不太確定。

陸先生看了秦苒一眼，「喔」了一聲，「才三年啊。」

他說完這一句，就不想再說話，默默坐在窗戶旁。

另一邊，程火終於反應過來，也離開書房去一樓，傑瑞則拄著拐杖跟在他後面。

秦苒的所有代碼都在程火的電腦上，傑瑞要複製一段回去。

上午陸先生說的代碼還沒整理好，再加上秦苒晚上的這三段代碼，程火估計需要一個多星期來解答。只是這時候，他也免不了分心去想秦苒的事情，忍不住去想她究竟是誰？

剛把秦苒的那三段代碼成功複製下來，程火忽然腦中靈光一閃，他沒有把硬碟交給傑瑞，用快速鍵敲出一個黑色的網頁頁面。

上面是純英文，傑瑞看不懂這是什麼網頁，卻見到程火調出一頁人員資訊檔案，上面各個國家的人都有。

程火在搜尋欄貼上一張被截出來的圖片，一秒鐘不到，一個長相平凡的男人資料就彈出來。

程火目光死死地盯著這張圖片。

「這是誰？」傑瑞問了一句。

程火深吸了一口氣，站起來，「是駭客聯盟的老成員，前兩年自行退會。」

聽到是駭客聯盟的成員，還是老成員，傑瑞對這個沒見過面的大神肅然起敬。

程火卻平靜不了。

他還記得郝隊說就是這個人，跟在秦苒後面如同一個跟屁蟲。一個曾經待過駭客聯盟的人，為什麼會對秦苒那麼信服？

他把這個人的圖片列印出來，直接去訓練場詢問程木。

傑瑞很好奇程火這失態的樣子，就跟在程火後面。

程火的房間在一樓，他拉開房門剛走了幾步，就遇到從訓練場出來的程木。

「程木，問你一個問題。前幾天，你對小黑似乎很了解？」程火往前走了一步，手裡還捏著那張照片。他不由得抿抿唇，表情嚴肅。

而程木腫著一張臉，聽到聲音，腳步頓了頓，面無表情地側身看程火，「我見過跟小黑一樣的機器人，在秦小姐的朋友家裡做管家，它叫小二。」

程木這時候出來，是要去花匠那裡拿秦苒的花。

他雖然最近都在特訓，但程雋派給他的本職工作他也不敢怠慢，每天早中晚都會觀察那盆花的狀態。現在時間也到了，他準備去花匠那裡檢查一遍秦苒的花。

花匠一開始看程木每天來回搬花，本來想要幫程木的忙，卻都被程木嚴詞拒絕了。

顧西遲的機器人沒什麼好隱瞞的，程雋跟秦苒也沒有特地囑咐他什麼，因此程火問他，程木就十分淡定地說了。

說完，程木看了程火一眼。程火跟傑瑞都站在原地，表情跟之前沒什麼不同，程木有些失望地轉回頭，他還以為說出來會嚇死程火呢。

程木有些遺憾地側過身，面無表情地說：「那我就先去找花……」

一句「找花匠」還沒說完，砰地一下，他的腦袋就被人狠狠揍了一拳！

毫無預料的攻擊讓程木差點摔倒，當場去世！好在他最近挨揍到麻木了，除了疼，也沒多大的感覺，只是僵硬地轉過頭，一雙漆黑的眼眸一眨也不眨地盯著程火。

程火撓著頭，繞著程木轉了好幾圈，又忍不住伸手戳程木的腦袋：「敢情你早就知道小黑，你他媽怎麼不早告訴我！」

跟小黑一樣的機器人，又叫小二。

ＥＡ只出了三個機器人，一個在女王那裡，一個在他們這裡，還有一個從頭到尾沒對外公布。那個ＥＡ2應該就是秦苒朋友的小二。

種種巧合湊在一起，程火已經確定秦苒在雲光財團的身分很重要，然而他們情報堂放著一尊大佛不問，白白浪費了這麼長時間？

程木明明知道卻不說，程火繼續幽幽地看程木一眼。

「這個啊，」程木揉了揉腦袋，沒有絲毫歉意地看向程火，故作深沉：「我第一次來莊園，看到你們的時候，也是你現在的心情。」

說完之後，他終於挺直了腰板，朝大門外走去。

程火：「……」我現在分不出神，等研究完這段代碼再去揍你！

傑瑞拄著拐杖，等程木離開了好久才回過神來，看向程火，「程……程火先生，秦小姐真的是核心人員？」

這些代碼內容十分晦澀，若是往常，傑瑞不會覺得有原始程式碼幾乎找不到可突破的漏洞，但是這一個星期來，他切身體會到了無所適從的感覺。

他們從唐輕那裡得到了幾點提醒，在那些問題點上用了一個星期的時間，傾盡情報堂的所有人力都沒有成功破解，更別說是後面更深奧的三段原始程式碼了。

有了對比，傑瑞跟程火才感覺到秦苒在這方面超強的造詣。

「難……難怪……」

傑瑞之前不明白程雋怎麼會帶這麼弱的一個女人回來，眾人也表面上尊敬，內心卻相當不服。

現在，傑瑞才知道秦苒的恐怖之處……

她哪是什麼簡單人物……這樣的人，也難怪程木跟程水他們都這麼尊敬。

傑瑞深吸了一口氣，目光火熱地看向程火：「程火先生，我們情報堂是不是走狗屎運了？」

這種神仙也能被他們碰到？

程火緩過神來，心不在焉地點點頭，然後低頭看了一眼手中列印出來的照片。

程火在駭客聯盟一直負責掌管新舊會員的管理登記，那位技術人員的申請退回報告是由他經手的。

駭客聯盟很少有人會退會，所以在看到技術人員退會的時候，程火留下了一點印象。他本來想問程木關於那個技術人員的事情，但是被程木一氣就忘了。

「走吧，」程火摸摸胸口，然後看向傑瑞，「先把代碼給你。」

當然，這兩人要是知道秦苒不僅僅是核心人員，連機器人身上的罌粟花標記都是出自她的手，程火恐怕真的會離家出走。

＊

次日一早，陸先生搭一早的飛機回國。唐輕並沒有收到通知，只有秦苒、程雋這幾人送陸先生出門。

「你們混美洲的，是不是仇人很多？」陸先生低頭把圍巾圍好，沒看向秦苒，反而把目光轉向程雋。

程雋抬了抬眼眸，氣定神閒地回：「不會，沒人敢惹我們。」

陸先生：「……是嗎？」

他將手放上後車門，想要上車。臨走之前，又看了程雋跟秦苒一眼。

這年輕人長得確實好看，難怪陳奶奶會看中他。

想了想，他就沒再說什麼，坐上莊園的車離開。

程雋十分有禮貌地告別，「陸叔叔再見。」

幾人身後，程火看到車離開了，心中一動，對程水道：「這位陸先生應該是特地為秦小姐來的吧？」

看他對唐輕那麼冷淡，真不像是為唐輕而來的。臨走時都沒有跟唐輕打招呼，看來那位陸先生跟家人的關係不是很好。

程水收回目光，轉過身看程火，語氣不急不緩地說：「顯而易見。」

「你們這裡的考核要做什麼？」陸先生的車已經看不到影子了，秦苒才側身看向程雋。

最近這段時間，她最常聽到的就是考核兩個字。

還有不到十天的時間，也是接近年底，秦苒覺得這個考核有點像他們的期末考。

程雋也收回目光，伸手拉了拉她脖子上的圍巾，語氣淡淡，「就是各種比試，也招募新人。」

這是每年古堡的盛事，十分熱鬧，這次帶秦苒來，正好碰上了考核。

「那應該很好玩吧……」秦苒將手枕在腦後，若有所思地說。

一旁的程火跟程水聽到，不知道為什麼，有種不寒而慄的感覺。兩人對視了一眼，不由得想起一樓訓練室裡，一千三百二十一的恐怖數字……

＊

又過了一個多星期。

程火在房間一連待了九天都沒出來，終於把這三段原始程式碼研究出了一些頭緒。他先打電話通知傑瑞，然後拿著電腦直奔訓練場。

進去的時候，程木正在跟施曆銘對打。

程火匆匆看了一眼，就去找秦苒：「秦小姐，您跟我去情報堂看看這個運轉程式！」

他把筆記型電腦打開，給秦苒看了一眼。

秦苒伸手拿起外套「嗯」了一聲，「好吧，我跟你去看一眼。」

程火喜出望外，連忙帶著秦苒往情報堂走。

在走到訓練場大門時，他後知後覺地想起來剛剛他進來時，程木跟施曆銘的對打戰況。他好像沒看清楚程木是怎麼出手的……

程火甩了甩腦袋，覺得自己是這麼多天沒睡好，出現了幻覺，就直接帶秦苒去了情報堂。

唐輕這幾天一直很煩躁，陸先生走了，卻沒有來見她。

她也意識到她叔叔並不是為她而來。

更加煩躁的是，她叔叔也沒有再單獨指點她。這九天，她一直待在情報堂研究那些原始程式碼，但是除了她叔叔給她的那個模擬器，其他幾乎沒有進展！又要為明天的考核準備。

她剛從訓練場回情報堂，就看到很多人圍著秦苒，就連好多天都沒看到的程火跟傑瑞都在。

「應該沒事，你們老大找我，我先回去了。」秦苒就看了一下，確認三段代碼沒有什麼問題就朝程火晃了晃手機。

程火也放下電腦，「等等，秦小姐，我跟妳一起去！」急匆匆地跟秦苒離開。

幾乎沒幾個人看到剛進門的唐輕，一向高傲的她何曾被人這麼輕視過？

她抿了抿唇，低垂著眉眼坐到自己的電腦前，就看到她的電腦頁面上多了一串代碼。

「這是什麼代碼？」她瞇眼伸手翻了翻，只有兩頁，就偏頭問隔壁的男人。
那個人抬頭看了一眼，然後開口：「聽傑瑞先生說，是秦小姐寫的代碼其中一段，剛剛程火先生已經傳到每個人的電腦上了，讓我們研究一下。」
「她？」
唐輕冷笑一聲，直接用滑鼠點進編輯頁面，想也沒想就一個個刪掉了這段代碼。
唐輕身旁的男人看了她一眼，張了張嘴，十分意外，「唐小姐？」
然而，唐輕並沒有回答。刪掉代碼之後，她就拉開椅子站起來，環顧四周，所有人都在興奮地研究電腦上的代碼。
她一時之間更為煩躁，低頭把電腦關掉，然後走出情報堂的大門。
大多數人都在研究新的代碼，並沒有注意到唐輕的離開，只有傑瑞看到了。
「怎麼回事？」
九天過去，傑瑞已經不用拐杖了。他走到唐輕隔壁的成員身側問了一句。
那男人聽到，立刻站起來，「唐小姐把她電腦上的代碼刪掉就走了，我也不知道她在幹嘛。」
聽到這一句，傑瑞擰了擰眉頭。
他心思不太細膩，不過從上次練武場的事情也大概知道唐輕跟秦苒不太對盤。
想到這裡，他搖搖頭，「算了，就讓她刪了吧。」
回到自己的位子上後，傑瑞傳訊息跟程火說了這件事。

第五章 考核排名

這時候，程火正跟秦苒一起去書房。收到這條訊息時，他還在爬樓梯，腳步都頓了一下。

「怎麼了？」古堡裡的氣溫高，秦苒正在解開大衣的釦子。沒聽到他的聲音就停下來，微微側身。

程火傳了一句「不用管她」的訊息，然後抬眸不動聲色地笑道，「傑瑞剛剛問我一個問題。」

這種事情，程火就沒跟秦苒說了。

代碼是秦苒寫的，這件事程火並沒有隱瞞情報堂的人，但唐輕卻直接把代碼刪了，這種事要是發生在他身上，程火覺得自己一定會不高興，所以沒必要把這種事情告訴秦苒，免得她不舒服。

兩人來到書房，程火跟程雋彙報最近的進度。最後，又說了一件事：「老大，關於唐輕的事，我決定還是讓她按照常規參與考核，嚴格要求。」

本來程火回來的時候，並不打算讓唐輕參與考核。

唐輕是駭客聯盟的新人，程火之前跟她合作過，她在電腦技術的方面真的無可挑剔。雖然性格有缺陷，但只要是人，性格都會有缺陷，當時程火也非常看好她。

可是來到莊園二十多天，程火才發現她這自大的毛病很容易帶來錯誤的決策觀。太浮躁、太自大，以自我為中心，尤其是後者，這在一個團體中是個大忌，最扣分的，當然還是前兩次唐輕無緣無故打斷秦苒的話。

程火不由得幽幽地想，如果當時沒被唐輕打斷，秦苒應該早就告訴他了吧？

陸先生那件事後面誰也沒有說，但陸先生究竟是為誰而來，幾個人都心裡有數。

「嗯，」程雋點點頭，把手中的文件放到一旁看向程火，「你去跟程水報備一下。」

程火應了一聲就走出書房。

秦苒坐在她的位子上，一手撐著下巴，一手翻著書。等程火走了，她才看向程雋：「你找我幹嘛？」

「後天會開始考核，為期四天，考完還有幾天就是過年了，」程雋抬頭看向秦苒，沉吟了一下才開口，「顧西遲那裡，妳要考核完再過去，還是年後再過去？或者下午去，明天回來？」

今年過年，程雋不打算回雲城，也不打算回京城。

顧西遲的藥還需要很長一段試驗期，這是醫學史上很大的進步，所以他接下來還有一個月都會待在醫學組織，不管年前去、年後去，時間都來得及。

「那就下午吧。」秦苒撐著下巴，沒怎麼思考就有了決定。

「好。」程雋點點頭，跟他想的一樣。

他伸手傳了一條訊息給顧西遲，確定了要去醫學組織的意思。

傳完訊息，程雋往椅背上靠，看向秦苒。

「怎麼了？」秦苒抬頭。

程雋的眸色溫和，嗓音中也泛著細細密密的笑意：「我想起了一件事……考核很好玩，我把

妳放進名單裡吧?大概就跟程水差不多。」

每年考核，被放進名單的人可以接受或者主動挑戰別人。每年程水都在名單裡，但就是沒人敢挑釁他。

剛推門進來，準備把今年的名單交給程雋的程水：「……」

*

醫學組織——

顧西遲拿著筆跟紙，在記錄白鼠的狀態跟各項常規檢查。

「如何?」身旁的老頭戴著一副老花鏡，嚴肅地問。

顧西遲把最後一項資料記錄好，就把本子遞給老頭，之後按了一下眉心，「你自己看吧。」

為了這一項實驗結果，顧西遲幾乎三天沒睡。口袋裡的手機又響了一下，他低頭看了一眼，程雋說下午會帶秦苒過來玩。

顧西遲靠著桌子，按著眉心笑了笑，他確實有好長一段時間沒有見過秦苒了。

旁邊有人遞來一杯溫水，顧西遲伸手接過來，靠坐在桌子上，喝了半杯水才偏頭看江東葉。

「你真的不用在這裡跟我耗時間，京城我暫時不會去的。」

江東葉沒有回答，只挑了挑眉：「你是不是該睡覺了?」

這次的實驗有了很大的進展，身旁的老頭看完資料，又把記錄本還給顧西遲，笑容滿面：「小遲啊，是有什麼好事發生嗎？」

他看顧西遲剛剛看完手機，似乎笑了。

「是件好事，」顧西遲沒回江東葉，他側身看老頭，眉眼透著溫和，「學長跟苒苒下午過來。」

這一個月，老頭幾乎忘記了程雋這件事，此時聽顧西遲提起，他臉上因為實驗而露出來的笑容陡然消失，「下……下午？」

顧西遲點頭。

老頭一句話都沒再多說，立刻回到隔壁自己的辦公室，把桌上的理論論文都收起來。

「顧學長，老師怎麼了？」今年的新學員拿來一根裝著藍色液體的試管，遞給顧西遲。

他來醫學組織半年，還沒見過老師這麼驚慌失措的模樣。

顧西遲把水杯放到一旁，懶洋洋地伸了個懶腰，然後看了那個學員一眼，十分同情地說：「下午你爸爸要來。」

學員一臉驚恐，他爸爸不是在國內嗎？

與此同時，美洲莊園——

外面最大的訓練場已經關閉了，有人在裡面布置考核場地，為明天的考核做準備，所有人只能在另外兩個小一點的室外訓練場訓練。

唐輕自然也在。她這兩天都沒有去情報堂，只一心在訓練場訓練。她的拳力分數高，但是技巧不夠。這一個月來，她知道自己要參與考核後，只要有時間就會去向執法堂的人請教。

執法堂的人知道唐輕是駭客聯盟的人，程火一開始也表現出了對唐輕的重視，他們對她自然十分盡心。

執法堂的人到外面都是一流的高手。來莊園一個月，有這些人的指導，唐輕在技巧上進步得很快。

她又測了一下自己的拳力——七百五十二，是目前她打出來最高的分數。

身旁，執法堂的一個人驚訝，「唐小姐，妳進步了好多！」

差不多三十分，確實進步了不少。

唐輕收回手，感覺到周圍的目光笑了笑，然後看向駱隊。

來莊園一個月，她自然知道即便都是莊園的人，也分了好幾個層次。先是程雋，再到程水，然後是各個分堂的堂主，再然後是駱隊這種每個分堂的核心人物，最後才是普通成員。

想到這裡，唐輕看向駱隊。駱隊也正好看向她，眼睛似乎亮了亮，然後加快步伐朝她走來。

唐輕一愣，雖然驚訝，不過也沒有太意外。她的手還放在拳力測試儀上，表情依舊高冷，但雙眼看著駱隊的方向，冷豔的臉上稍微勾起了笑。

然而還沒等她打招呼，駱隊就跟她擦肩而過，直接朝她後面走去，還能聽到駱隊十分歡快的聲音：「秦小姐，秦小姐！」

唐輕僵著臉朝後面看過去。這個小訓練場距離花園很近，秦苒正在那裡拿著水壺，澆一朵黃色的花。

花園隔了一層玻璃，但並不隔音，外面說話，裡面也能聽到。

這個小訓練場也是沉陷式的，駱隊顯然實力很強，他直接跳到上面去找秦苒。

秦苒最近這段時間在莊園裡很出風頭。唐輕看著拿著水壺的秦苒，問了一句：「那位秦小姐，今年會參加考核嗎？」

「應該吧？我好像聽我們堂主說過。」身側的人回答。

「那就好。」唐輕點點頭。

在一個地方最快站穩腳跟的方式，就是找到風頭最盛的人，把他狠狠踩在腳底就能立下威信，俗稱墊腳石。

唐輕看著秦苒的方向，藍色的眸底氤氳著譏誚——很不幸，這位秦小姐將成為她的墊腳石。

花園裡，秦苒還在跟駱隊說話。兩人還沒說幾句，程水就過來了，語氣恭敬：「秦小姐，車已經準備好了，你們可以出發了。」

秦苒隨手把水壺遞給程水，又把帽子拉起來，「嗯」了一聲。

程木的訓練已經到了尾聲，秦苒也不需要再盯著他。

「還有這個，是程木要我給妳的。」程水落後秦苒一步，又把手中的本子遞給秦苒。

這是秦苒吩咐施曆銘記錄的，程木吃藥的整體變化過程。秦苒伸手接過來，隨手翻了翻，朝大門外走。她穿著黑色的大衣，手裡拿著書，還揹上她慣用的背包，這也是程水剛剛拿給秦苒的。

看來是要出門的樣子。

在小訓練場裡的唐輕收回目光，睫毛低低垂著，「他們要出門？」

「應該是秦小姐要出去玩吧？」身旁的人撓了撓頭，「我聽駱隊說過，秦小姐來美洲主要就是來玩的。」

「是嗎？」唐輕繼續轉向測試儀器，金色的頭髮在光下折射出光芒。

後天就要開始考核了，竟然還有心思出去玩……

「這位秦小姐有訓練過嗎？」唐輕走到一旁，拿了個適合的武器。

唐輕在莊園裡聽過不少關於秦苒的事情，尤其是秦苒很厲害，這一點唐輕將信將疑。

「應該沒有吧，我沒有聽說她來過訓練場……」說話的人想了半天，也沒有想到秦苒什麼時候來訓練過。

唐輕繼續點頭，本來她就沒有把秦苒放在眼裡，如今更是半點也沒有放在心上。

另一邊，秦苒跟程雋已經坐到了車上。開車的是程雋，秦苒坐在副駕駛座。

雖然同在美洲，不過醫學組織跟莊園隔得有點遠，開車要兩個多小時。

下午一點出發，三點多才到醫學組織。

醫學組織的大門看起來很新，上面的幾個字寫得大氣蓬勃，不過整個組織的占地面積不大，只有一棟五六層樓高的大樓。

程雋把車停到地下停車場，然後用一張卡打卡進去。

他沒有去樓上，而是去了地下十二樓，秦苒這才知道原來地下還有二十層樓。

電梯一打開，秦苒有種眼前一亮、豁然開朗的感覺。

地下每層樓的面積顯然要比地面上的大無數倍。秦苒一下來就看到一個大廳，裡頭來來往往的人不多，都穿著白袍，是所有人的標識。

大廳四周都是白色的鋼鐵門，頭頂的水晶燈猶如太陽，大部分都是十分先進的現代化儀器。時不時有人從裡面出來，鋼鐵大門顯然也是使用瞳孔識別系統，會自動打開。若是換一個人來這裡，會有種穿越到未來的感覺。

要維持這麼龐大的體系，每天都要花一筆不菲的費用，不是一般組織供得起的。

一道白色的鋼鐵大門打開，顧西遲跟江東葉都在。顧西遲依舊穿著白袍，釦子沒扣，露出裡面雪白的白色襯衫，一手還拿著一個試管，顯然剛剛還在實驗室。

看到秦苒跟程雋，他略顯疲憊的神情一振。

「學長、小苒兒。」他把手中的試管遞給身側的江東葉，大步走過來，「小苒兒妳瘦了啊。」他剛伸手想擁抱一下秦苒，忽然間想起了什麼，精神一振，又往後退了一步。

一抬頭，程雋手上拎著外套，站得很懶散。一雙眼睛看著他，似笑非笑的。

顧西遲：「……」他摸了摸鼻子，然後收回手。

「雋爺。」江東葉也看向程雋。

程雋收回目光，看到江東葉後挑起眉。竟然還沒回京城？這麼執著？

一行人走進通道，顧西遲跟秦苒介紹醫學組織，「整個地下十二樓都是我們國家的人，前幾年，我們並沒有單獨使用一層，除了少數幾個國家，都是兩三個國家一起共用。」

不過醫學組織被某個大魔王挑釁一遍之後，所有人都怕他了，但也不敢把那位大魔王除名，畢竟……他們遇到了瓶頸，還要去請教那位大魔王。至此，他們才有了單獨一層的醫學實驗室。

裡面的實驗室很大。

秦苒一邊把施曆銘記錄下來的筆記本遞給顧西遲，一邊觀察著四周。

「老師，學長來了。」

顧西遲接過筆記本，沒立刻看，而是先帶他們進入一間實驗室。

實驗室內，站在一個儀器旁的老頭聽到這一句，手驀地抖了一下。

「老師，你沒事吧？」學員拿著一本書站在一旁，擔憂地看著他。

「沒事，沒事。」老頭僅僅用了一秒鐘就整理好了神色。

他的兩邊頭髮微白，一張臉笑成了一朵菊花，用從未有過的溫和語氣：「愛徒，你來了啊？」

這語氣別說是學員跟江東葉，就連早就習慣的顧西遲也忍不住伸手搓了一下手臂。

學員在心底暗驚了一下。他們駐守在醫學組織的老師是羅京老師，是醫學界大名鼎鼎的泰斗，可以說是他們國寶，他們何曾見過羅京露出這樣的表情？

程雋只是「嗯」了一聲，有禮貌地跟老頭問一聲好，然後掃過實驗室，裡面擺著三個實驗。

學員很明顯地看到羅京老師不由自主地往後退了一步。

「這一塊是誰負責的？」程雋走到其中一個裝著心臟的培養皿旁，指著這裡問。

顧西遲同情地看了眼學員。

學員卻不自知，立刻往前兩步，「程學長，是我。」

「嗯，」程雋點了點頭，拿起上面掛著的每日記錄，隨手翻著，聲音有些漫不經心，「來醫學組織多久了？」

「半年。」

「嗯，」程雋翻了幾頁就把每日記錄放下，語氣平靜，「活體反應酶知道嗎？」

「喔，當然……」學員立刻翻了翻手中的書。

程雋伸手按了一下眉心，「四百二十九頁第三行。」

學員愣了一下，羅京有些不忍直視，「快翻到四百二十九頁。」

學員翻到四百二十九頁，果然在第三行找到了。

「複製器官是個好畢業專題，但不是空想。」程雋精緻的眉眼幾乎看不出表情，語氣很淡，「你的每日記錄，第一頁第二行、第三頁第五條、第四頁第八條，對應醫學典籍的五百六十六頁跟七百二十一頁看。」

顧西遲原本同情的表情變得嚴肅起來，羅京也沒有說話，這幾個人都感覺到了程雋在生氣。確實，花了這麼大的力氣才為國家爭取到地下十二樓的資源，卻反而讓這些學員更膨脹了。

秦苒一手拿著外套，一手拿著背包，沒往前走，只靠坐在後面的桌子上。看著程雋，她笑了笑，頭頂的燈光很亮，映得她的眉眼極其柔和。

程雋積攢下來的火氣又消了，側身看向羅京，「老師，我就不多留了，其他教授那裡你幫我說一聲，年後再回來。」

羅京有些慚愧地點點頭：「我知道了。」

程雋看了一眼顧西遲跟江東葉，「要跟我們一起走嗎？」

顧西遲手頭上的事情剩下不多，聽到程雋的話，才剛想要說不用，但想想秦苒跟陳淑蘭，他就明白了程雋的用意，「等等，我去拿個外套。」

一行人走出門，羅京才低頭，看了一眼那個學員。

學員呆愣在原地，把醫學典籍翻到了五百六十六頁跟七百二十一頁，半晌都沒動。

羅京嘆了一聲，從口袋裡拿出一把鑰匙給學員，「盡頭最後一間實驗室是你程學長的，裡面有他的論文跟實驗，你去看看吧。」

學員僵硬地接過鑰匙，剛出門，就遇到一群穿著白袍的博士：「羅教授，你的首席大弟子呢？我明明看到他下來了……」

另一邊，依舊是程雋開車，顧西遲跟江東葉坐在後座。

「學長，你在美洲也有房產啊？」顧西遲坐在秦苒後面，手抓著秦苒的椅背，看著一路上路過的莊園，很是意外。

「嗯。」程雋漫不經心地將手放在方向盤上，慢慢放緩車速。

看管大鐵門的人早在距離一百公尺遠的地方認出了程雋的車，打開了大門。

秦苒看著大鐵門上的名字，又將目光轉向後面的顧西遲。

「妳看我幹嘛？」顧西遲挑著眉眼。

車子已經緩緩開入莊園。一來一回，現在已經接近晚上七點，天早就黑了，而顧西遲好幾天都沒有睡好，一路上都處於迷迷糊糊、睡覺的狀態，沒注意到路線，直到剛剛才被江東葉叫起來。

「沒，」秦苒收回了目光，伸手把安全帶解開，含糊地開口，「就隨便看看。」

顧西遲覺得秦苒的表情不對勁，但暫時也說不出哪裡不對勁，「小苒兒，學長家有幾間房間，夠我們住嗎？」

「還可以吧，夠你們住了。」秦苒咳了一聲。

聽秦苒這麼說，顧西遲點點頭，「夠住就好。」

說話間，車已經開入莊園裡面了，一行人準備下車。

車剛停下，就有傭人上前來接過程雋的車鑰匙，把他的車開往車庫。

車上的視野並不是很好，但顧西遲一直覺得，程雋應該是在這邊買了個小別墅，按照他學長的享受程度，說不定還會附帶一個花園。

然而，剛下車他就看到一眼幾乎望不到邊界的莊園，還有好幾條水泥大道。雖然是晚上，但莊園內燈火通明，不遠處還能聽到叫喊聲跟加油聲，傭人跟保鏢來來往往。

顧西遲跟江東葉都是見過世面的人，即便如此，還是被這幾棟古堡跟塔樓嚇到了。

「走吧。」秦苒穿好外套，見兩人還在原地愣著，不由得側身叫了一聲。

顧西遲回過神來，跟在秦苒後面幽幽地說，「小苒兒，這只是還可以？」

「難道不可以嗎？」秦苒挑了挑眉。

顧西遲伸手攏了攏大衣，沒有再說話。

一行人順著鵝卵石路往中間的古堡走，一路上遇到不少傭人跟來往各個分堂的成員。遇到程雋秦苒這一行人，所有人都恭敬地站到一旁叫「老大」跟「秦小姐」。

程雋是這座莊園的主人，再明顯不過了。

「你跟我學長一起長大，」顧西遲落後秦苒跟程雋一步，壓低聲音問江東葉，「他怎麼在美洲有這麼大一座莊園？」

江東葉也回過神來，聞言搖搖頭，溫潤的眉眼略顯深沉，「我也是第一次知道，實不相瞞，京城大多數的人都覺得雋爺不務正業，要是程家人知道他在美洲有這麼大一座莊園……真的會嚇哭。」

就算不混美洲，江東葉也知道美洲大人物多，國際上有名的幾個勢力都駐紮在美洲，所以在美洲想要這麼大一個莊園，需要的不僅僅是錢，還要有權。畢竟美洲錯綜複雜，沒有足夠的實力，沒人敢占用這麼大的莊園。

「真奇怪，」顧西遲看了看四周，目光又放到不遠處的訓練場上，好看的眉眼微微瞇著，「我總覺得這裡很眼熟。」

「可能是最近睡太少了，顧哥，」江東葉自動幫他找原因，「我有時候也會這樣。」

「是嗎？」顧西遲總覺得有哪裡不對，卻一時間想不起來。

正說著，一行人到了古堡一樓。

古堡內，傭人已經在圓桌上擺好了飯菜，但還沒有人入座。今天晚上明顯多了兩副碗筷，程雋回來之前就跟程水說過了，但是沒有看到程水跟程火。

倒是程木，他們回來的候剛從訓練室出來。今天他的臉不像以往那麼腫，只是青了一塊。

幾個人都認識，程木一一跟他們打過招呼之後看向秦苒，很意外：「秦小姐，妳不是明天下午才回來嗎？」

秦苒拉開椅子坐下，人沒到齊，她也沒動筷，只是隨手放在桌子上：「遇到了一點狀況就回來了。」

程木點點頭，沒有多問。

江東葉將手機放到桌子上，然後看向程木，挑眉：「程木，你被人打了？」

江東葉也覺得很奇怪，他們只有一個多月沒見，怎麼程木看起來像是變了一個人？似乎渾身都充滿了爆發力。

顧西遲在車上睡了一段時間，此時並不睏，就低頭玩手機。聽到江東葉這麼說，他也抬了抬眼眸，笑了聲，「程木，你被特訓了？」

程木面無表情地看了兩人一眼，點點頭，「沒錯。」

「真走運。」顧西遲往椅背上靠，順便把手機扔到桌上，「你知道你吃的那些實驗藥值多少錢嗎？」

程木早就知道秦苒給自己吃的藥不簡單了，聽到這一句，更連忙抬頭看顧西遲。

他想把錢還給秦小姐。

「你問我學長。」顧西遲朝他笑了一下。

程木就把目光轉向程雋。

程雋此時正在幫秦苒倒茶，坐得散漫，沒什麼儀態，看起來還有些不爽，眉眼清然：「研發、投資、人力資源雜七雜八的加在一起，打個五折，一億一千萬。」他把茶壺放下，想了想又加了一句，「美金。」

教授他們做出來的抗衰老生化酶還只是半成品，但這種實驗品多的是人想用，兩三百萬賣一針都會有人排隊。而顧西遲寄過來的是全球最頂尖的一群醫學狂人研究出來的藥，先不說前期投入，如果把這些藥都賣給需要的大人物，價錢比程雋估算出來的誇張許多。

「咳咳……」坐在顧西遲身邊的江東葉咳了好幾聲。

這麼貴？

程木：「……」還錢是什麼？他不知道，他沒說過。

「學長，那個學員複製心臟的研究，是根據你以前的論文得到靈感的。」顧西遲想了想，還是提了一句，「剛剛老頭已經讓他去看你的資料了，十二樓他也準備清理一下。」

從認識程雋的時候起，顧西遲就知道程雋懂很多。不僅是複製心臟，還有抗衰老生化酶、生命暫停……當初程雋寫了很多學術論文，都放在醫學組織，被羅京收藏起來。其他教授想看，只能找羅京借鑰匙。

這種醫學技術在顧西遲眼裡，需要往後一百年以上的文明。顧西遲不知道程雋是怎麼想到這些思路的，就像顧西遲也不知道秦苒為什麼能送他一個領先五十年的人工智慧機器人一樣。

所以這兩個人能走到一起，顧西遲真的不驚訝。

程雋「嗯」了一聲，心情不太好，沒說話。

顧西遲還想說什麼，不遠處傳來了一道聲音，「老大，樓上的兩間房間已經安排好了。」

程水從二樓下來。他剛才是去幫顧西遲跟江東葉安排房間。

走到飯桌旁，他沒立刻坐下，先跟秦苒、程雋打完招呼，才十分斯文有禮地微微俯身，跟顧西遲、江東葉兩人問好：「江少、顧先生。」
江東葉認識程水，點點頭，「好久不見。」
說完，卻發現身側的顧西遲半晌沒有聲音。
「沒事吧？」秦苒也撐著下巴看向顧西遲，挑眉。
「程、程水先生？」顧西遲平常算很淡定的人，此時一張好看的臉上幾乎龜裂了。
他看看程水，又看看程雋，「你剛剛叫我學長什麼？」
道上的人都知道，顧西遲跟鑽石老大交好，但實際上顧西遲從來沒見過那位鑽石老大，跟他交集最多的就是程水。他上次來美洲，就是在一年半前的晚上匆匆來過一次，根本沒待滿十分鐘，所以剛剛才會覺得這個莊園有點眼熟。
程水看了顧西遲一眼，又重複一句，「老大，就是你想的那個老大。」
顧西遲抬起頭，看了一眼飯桌旁的人。除了江東葉一臉莫名，其他人都是一臉平靜。
「小苒兒，妳早就知道了？」他看向秦苒。
秦苒拿起筷子，看了顧西遲一眼，搖頭並不緊不慢地說：「也就一個月前。」
程木看著剛剛還氣定神閒的顧西遲，現在臉色也有些繃不住，瞬間覺得很安慰，因為他不是一個人。
「不是，你們是怎麼了？」江東葉抬起頭。
程木則十分深沉地嘆了一口氣，幫顧西遲倒了一杯冷水，十分有經驗地開口：「顧醫生，習慣就好。」

江東葉翹著二郎腿，看到顧西遲罕見地變了臉色，覺得很好玩，氣定神閒地笑道，「什麼事值得你這麼驚訝？淡定啊。」

顧西遲低頭，冷笑地看著江東葉，「你不是好奇我身後三個老大的身分嗎？」

江東葉點點頭，他是很好奇。

「知道販賣石頭的是誰？」顧西遲繼續冷笑。

江東葉剛想說什麼販賣石頭的，人家是鑽石老大，全球前三的超級大富、富……

還沒想完，江東葉忽然一顫，想到了什麼，轉頭看向程雋。

我、我靠？？

程雋也拿著筷子，懶懶地看了江東葉等人一眼，話說得不急不緩：「先吃飯。」

江東葉跟顧西遲都想拿手中的杯子去砸程雋那張臉——現在他們吃、得、下、嗎！

然而，這只敢心裡想想。顧西遲把程木遞給他的一杯冷水灌下去，稍稍平緩了一些，見桌邊的其他人都開始吃了，他也拿起筷子。

一行人吃完飯，已經是半個小時之後。

江東葉十分鐘之前就放下了筷子，不過吃完也沒走，就坐在椅子上等其他人。

「來書房再說吧。」程雋吃完，拿起放在一旁的紙巾慢條斯理地擦手。

江東葉跟顧西遲對視了一眼，跟著程雋去了書房，秦苒則又拿著水壺去了花園。

「雋爺，這是什麼時候發生的事情，你……你怎麼？」

書房內，江東葉坐在沙發上，還沒緩過來。

這就像你從小熟悉、跟你要飯的乞丐，其實是個國王！確實不可思議。

程家、江家都是京城有權有勢的家族，尤其是程家。可即便如此，程家跟國際上凶名赫赫的鑽石老大還是有些差距，至少錢財上比不過。一個是區的霸主，一個是市的霸主，沒辦法比。

程水幫江東葉倒了一杯茶，江東葉接過來。

「很長一段時間了，說來話長。」程雋靠在沙發的抱枕上，語氣輕描淡寫，「那一塊礦地的人被我打趴了，然後沒辦法。」

江東葉：「……」

顧西遲也坐在沙發上，聽到程雋這麼說，腦中有一道光閃過，忽然想起了什麼。

「我記得好幾年前，我在中東……」他拿著杯子，瞇了瞇眼。

顧西遲喜歡遊歷各個地方。他從小學醫，十五歲的時候就拿著醫藥箱到處拯救世界，救過的人不計其數，卻記得他在一座礦山旁救過一群人。

程雋聽了只笑了笑，然後點點頭，「沒錯。」

當年程雋也沒多大，擅自接了一個任務就闖到國外，惹了不少仇人。雖然沒有顧西遲救，他也不會死，但既然被人救了，他自然也記在心裡。

「等等，雋爺，這件事……」江東葉喝了一口茶，勉強平靜下來，「京城沒人知道吧？」

「除了程水他們，沒人知道。」程雋抬手看了一眼手錶，已經接近九點了，他語氣溫和地說，「還有問題嗎？」

江東葉跟顧西遲自然還有一堆問題，但此時也問不出來，只能搖頭，回房間消化這一切。

*

江東葉跟顧西遲兩人晚上都沒睡好，次日一早起來的時候，眼底都是青黑色。

顧西遲在這邊，秦苒顯得比以往更興奮，第二天一早就帶這兩人去逛莊園。

「這裡的人滿厲害的。」江東葉停在一個小訓練場旁，看著正在訓練的眾人，不由得開口。

訓練場上的人出拳速度快、力道足，放到美洲也是屈指可數。江東葉是練家子，自然能感受到他們的厲害之處。

顧西遲就趴在一個木樁上，看得漫不經心，不太在意。

他沒接受過系統式訓練，如果真的單打獨鬥，不使出陰招毒針，隨便來個練家子他都打不過，自然也看不出小訓練場上的人有多厲害。

「小苒兒，那是什麼？」他伸手，指了指小訓練場上的拳力檢測儀。

秦苒就在他身旁靠坐在木樁上，不時有人跟她打招呼，她都一一回應了，然後回答：「拳力檢測儀，能測試你一拳的力道是多少。」

「這麼神奇？」

江東葉十分好奇，秦苒就帶這兩人下去看。

這兩天最大的訓練場封閉，所以小訓練場裡的人有點多。看到秦苒，所有人有自覺地停手，十分恭敬地叫了一聲「秦小姐」。

顧西遲挑眉，低頭看著秦苒笑，「小苒兒，妳在這裡人氣很高啊。」

「還可以吧，」秦苒拉了拉羽絨衣的帽子，走到拳力檢測儀那邊，「就這裡。」

檢測儀旁，駱隊正好打下一拳——八百八十七！

旁邊的人喝彩，「駱隊，你突破了？」

八百八十七，比程火的最高紀錄高了幾分。一個月前，駱隊也只有八百六十到七十左右。

駱隊激動得捏了捏手指，這幾天他一直找秦苒指點他，雖然不像程木進步得那麼快，但駱隊已經萬分滿意了。

「秦小姐，你們要用拳力測試儀嗎？」看到秦苒，駱隊為秦苒他們讓了一個位置。

不遠處，準備排隊測試拳力的唐輕看到這一幕，眸色更沉。

秦苒看了一眼躍躍欲試的江東葉，一手環胸一手撐著下巴，腦袋側了側，精緻的眉峰微挑，「不用，你們繼續。」

確定秦苒真的沒有要用檢測儀器的意思，駱隊才帶領一行人繼續訓練。

江東葉看著拳力檢測儀上八百多的分數，更想要知道自己的拳力了，但聽見秦苒這麼說，他不由得看了秦苒一眼。

秦苒放下手看了他一眼，微微側著臉，有些漫不經心的散漫，「走吧，你們先跟我來。」

她帶江東葉兩人去了一樓的訓練室。訓練室內，程木跟施曆銘也剛好歷經了一場打鬥，看到進來的一行人，程木站好：「秦小姐。」

「嗯，」秦苒隨意點點頭，然後指著不遠處的拳力檢測儀，朝江東葉笑了笑，「那裡也有，你去試試。」

「江少，你要測拳力？」

程木跟過來，指著上面的五排數字跟江東葉、顧西遲解釋了一下。

「所以，這都是你打出來的？」

江東葉看著最底下的三行數字。

九百五十六。

九百四十九。

九百五十八。

每個都過了九百，比他在外面訓練場看到的多了不少。

「是我。」程木點點頭。

半個月前，他是八百五十左右，又用了半個月增加一百。到了八百五十以後，增長的速度雖然慢下來了，但程木非常滿意，畢竟……在程木的印象裡，程水的紀錄是九百一十。

江東葉又看看最高紀錄的一千三百二十一，躍躍欲試，「我們的實力差不多，我應該也是九百五十左右。」

站在顧西遲身邊的秦苒嘆了一聲：「……你先試試。」

程木：「……」

跟來看熱鬧的施曆銘也抽了一下嘴角。

顧西遲看了一眼秦苒，「小苒兒，妳怎麼這個表情？」

秦苒伸手拉開羽絨衣的拉鏈，咳了一聲，「啊，沒事。」

就是這個時候，江東葉已經用盡全力，一拳砸到拳力檢測儀上了。

「你們看好了，我大概有九百四十啊……」江東葉一手放在拳力檢測儀上，身體微微側著看向秦苒跟顧西遲，姿勢很帥。

然而一句話還沒說完，就卡住了。

檢測儀的螢幕上，第三行數字變了，從九百五十六變成了六百五十九。

上面兩行是一千三，下面兩行都是九百五十左右，映襯得他這個六百五十九極其可憐。

江東葉不敢置信地看向檢測儀器，又看看程木。

他覺得檢測儀壞了。因此又往後退一步，用力砸了一拳。

六百四十二。

江東葉：「……它是不是壞掉了？」

江東葉面無表情地看向程木，試圖找回面子。

程木則拍拍江東葉的肩膀，繼續有經驗地安慰江東葉：「沒事，江少，我第一次打的時候也才六百五十二。雋爺這裡的都不是常人，你……習慣就好。」

江東葉真的沒有被安慰到，真的。

他想想剛剛在訓練場看到的，一個個基本上拳力都八百左右，還有那個駱隊，八百八十九。

再來這裡，看到程木一拳一個九百五十，他真的以為八百只是普通成績……

誰知道，他連七百都沒有。

江東葉看著最上面那行一千三百二十一的拳力，更加自閉。

顧西遲靠在秦苒這邊，不由得笑出聲：「小苒兒，妳真是有先見之明，帶他來這裡測，要是在小訓練場上被那群人圍觀，多丟人啊。」他肯定會裝作不認識江東葉的。

秦苒手插著口袋，眉眼帶笑，非常謙虛地回顧西遲，「過獎了。」

江東葉：「……」他不由得將頭轉向顧西遲，抹一把臉，「還有藥嗎？」

醫學組織的那群博士要是知道他們的藥還沒研究出來，又被人覬覦了，一定會哭。

這一天，就在秦苒帶兩人逛莊園的情況下過去。

次日，莊園的考核開始。一大早，樓上就能看到莊園熱熱鬧鬧的氣氛，人群來往，仿如過年。

顧西遲跟江東葉的房間都在樓上，秦苒的隔壁。

古堡很大，二樓長廊足足有二十公尺長，總共七個房間，多了這兩個人還剩三個，綽綽有餘。

早上七點，程木去敲秦苒的門，要去搬她房間裡的那盆花，正好看到站在走廊盡頭，正在看窗外的江東葉、顧西遲兩人。

「江少、顧先生，」程木有禮貌地跟兩人打招呼，「早安。」

秦苒也正好要出門，一手拿著羽絨衣一手拿著花盆，她看到程木就把花盆遞給程木。

顧西遲也轉過頭。好久沒看到這麼熱鬧的場景，他還滿有興致的，「早啊。小苒兒，學長這些手下在幹嘛？今天是有什麼活動嗎？」

「考核。」秦苒關上房間門，語氣有些懶洋洋的，「相當於年終考試。」

程木先去花園了，三個人則慢悠悠地去一樓吃飯。

在一樓樓梯口，正好碰到從三樓書房下來的程雋跟程水兩人。程水手中還抱著一大疊文件，應該是今天考核時要用到的資料。

「學長，你們這個考核是怎麼回事啊？」顧西遲坐在椅子上隨手拿了塊吐司，又拿了杯牛奶，饒有興致地問。

程雋沒拿牛奶，他手邊放著一杯咖啡，正在跟秦苒說話。聽到顧西遲問他，他懶懶地抬了一下眉眼，「自己去看就知道了。」

顧西遲：「……」

程水放下手中的筷子，為顧西遲解釋了一番，顧西遲才略微明白。

秦苒叼著吸管，她早上吃得很少，聽到程水解釋流程，也看向程雋，很疑惑：「需要四天嗎？」時間很長。

程雋吃得差不多了，他不緊不慢地端起茶杯跟秦苒解釋：「因為人多，各個堂主加上普通人員共有四百人，都要進行一對一的挑戰考核。最後還有各個分堂的考核，情報堂的電腦考核就是其中一項。」

一旁聽到他跟秦苒解釋的顧西遲：「……」

這該死的差別待遇。

*

程火這兩天都在情報堂忙秦苒的三段代碼，吃住基本上都跟其他人一樣在情報堂，沒有回去

古堡。

其他分堂的人最近都在訓練場苦命地訓練，也只有情報堂這些沉迷於電腦代碼的人在死嗑三段代碼。不過結果很顯著，這兩天有很大的突破，程火已經在準備新一階段的管理系統，要把整個莊園的系統換掉。

今天要考核，是莊園裡一年一度的大事，程火也非常認真。他掃了整個情報堂一眼，唐輕那個位置的電腦依舊是黑的。

「她這兩天都沒來？」程火抿了抿唇，眉頭擰起，顯然不悅。

身邊的傑瑞站起來，過了半個月，他的傷勢恢復得差不多了，「唐小姐說要認真準備考核。」

「嗯，」程火點點頭，一個月，唐輕身上的弊端已經被他摸清了，「先把她的位置撤走，四天後能通過考核再裝回來。」

他說完就拿了一塊麵包，一邊吃一邊去大訓練場。

他是情報堂分堂的堂主，情報堂的考核由他跟程水一起負責。

大訓練場已經被徹底改造好了，裡面張燈結綵，擺了好幾個擂臺跟拳力測試儀。

進去的時候熱鬧非凡，大概是因為在國外，當訓練場上面掛了一排排紅色燈籠，大多數國人都感覺無比親切。

每年莊園的考核就等於是過年，今年因為有程雋在場坐鎮，所有人更為興奮。

中間是足足有一百平方公尺、一公尺高的擂臺，上面有兩排高椅，上面還放著毛茸茸的毯子，旁邊放著檀木小桌子。那是程雋和各個分堂堂主的座位，也多加了秦苒跟顧西遲幾人的。

距離擂臺一公尺的地方是一條封鎖線，四周環繞著一排排椅子，大大小小總共有五百個，分成五個區域。除了四個分堂以外，莊園裡的傭人也會來看熱鬧。

最頂端是一個巨大的投影機，五公尺長，三公尺寬，足足有一面牆的大小，用來投影出每個考核人的拳力分數以及考核場景。

練武之人大多五感靈敏，視力很好，這台投影機是為了那些傭人準備的。

八點，考核正式開始。所有人落座，程雋坐在左邊第一個位置上，秦苒和顧西遲等人坐在他身邊。

顧西遲敲了敲手邊的檀木桌。他左手邊是秦苒，於是他側頭壓低聲音：「這桌子好值錢。」

他終於明白什麼叫做「窮得只剩錢」了。

訓練場內很吵，顧西遲觀察了一下。秦苒倒是不像以往那麼躁鬱，只是好看的眉宇間依舊微微凝著，讓顧西遲略顯詫異。

「很值錢嗎？」

秦苒一邊幫自己戴上耳機，一邊看了桌子一眼，看不出什麼來，很平常的木頭。

顧西遲收回目光，又看了一眼程雋，程雋正在低頭跟幾位堂主說話。

顧西遲若有所思。

顧西遲他們在討論，看臺上的人也在討論。

「看到沒有？老大身邊坐著的那位就是秦小姐。」

「她就是秦小姐啊……」

秦苒在莊園名聲赫赫，雖然程水有把她的照片傳給每一個人，以防有人衝撞她，但大多數人只聽過秦苒的大名，很少見過她本人。眼下大多數人都是第一次見到她本人，討論她的人跟討論程雋的人一樣多。

程水今天很正式地穿著西裝，作為莊園的大管家，開場自然是由他負責。

「今年規則跟往年一樣，先是新人考核，再來是挑戰賽。」

擂臺四周一陣如潮水般的轟鳴聲。

程雋的生意越做越大，莊園今年要招納三十個新人，每個分堂的人都有。

程水手上有一份名單，是按照所有新人的綜合實力從上往下排的，第一名正是一開始不需要進行考核的唐輕。

「第一名考核者，情報堂唐輕。」程水收起名單，看了一眼情報堂的座位。

這一個月來，唐輕在莊園內的名聲很響，聽到這句話，人群發出了一聲驚呼。

「是她？程火先生的師妹？她也要考核嗎？」

「她考核應該很簡單吧？」

她坐在第一排的傑瑞身邊，聽到耳邊終於有開始討論她的聲音，心中總算吁了一口氣。

唐輕站起來，稜角分明的下巴微微抬著，直接從一旁的小樓梯走到擂臺上。

金色的捲髮被她綁起來了，她走到擂臺中間，感受到臺下的目光都聚集在她身上。

「程水先生。」她笑了笑，朝程水微微彎腰。

餘光看向坐在擂臺兩旁的幾個人，程雋似乎在看秦苒玩遊戲，顧西遲在跟江東葉說話，只有幾個堂主在看自己。唐輕的手捏了捏，臉上依舊冷傲，內心卻在冷笑。

程水往後退一步，然後目光看向擂臺後面的巨大螢幕，這時候，螢幕上出現四百二十一個人名。

「唐輕，這上面是今天所有參加考核的莊園內部人員。妳從中選一個當妳今天的考核對手，請務必認真對待。」程水指了指上面的螢幕說。

螢幕夠大，從第一個人名到最後一個人名都標著序號。

一、程水。

二、杜堂主。

三、程火……

唐輕一個一個往後看。來到莊園這麼久，她也知道之前九百一十的拳力是程水打出來的，而杜堂主是程水之下的第一人。至於程火的實力唐輕也很清楚，能是情報堂的堂主，實力當然不會弱。

唐輕差不多知道這份名單是按照實力來排的了。

原本以為秦苒這麼受尊重，應該能在一百名內找到秦苒的名字，然而她看了很久，在兩百名之內都沒有看到秦苒。

兩分鐘後，程水不由得詢問：「唐輕，妳確定人選了嗎？報出序號就好。」

就在唐輕覺得秦苒不在名單上的時候，她終於找到了秦苒的名字。

四百二十一、秦苒。

看到這裡，唐輕忽然笑了。

挑戰最後一名就算贏了，好像也沒什麼意思。在這之前唐輕跟其他人打聽過，新人挑戰前一百的成員能進執法堂，進不了的大部分會被隨機分到採購堂或者外貿堂。其中執法堂的福利最好，實力最強，還能經常受到程水指點，不過情報堂的只要電腦技術好，對挑戰哪個階段的沒有要求。

唐輕沒有想到秦苒竟然排在最後一名，她有些失望，不過也沒打算換人。

「程水先生，我選好了。」

想到這裡，唐輕看向程水，程水點點頭，「妳說。」

唐輕笑了一聲，開口：「四百二十一。」

程雋讓程水把秦苒的名字放進名單時，程水就想過照道理來說她應該排第一個，但若是排第一個，肯定有不少人會想挑釁她。這些人之中，有好奇秦苒實力的，也有想要知道她配不配得上這個第一的……

莊園內有很多關於秦苒的傳言，只要她排第一個，盯上她的人不在少數。因此程水思索再三，還是把秦苒的名字放到最後一個。

這上面的排序確實是按照實力排的，一般入選的新人都是挑戰兩三百名左右，沒有人會選最後一名來挑戰。而且莊園裡的人雖然知道秦苒的實力可能不低，但看到她排在最後，也知道程水不太想讓他們挑戰秦苒，所以不會選。

正是因為相信這一點，程水才會把秦苒的名字放在最後一個。

四百二十一，程水記得很清楚。

然而他沒有想到，第一個出場的唐輕就抽中了這個大獎，點名要挑戰秦苒。

程水瞇了瞇眼，看向唐輕：「妳確定要挑戰四百二十一？新人的話，最好挑戰兩百到三百名左右的人。」

唐輕一開始就七百多的拳力在莊園傳了很久，程水也略有耳聞，因此給了一個建議。但這句話聽在唐輕耳裡，程水就是在莫名袒護秦苒。她本來就因為她叔叔和情報堂的那件事，有些嫉恨秦苒，眼下她心裡更加不舒服。

唐輕看了一眼秦苒的方向，對方還是戴著耳機，似乎在玩遊戲。唐輕垂下眉眼，故作無意識地開口：「是的，程水先生，難道不可以嗎？有規定後面的人不能被挑戰嗎？」

雖然知道秦苒排在最後一名，實力不強，唐輕還是想要把她從神壇上拉下來。

程水深深地看了一眼唐輕。本來他還想提醒一句，但是聽到唐輕的這句話，他又收回了提醒的話，然後點點頭，「可以。」

「真的？」

唐輕原本以為程水會祭出最後幾名不能挑戰的規定，沒想到程水忽然答應了，令她有些驚喜，有些懷疑程水是不是也站在她這邊。

實際上，程火一開始十分看重她，唐輕也能感覺到，只是最近好像所有人都忽視了她。眼下程水的這個態度，難免會讓她多想……

「嗯，妳先測試幾項基礎拳力，」程水沒再看唐輕，直接開口，「準備一下，五分鐘後考核。」

「好。」唐輕直接走到拳力測試儀旁。

與此同時，坐在觀眾席上的駱隊一行人看著唐輕那略顯孤傲跟得意的臉龐，一時間不知道要說什麼。

她竟然還有些得意，不會以為程水在幫她吧？

當然，程水一開始是有些善意的提醒，但是後來直接敲定了比賽……一行人想起那天烤肉的某位，預料到待會兒對戰的時候會是多一面倒的局面。

程水讓唐輕去測試拳力之後，去跟秦苒、程雋說這件事。

他先是看了一眼程雋，「老大，這件事？」

程雋正慢條斯理地捧起一杯熱茶，聞言，連眉都沒抬，語氣很清淡：「按正常程序。」

程水早就預料到程雋會這麼回答了，也不驚訝，畢竟他本來就是想讓秦小姐來玩的。

想到這裡，程水又看了眼秦苒。

秦苒正在玩遊戲，她戴著耳機，微微側著身，羽絨衣的帽子扣在頭上，邊緣是毛茸茸裝飾。

顧西遲跟江東葉正在叫她：「小苒兒，別打遊戲了，有人要挑戰妳！」

她戴著耳機，聲音很大，顧西遲叫了好幾遍她才反應過來。本來眉宇間又煩又燥的，聽到顧西遲的話，秦苒忽然一震，「你說什麼？有人挑戰我？」

程水敢肯定，他看到秦苒的眼睛亮了一下。

程水：「……」

遊戲還沒打完，但秦苒顯然找到了其他的樂趣，她因此把耳機拿下來，把手機遞給程雋，看向顧西遲跟程水。

「沒錯，秦小姐，挑戰妳的是唐輕。」程水走到秦苒身後，恭敬地回答。

他又用餘光瞥了一眼程雋，自家老大已經接手開始了遊戲……

「喔。」秦苒點點頭，看向場上的唐輕，對方正在測試拳力。

大螢幕上的四百二十一個人名已經消失了，變成了拳力測試儀的投影畫面。

江東葉坐在顧西遲隔壁，翹著二郎腿笑道，「你放心，也是女人，應該沒什麼……」

一句話沒說完，唐輕的分數就出現在大螢幕上。

七百六十九。

江東葉：「……」

昨天經過程木跟施曆銘的解釋，江東葉也差不多明白拳力也是實力的一種代表。

「妳還是別去了，那女的拳力有七百六十九。」江東葉扯了扯嘴角，「她是個猛男吧！」

江東葉本身也被特訓過，他的實力在京城也能排到前幾名，饒是如此，昨天的分數也不過六百五十左右。隨便一個女的就比他多了一百多，江東葉自然會替秦苒著急。

他看了眼秦苒，臉色嚴肅很多，「妳又不是莊園的內部人員，這些挑戰雋爺可以取消吧？」

顧西遲不太懂七百六十九跟普通人的差別，不過他摸摸下巴，看向秦苒：「妳可以嗎？」

秦苒正在脫外套，聽到這一句，她挑了挑眉：「當然。」說完就往擂臺的方向走。

江東葉看著秦苒的背影，擔憂地看了眼顧西遲；「比我高一百多的拳力，就算是我也打不過，她不會有事吧？」

顧西遲先看了一眼程雋，對方還在漫不經心地玩著遊戲，而對面的程火、程木等人也異常地淡定，他想了想，然後搖頭：「應該不會。」

江東葉看著秦苒瘦小的身板，有些懷疑：「是嗎……？」

擂臺中央——

秦苒停下腳步，神態自然，眉眼間有些興味盎然的恣意，正微側著頭捏了捏兩隻手腕，半點也看不出緊張之色。

拳力儀在擂臺邊緣，唐輕檢測完就朝中間走，不過幾公尺的距離。

她很高，接近一百八十公分，骨相比一般東方人高大，氣場很足，像是國際模特兒。這種人在普通人中鶴立雞群，只是一對比秦苒，又確實吃虧。

檢測拳力的時候，唐輕也一直在注意程水。見到程水又去跟程雋和秦苒說話，秦苒身邊那兩個人的表情還很緊張，唐輕有些玩味地笑了笑。

她挑了一根木棍。這是莊園常用的借力打法，除了少數幾個卡在瓶頸期的人，大部分拳力在七百到八百左右的人都喜歡用木棍借力。

充當裁判的依舊是執法堂的成員，他看了眼唐輕，「唐輕，準備好了嗎？」

唐輕掂了掂棍子，然後舔舔唇，看向秦苒，「當然。」

她捏著棍子的手有點抖，顯然萬分激動。

裁判又看向秦苒，「秦小姐，妳需要武器嗎？」

秦苒脫下羽絨衣，隨手扔到一旁，語氣風輕雲淡：「沒事，我就玩玩。」

裁判：「……」

「裁判，還不開始嗎？」

距離秦苒兩公尺遠的唐輕面上不顯，但語氣有些不耐煩了。

她特別不喜歡秦苒的這種語氣，她會讓秦苒知道，並不是在哪裡都會有人毫無底線地捧著她！什麼樣的實力就該在什麼樣的定位。

裁判擰著眉頭看了看唐輕，然後往後退幾步：「開始！」

裁判一句話剛落下，唐輕手中的棍子就狠狠揮出去，直揮向秦苒的臉！

這一棍很狠，帶著一陣風朝秦苒砸來。

大螢幕上兩人的身影十分清楚，一般有底子的人都能看出唐輕根本沒有放水。

「女生之間都玩這麼大？」看臺上的江東葉看到這一幕，不由得往後縮，眉頭微微擰著。他偏過頭，有點不敢看。七百六十九的拳力，如果被唐輕蓄力的棍子打到，骨頭裂開還算是小傷。

唐輕的面容依舊冷豔，手上的力道絲毫未減。不僅僅是江東葉，就連坐在擂臺下的觀眾也提起一口氣。

秦苒沒有什麼動作，看到棍子朝她砸過來的時候，她只是伸手，十分輕飄飄地抓住了那根來勢凶猛的棍子。

唐輕原本以為這一棍下去，秦苒就該下臺了，卻沒想到手中的棍子直接被她緊緊抓住。唐輕面色一變，本能性地想要把木棍抓回來，木棍卻像被電焊住一樣，紋絲不動。

她比秦苒還高，靠天然的優勢，她看秦苒的時候總有些居高臨下。然而，她此時看著對方漆黑的眼眸，仿如面對著一座大山。

唐輕臉色大變。

坐在擂臺下的人大多數都看向螢幕。兩道人影晃動，他們幾乎沒有看到秦苒是怎麼出手的，螢幕上也只留下了一道殘影，還有微微的破風聲，是唐輕揮舞棍子時的聲音。

擂臺上，秦苒的手借助唐輕的力道，輕輕鬆鬆就將唐輕的手震開，之後反客為主，直接狠狠劈向唐輕。

唐輕是個混血兒，長相深邃，眼睛猶如大海。秦苒想了想，改變力道，打上她腹部。

秦苒的速度太快，從奪去武器到出手也只是一瞬間，唐輕根本沒反應過來。別說反應了，距離這麼近，唐輕都沒有看清楚秦苒的動作，她只感覺到棍子上似乎有一道力道，她的虎口跟手心都被震了一下，接著棍子就輕易地從她手中脫落。

砰！唐輕被一道力量打中，如風箏一樣落在地上。

秦苒打她的時候卸了力道，不然這一棍下去，唐輕有沒有命可活還不知道。

棍子上還有另外一道力沒有被卸去，秦苒就隨手砸到了唐輕身邊。這一棍她沒有放水，微微撕裂空氣的聲音響起，帶著壓迫的風聲。

一道極為清楚的撕裂聲音響起！裁判僵硬地看了眼秦苒手下的擂臺。

被棍子砸到的範圍內，水泥幾乎全都碎裂，而棍子也模糊不清，它身上似乎還有一些力道在不停震顫，還有一條明顯的縫隙順著棍子的方向，橫貫整個擂臺。

擂臺是平的，看臺上的人有些看不到，但大螢幕上清清楚楚地拍出來了，整個擂臺上，橫穿過一道裂縫。

這一棍要是打在人身上，人會直接一分為二吧？

此時看著大螢幕的人沒有說話，只是呆呆地看著大螢幕上的那條裂縫，一時間誰也反應不過來。

好……好可怕……上次程木跟傑瑞對打的時候也是驚心動魄，不到一分鐘，然而程木是赤手空拳，不像秦苒這樣連對手的武器也搶走。還有那木棍上的力道……要有多可怕的實力，才能讓整個擂臺都裂開一道縫？

別說看臺上的其他人，就連見過秦苒出手的駱隊等人也沒有反應過來。

「駱……駱隊……」坐在駱隊身邊的一人喃喃開口，「秦、秦小姐的拳力是有多大，才能打出這麼大的裂縫？」

駱隊坐在靠近擂臺的第一排，能清楚看到裂縫，聞言後搖了搖頭。

他是真的……不知道。

卸去了木棍上的力道，秦苒直接站起來。木棍上幾乎沒有半點損傷，她伸手拋了拋木棍，然後側身看裁判，挑眉：「結束了嗎？」

「當、當然。」裁判回過神來，立刻開口。

「喔。」秦苒直接扔掉木棍。

裁判往前走一步，無視地面上的那條裂縫，因為光看一眼都覺得牙疼骨頭痛。

「這一場考核比試，秦小姐勝！」裁判聽到了自己的聲音。

這結果沒有絲毫意外。

這一道聲音就像打破了某個平衡，看臺上的歡呼聲和興奮的叫喊聲倏然爆發出來！

莊園裡的人都是崇尚強者的。唐輕不差，真的不差，可以說她一個女人，實力在莊園內也比一部分的男人強，然而即便這樣，在秦苒手裡也沒有成功使出一招。

直接碾壓式的打法，最後還是整個擂臺替唐輕卸去了一招。

無數人都在猜測秦苒的實力，興奮地討論她為什麼這麼強。

傭人還在整理擂臺時，聽著臺下人的討論，程火等人都面無表情地想著：可不是嗎？拳力一千三百二十一，都破一千了，能不強嗎？

秦苒拿起自己的外套，回到座位上。程雋就把手機遞給她，臉上的表情一如既往，眉眼疏淡，「打完了。」

「贏了還輸了？」秦苒滑著手機，頭也沒抬地問他。

程雋挑眉：「當然贏了。」

秦苒看了眼戰績。

一旁，聽著兩人對話的江東葉整個人都要爆炸了，現在要爭論的難道不是比試的結果，不是秦苒為什麼這麼強嗎！你們兩個人竟然在討論遊戲！

「你為什麼一點也不驚訝？」江東葉看了一眼顧西遲。

顧西遲收回目光，瞥了江東葉一眼，語氣不急不緩：「努力拚命的人，實力都不會太差。」

江東葉不太懂，程雋卻不動聲色地看了顧西遲一眼。

擂臺上，唐輕終於反應過來。她很艱難地從擂臺上爬起來，工作人員讓她吃了一顆藥，她才慢慢回過神來。

冷豔的臉上如今只剩下漆黑如鍋煙的顏色，唐輕怎麼樣都沒有想到，自己會連武器都被秦苒搶走，輸得這麼慘烈。此刻，臺下並沒有人看她的狼狽，因為那些人都在討論秦苒，程水也繼續出來主持，叫了下一個人的名字。

唐輕深吸了一口氣，擦了擦嘴角的血，看向程水，「情報堂還有一項考核是電腦吧？」

說到這裡，唐輕將目光轉向秦苒的方向，「我學的一直都是電腦技術，在武學這方面上沒有研究過，並不擅長。」

唐輕從來沒有想過，有一天她要用這種方式找回自己的一點點臉面。

用通俗的話來說，這叫做輸不起。

聽到她的話，程水一愣，覺得自己有點聽錯了，於是斯斯文文地再次問一遍：「所以……妳要跟秦小姐比電腦？」

「切磋一下。」唐輕搖頭，目光依舊緊盯著秦苒，「情報堂的人請教了秦小姐那麼多次，我也很想領教一下秦小姐的電腦技術，不知道秦小姐答不答應？」

唐輕在電腦這方面一直很驕傲。

聽到唐輕這句話的程火：「……」

坐在看臺上的傑瑞：「……」

秦苒也沒有想到，會有人跟她挑釁這個，她的羽絨衣才剛穿上。

聽到唐輕的話，她抬起頭，沒有看唐輕，而是看了看程雋，壓低聲音：「我可以答應嗎？」

程雋敲著椅子的扶手，笑得漫不經心：「當然。」

對面坐著的程火嘴角抽了抽。他終於知道程水為什麼要把秦苒放在最後一個了，要是放在第一個，怕會是血雨腥風……可就算排在最後一個，也抵不過唐輕的做死。

事情的發展猶如脫韁的野馬，再也拉不回來。有了秦小姐的年度考核，果然……與眾不同。

秦苒剛坐回去又站起來，不緊不慢地往擂臺上走，還非常快樂地跟程水打招呼，「程水先生，我們又見面了。」

程水：「……」不，我真的不想在這上面再看到妳！

程水嘴角抽了抽，叫了一聲秦小姐，然後看了一眼唐輕，就面無表情地讓人準備電腦。

情報堂的考核本來就有電腦這一項，不到三分鐘，兩台電腦就準備好了。

地上的那條裂縫還在，看臺上的那群人也不知道發生了什麼，面面相覷。

「唐小姐的電腦技術也要考核嗎？」看臺上，有人面面相覷，「她是程火師兄的師妹啊……」

作為駭客聯盟的成員是值得驕傲的事情，唐輕從來沒有隱瞞，來莊園的時候，這件事就傳得人盡皆知，她的電腦技術，在整個莊園裡除了程火，也很難找到能與之相媲美的人。

剛成為秦苒粉絲的人不由得開口，「秦小姐那麼厲害，唐小姐輸給她也不丟人。」

「最近秦小姐也會出入情報堂吧？唐小姐能兼顧電腦跟本身實力，也不簡單……」

主要是秦苒剛剛那樣碾壓，太厲害了。自從打完之後，所有人都下意識地不把唐輕放到秦苒那個等級相比較，畢竟這兩人……顯然不是同一個等級的啊。

唐輕抿了抿唇，她最不想要，也最沒想到的就是這種情況。一開始她只是把秦苒當墊腳石，卻沒想到她沒把秦苒踩成墊腳石就算了，反而是秦苒直接踩著她更上一層樓！

唐輕深吸了一口氣，這是她要在電腦上找回一點面子的原因之一。

她走到一台電腦前坐好，手緊緊抓住滑鼠，心中終於多了一點點安慰。對一個駭客來說，電腦就是他們最大的依仗。

程水看到唐輕依舊堅定地坐到電腦旁，側頭看了一眼秦苒，「秦小姐，妳的位置在那邊。」

他指了一下邊緣的位置，示意秦苒落座。

電腦技術無非就是從防火牆、病毒或指定攻擊目標這幾個方面來比較，尤其是對唐輕這種專業駭客來說。

「我知道妳在電腦上面有些研究，」唐輕看了秦苒一眼，眸色一沉，臉上沒有一開始的高傲，只說：「只要妳能在我之前攻入我的第一層防火牆，就算妳贏。」

秦苒也是第一次遇到要跟自己比電腦的人。

她正在開機，聽到唐輕的話，她微微挑眉，看了唐輕一眼，笑得漫不經心：「好。」

情報堂的比賽，程水無法當裁判，他看了一眼坐在電腦前的兩人，事已至此，程水也改變不了什麼。他有些認命地側頭，示意程火來當裁判。

程火放下手中的茶杯，走到擂臺上。他也聽到了唐輕的話，一時間不知道要說什麼，只說：「妳確定要找秦小姐挑戰？」

唐輕握緊滑鼠，點頭，十分堅定。

程火就不再說什麼，他看了一眼大螢幕，然後道：「開始吧。」

唐輕說不攻擊，就不主動攻擊。她調出內碼表面，在防火牆上重新加上代碼。在她編輯這些的時候，她的防火牆沒有半點動靜。

秦苒一直都沒有攻擊？她不由得抬頭，看了一眼對面的秦苒。

對方一隻手按著鍵盤，一隻手隨意放在桌子上，手指只是隨意敲著鍵盤，看起來好像還沒有開始入侵。

唐輕不曉得秦苒在幹什麼，不過她也沒有懈怠。之前的挑戰賽，看輕秦苒的後果讓她輸得一敗塗地，這一次不管怎麼樣，唐輕只想讓秦苒嘗嘗那種輸得一敗塗地的滋味！

她眼眸凝著，沒再看秦苒，手指快速地在鍵盤上敲下代碼。

所有挑戰中，看臺上的人最喜歡的就是實力對戰，那些代碼、外貿堂跟採購堂的挑戰，其他人都不是很有興趣。

現在大螢幕上顯示的是秦苒跟唐輕兩人的電腦畫面，其他分堂的人看不懂，但情報堂的人能。

在唐輕發起攻勢的時候，秦苒似乎還沒有動作，代碼也敲得慢吞吞的。

「傑瑞，秦小姐怎麼還沒有動作？」坐在傑瑞身邊的年輕人看到唐輕編好的代碼已經開始入侵秦苒的電腦，有些疑惑。

傑瑞也看不懂，「按理說不該是這樣，難道秦小姐只擅長程式，沒有學過駭客？再等等看。」

其他看臺上的人很無聊，不過關於秦苒跟唐輕，尤其有個實力逆天的秦苒，其他人就算看她在擂臺上坐一整天也願意，更別說看她跟唐輕挑戰了。

聽著情報堂的人解釋，其他成員不失望，反而一臉興奮，「是嗎？秦小姐也會輸啊？真好！」

終於找到她像人的一點了。

「秦小姐人真好，還給別人臺階下。」

「確實好，沒有打別人的臉。」

不僅這些成員，唐輕也覺得她快要成功了，她看著面前一行行跳動的代碼，還有已經成功入侵到秦苒電腦中的病毒，一直冰冷、沒有表情的臉上終於緩和了一點。

她從秦苒電腦的連結埠摸進防火牆，「Enter」鍵啪地一聲按下，嘴角剛露出一絲笑意，熟悉的一幕忽然出現——

她本來跳動著代碼跟連結埠的螢幕忽然陷入黑暗！

真的是十分熟悉的一幕，唐輕如果這時候還能分出一些理智去回想，一定能想到她剛進莊園、想查秦苒跟程雋的電腦時，也遇過一模一樣的事！然而唐輕分不出其他心思，她按下一串代碼試圖拯救。

但電腦螢幕依舊一片黑！指示燈亮著，依舊一片黑，是再明顯不過的反黑！

唐輕放開手，此時手腳冰涼，已經想不出什麼來，只能抬頭十分僵硬地看向秦苒。

在實力上輸給秦苒，唐輕雖然不甘心，但也能接受。她之前想著秦苒應該受過專門的訓練，何必拿自己的短處跟她比長處呢？所以她的不甘心，促使她提出了第二次的電腦比試，她曾經信

心滿滿地覺得這一次秦苒肯定會輸給自己。

但現在……她看著電腦一片黑的螢幕，臉上略顯的孤傲感一點一點地開始龜裂……

看臺上，討論著「秦小姐真好」的聲音忽然消失。

「那什麼……」有人小聲地問情報堂的人，「唐小姐真的是駭客聯盟的人？」

他們已經對唐輕的實力產生了懷疑。

「唐小姐在情報堂，是除了程火先生以外最厲害的人？」有人用「兄弟，你們好弱」的眼神看著情報堂的人，「簡直被吊起來打啊！」

情報堂眾人：「……」

是的，唐輕那失魂落魄的樣子是被打哭了。

程火抹了一把臉，看著原本意氣風發、孤傲不已的唐輕如今像塊破布般站在擂臺中間。

應該是在懷疑人生。他再次認定程水把秦苒的名字放在最後一個，是真的明智。

「毫無疑問，這一場比試贏的是秦小姐。」程火宣布完結果，就轉身把這爛攤子丟給程水。

程水整了整衣服，站到擂臺中央看了眼秦苒。

秦苒捲起衣袖，有些意猶未盡地往自己的位子走。

看到她終於走了，程水鬆了一口氣。

快走到位子上的時候，秦苒的腳步忽然頓了一下。程水提起一口氣，目不轉睛地看向秦苒。

秦苒側身，笑瞇瞇地看向看臺上的人：「歡迎大家挑戰我。」

程水：「……」

他無視了秦苒的這句話，裝作沒有聽到，然後拿起名單，開始考核今年的第二個新人：「第二名考核者，執法堂勞倫。」

秦苒遺憾地看了程水一眼，走到自己的座位上。

接著，一個高大的青年男人上臺，他有一頭棕色的頭髮，大冷天裡只穿了件襯衫，說話的時候甕聲甕氣的。

新人考核也是按照實力排名的，唐輕因為實力和超強的駭客技術，再加上程火的原因排在第一名。第二名則是只憑藉個人的實力，又是想考進執法堂的，實力真的不低。

他一上來，目光就看向秦苒那邊，也不等程水問，直接開口：「我要挑戰四百二十一號！」

程水不由得按了一下太陽穴。

他看了眼身後的秦苒，對方撐著下巴，黑色的羽絨衣將她的臉映得雪白，一臉饒有趣味，躍躍欲試。

「秦小姐，能不能麻煩妳來測試一下妳的拳力？」程水沒有理勞倫，只是對秦苒恭敬地開口。

「啊，好。」秦苒勉強點了點頭，再次可惜地應了一聲。

讓秦苒測試拳力？這是什麼意思？勞倫不太明白程水的這個操作，看臺上的人也不明白，還有人小聲交流著，開始猜測秦苒的拳力有多少。

「我覺得可能有八百九十！」

「那不是跟程火先生差不多了？」另一人瞇起眼，覺得八百九十是不是高了一點。

整個莊園中，八百七十就是一個坎，能超過八百七十的都是幾個堂主才有的實力。越到後面，

想要增加實力就越難，八百九十已經是這些人想得到的最高分數了。

「唐輕是七百六十九，能把她打成那樣，秦小姐最少也有八百七十吧？」旁邊一個短髮男生理智地分析。

八百以後就是分界點，唐輕七百六十九卻被那樣碾壓，兩人之間最少有一百以上的拳力差距。八百七十都是執法堂的幾個高手才能達到的分數了。

「我覺得擂臺上的那條裂縫會不會超過一千了……」有人弱弱地開口，「畢竟，程水先生也沒有把擂臺弄成這樣過……」

其他人沉默了一下。不是沒有可能，只是到達一千也太恐怖了吧……

「我覺得還是九百比較有可能。」

基本上，這些人分為兩派，一派是力挺秦苒能達到九百，一派是力挺秦苒能達到一千。

這些人一邊說著，一邊注意著秦苒。

而主要看臺上，幾位堂主跟江東葉等人也在猜測。

杜堂主看了眼程火，壓低聲音問：「程火先生，秦小姐有沒有測過拳力，有沒有達到九百？」

一開始秦苒跟程雋到美洲的時候，程水就選了杜堂主去跟著秦苒，不過杜堂主那時候以需要訓練、應對挑戰賽為由拒絕了。他那時候一聽說是要陪一個小女生玩，就不想答應，但這一個月在莊園裡聽到的傳言太多了，剛剛又親眼驗證了秦苒的實力……

聽到杜堂主的話，程火咧嘴笑道：「你看就知道了。」

第六章 神祕勢力來襲

測試拳力不用大打出手，所以秦苒沒脫掉羽絨衣，直接走下來，停在拳力測試儀旁一拳砸去。

現場所有人都注意著大螢幕上的數字。

沒幾秒，上面唐輕留下的七百六十九的數字閃爍了一下，更新成新的資料。

一千三百一十九。

看臺下嘰嘰喳喳、爭論秦苒能不能達到一千或九百的聲音，忽然消失得無影無蹤。

此時，大訓練場裡加上傭人，足足有五六百人，基本上每時每刻都有輕微的吵鬧聲。然而這一瞬間全場皆靜，看臺上只能聽到風吹過的呼嘯聲。

程水早就知道一千三百二十一的紀錄是秦苒打出來的了。雖然那跟親眼看到的感覺不一樣，但程水的接受程度肯定比其他人高很多。

只頓了一分鐘不到，程水面無表情地看向勞倫：「新考核生勞倫，你還是要跟四百二十一號比嗎？」

秦苒也笑了笑，一雙姣好的眼睛看向勞倫，眉眼帶笑。

勞倫：「……」

他連忙收回看秦苒的目光，義正言辭地開口：「程水先生，我想好了，我要挑戰的是三十九！」

他終於知道程水讓秦苒測拳力的意思了。

一開始勞倫選擇秦苒，確實跟程水預測得一樣，是因為好奇加上好勝心。然而秦苒一千三百一十九的拳力一出來，直接拉出四五百的差距，來十個勞倫也不夠秦苒虐。

勞倫非常有自知之明，他是經過好幾場面試才來到實戰考核，好不容易有機會能進彼岸莊園，簡直是人生翻盤的大好機會，他怎麼可能會自找死路。

聽到勞倫的話，秦苒：「……」

程水不再看她，直接讓勞倫進行拳力測試，然後開始考核。

再讓秦苒揍幾個人，程水怕整個擂臺都不能用了。

秦苒點點頭，「好吧。」

沒人挑戰她，她就回到自己的座位上，江東葉、袁堂主、杜堂主這些人的目光都跟著她移動。

一千三百一十九，眾人都想起了一個月前，莊園裡的拳力測試儀上出現的最高紀錄一千三百二十一。

那時候，所有人都認為那是程雋打出來的。他們老大一向很強，這是所有人公認的事實，所以猜測那個分數是程雋打出來的時候，莊園的人還沒這麼驚訝。但現在看看秦苒打出來的分數，跟一千三百二十一只差了兩分，她打完還臉不紅氣不喘的，誰也不知道那是不是她的最大力道。

但是一千三百一十九……這在他們的眼裡是超神的存在，是跟程雋同一等級的妖孽。

他們這輩子都不一定能突破一千了，一千三百一十九，大概只能仰望。

幾位堂主想到這裡，都看向杜堂主。畢竟他親口拒絕了程水，被他們看到氣得胸口炸裂：「看什麼看，除了施曆銘，你們不是都拒絕了？」
不能只有他一個人被插刀，要痛心，大家一起痛！
其他人：「……」

＊

考核總共有四天，秦苒漸漸也有了興趣，還在訓練場旁獨自搭了一個擂臺，開了場賭局。
每次有考核之前，他們都會賭誰會贏，除了主擂臺，就是這個小擂臺人氣最旺。
「我壓左邊！」
「我覺得右邊的拳力分數高，應該會贏！」
「贏了我贏了，一夜暴富不過如此，哈哈哈！秦小姐下一局要賭誰，我就跟著她！」黃髮少年興奮地拍著桌子。
「行了吧你，還敢跟秦小姐走，你忘記她上一局怎麼騙你的了？」一個距離秦苒三四公尺的人小聲地說。他覺得秦苒可以去讀表演系了，騙人都不眨眼的，他的過年紅包都快被騙光了！
顯然也是被秦苒騙到怕的人。
黃髮少年沉默了一下，看向秦苒：「秦小姐，人與人之間還能有愛嗎？妳看我有沒有成為美洲首富的可能性？」
「……」

頭頂的燈籠搖搖晃晃，整個莊園的過年氣氛比國內要濃郁很多。一行人吵吵嚷嚷的，擂臺上的程水想忽視都忽視不了。

什麼時候莊園內還開了賭場？

程水臉上不動聲色，不過內心也非常感慨，這麼多年來，他還是第一次看到莊園裡這麼有煙火氣息。以往每年的考核雖然熱鬧，但也只是人多，大家都一心想著考核，哪有現在的場面。

秦苒帶著一群人，玩得不亦樂乎。

「老大，新人考核已經全部結束了。」程水收回目光，臉上也少見地洋溢著喜悅，把一份名單交給程雋，「有兩個不合格，其他名單都在這裡，接下來是老成員的考核。」

程雋的目光也看著秦苒那群人，沒收回目光，只漫不經心地接過程水給他的名單。

「這裡有一個人，唐輕。她算不算通過考核？」

程水指了一下第一頁的資料，上面詳細地寫著唐輕的資料。

「我聽程火說，她試圖查過我們的資料？」程雋看了一眼就隨手放到桌子上，語氣漫不經心。

這件事程火沒有隱瞞程雋。而程水一聽，就知道程雋的打算。

他點點頭，「對，程火發現她那天晚上查了你跟秦小姐的資料。這樣的話，我去通知唐小姐她沒有通過考核。」

說到這裡的時候，程水忽然一頓。

之前秦苒跟唐輕比試的時候，唐輕的駭客技術明顯不如秦苒。那麼，那天晚上阻攔唐輕入侵莊園系統，又把唐輕的馬腳洩漏給程火的，會不會不如程火所想，不是馬修的人，而是秦苒？

「怎麼了？」程雋伸手把名單盒上，抬了抬眼眸。

程水反應過來，「只是……想起了一些事。」

與此同時，彼岸莊園門外——

畢竟是莊園內的大活動，看門的人也進去訓練場看熱鬧、參加賭局，莊園外只剩下監視器跟人工系統。

一輛寶藍色的車緩緩停在大門旁，一個男人從駕駛座上下來，身材筆挺，穿著十分普通的休閒服。他停在大門旁，拿出手機看了一下地址，手指猶如玉石，乾淨修長。

「應該是這裡吧？」他輕聲開口，然後往前走兩步。

大鐵門的人工智慧機械聲響起：「彼岸莊園暫不接待客人。」

男人笑了笑，「小黑，我找你爸爸。」

訓練場內，程雋還在跟程水說話。

周圍吵吵鬧鬧的，程雋半靠在椅背上，看了一眼跟在秦苒後面下注的程木：「第一場考核，讓程木來。」

「程木？」程水一愣。

程雋「嗯」了一聲，語氣有些懶散，沒有多加解釋。

「老大，這是小黑剛剛傳回來的影像，大門外有人要找秦小姐。」與此同時，程火拿出手機，壓低聲音說。

程雋微微瞇眼，低頭問了一句，「誰？」

「他說自己姓楊。」程火回道。

程雋敲著桌子，沉吟了一下，說：「我知道了，你先讓人把他帶到書房。」

＊

程木主要的職責是跟在秦苒身後，也從未被正式編入莊園，那四百二十一個名字中並沒有程木的名字。

上次打敗傑瑞，程木在莊園內也小小揚名了一把。雖是疑惑，程水也叫來程木。

「程木，」程水側身指了指大螢幕，「從上面選擇一個人當你今天的考核對手。」

看臺上和賭局旁的人都停下了手中的事情。程木是秦苒身邊的紅人，大家也十分關注他。

程木的那張臉一如既往，沒有過多的表情，只看了一眼程水，猶疑了一下。

程水：「……」

坐在主要看臺上的程火剛喝下一口水，差點沒噴出來：「不是，這小子是得意忘形了吧，居然想要挑戰程水？」

上次程火見過程木的拳力分數，在八百五十到六十左右，實力有著恐怖的提升，但沒突破九百跟已經突破九百，就是質量上的差距。

程火剛覺得程木得意忘形，就看到程木沒有繼續看著程水，反而將目光轉向自己。

「我選好了，」程木猶疑了一下後還是收回目光，看向程水：「我選二。」

莊園內前兩名，程水、杜堂主，這兩人都鮮少被人挑戰。

程水不用說，是之前九百一十的紀錄創造者，除了杜堂主有時候會跟他切磋，鮮少有人會挑戰程水。至於杜堂主，最高紀錄八百九十九，這半年來拳力已經達到極限，只差一分突破。

這兩個都不是特別好的挑戰人選。

這幾天除了一開始的秦苒跟唐輕，鮮少有能成員們熱血沸騰的一幕，眼下程木要挑戰杜堂主，又將氣氛帶到了最高峰，莊園裡幾張空出來的桌子上，滿滿都是賭注。

「壓杜堂主，還用問嗎！」有人直接掏出最後的家底，放到左邊。

傑瑞是情報堂的紅人。而情報堂的實力比採購堂弱，普遍都不高，傑瑞也只有八百一十左右。

當時程木打敗了傑瑞，雖然轟動了一把，但也只在情報堂跟採購堂、外貿堂小小紅了一把，執法堂真正的高手都一心專注於訓練，根本就沒有注意到，要在杜堂主跟程木之間選一個人，他們當然堅定不移地選了杜堂主。

大部分的人其實都是壓杜堂主，只有很少部分的人壓了程木。

黃髮少年剛贏了一把，不敢亂來，只是看了秦苒一眼。

秦苒懶洋洋地靠著桌子，見到他看著自己，不由得挑眉，語氣輕漫：「怎麼？」

「我還能成為美洲首富嗎？」少年又壓低聲音問了一遍。

他什麼都不知道，只想抱大腿。

「喔，」秦苒手指抵著唇，輕笑一聲，然後將目光轉到擂臺上，「那你的機會來了。」

黃髮少年一聽，想也不敢多想，直接把錢都壓在右邊。他賭程木！

旁邊的人看他這副傾家蕩產的架勢；「你瘋了吧，不怕被秦小姐騙嗎……」

擂臺上，杜堂主也沒想到程木會挑戰自己，他看了眼程木。

對於程木，莊園內大部分的人都知道，他一開始連執法堂最弱的人都打不過，在訓練場待了幾天，幾乎被所有人虐了一遍。杜堂主跟莊園裡大部分的人一樣，一開始特別不服程木，覺得程木不配跟程水、程火他們相提並論。只是現在這種言論少了很多，甚至有人在底下喊程木的名字：

「程木，打倒杜堂主！打倒杜堂主！」

當然，這句話他們也只是調侃一下，畢竟杜堂主不敗之神的名號在莊園內持續了好幾年。

杜堂主看了一眼程木，「我的拳力八百九十九，程木，你可要小心，我絕對不會放水的！」

想到程木每天都能跟在一個超級高手身後，杜堂主只想對著他的臉打。

杜堂主絕對不承認自己當初是腦子被豬啃了，才會拒絕程水。

在裁判宣布開始的時候，杜堂主捏著拳頭朝程木揮去，帶起了一陣拳風，不帶一絲猶豫。

兩人都沒有用武器。

然而，下一秒——

砰！杜堂主的拳頭被程木用一隻手擋住，另一隻手則化掌為拳，直擊杜堂主的胸口。

喀嚓——輕微的骨頭碎裂聲響起，杜堂主往後退了好幾步。

杜堂主的臉上沒有了一開始的沉穩，逐漸被凝重取代。他感受著程木的力道，不由得吐出一口濁氣，手臂一震，用更大的力道震開。

砰！兩人再度交手，杜堂主直接飛到三公尺外，差點摔到擂臺下。

剛剛還喊著打倒杜堂主的一群人：「……」

他們真的只是喊喊而已。

依照杜堂主八百九十九的實力，就算是程水想打敗他，也需要花費一些時間。但程木……三分鐘不到，還直接血虐碾壓！別說其他人，就連程水自己也忘記了通報。

看臺上，只有程雋跟顧西遲他們三人不奇怪。

程雋抬頭看著程木，漫不經心地說：「測一下你的拳力。」

程木點點頭，走到拳力檢測儀旁，伸手猛地一拳砸過去，機器上的第三行資料顫了一下，然後出現新的資料：九百七十四。

沒有人說話。

秦苒跟程雋的實力強，是因為他們本身就強，莊園內的人從未想過要拿自己跟他們比，但程木不一樣……眾人曾看到程木連莊園內最弱的人都打不過，現在竟然變成了九百七十四？

別說其他人，連程水都沒反應過來，半晌他才深吸一口氣，看向程雋。

程水有點明白程雋為什麼要讓程木上臺了。

在這之後，每年一次的考核中，程木的名字都會在第一個。或許很多人沒有見過程木，但一定會畏懼這個排在第一的名字。如果程水所料不差，程木以後基本上都會跟在秦苒後面，為她所用。

程木會忽然間變得這麼厲害，所有人都能猜到是跟秦苒有關。

從今天開始，莊園內的人對秦苒的態度將有更大的轉變。

一片寂靜之中，只有黃髮少年愣愣地說：「我又暴富了？」

＊

程木比完之後，訓練場的氣氛又達到了頂峰。

程水看著手機上的提示訊息，把主持工作交給程火，然後去找秦苒。

他跟秦苒說話的時候，聲音顯然比以往更加恭敬。

「姓楊？」秦苒本來在開心地分錢，聽到程水的話，就把錢都塞到黃髮少年手中，眉眼垂著半晌才開口：「走吧。」

程水頷首，帶秦苒去中間古堡的書房。

程火的心思率直，脾氣也火爆，所以程雋沒讓程火帶秦苒過來，特意安排了程水。

到三樓書房的時候，程水沒有跟秦苒一起進去，他就站在書房門旁，眼觀鼻、鼻觀心地等著秦苒出來。書房有隔音，聽不到裡面的人在談什麼，程水也不知道裡面的人是誰。

手機響了一下，是百年不傳訊息的程雋。

『到了？』

程水立刻回：『老大，我沒有進去，也沒有看到那位楊先生。』

那邊就不說話了。

程水面無表情地看了一眼，把手機放回口袋裡，沒過一會兒，書房的門就開了。

開門的是一個青年男人。

對方長身玉立，眉眼彙聚著江南水墨之色，看到程水就微微頷首，「你好。」

「楊先生。」程水看清他的臉，垂在兩旁的手微微一緊，表面上一如既往地斯文淡定，心裡卻翻起了滔天巨浪。

程水只聽到程火說來找秦苒的人姓楊，但沒想到是楊殊晏的「楊」。

他微微低頭，擺出恭敬的架勢，垂下的眼眸覆蓋住眸底的神色。

楊殊晏只是看了一眼程水，笑了笑，並沒有說什麼。

「事情辦完了我就回京城，要是遇到麻煩，還是來找我吧，不要那麼衝動。」他輕嘆一聲，然後伸手揉揉秦苒的頭。

一旁的程水還沒從前一個勁爆的消息中緩過神來，又被這位楊先生的動作嚇到。

你……你竟然敢摸大姊大的腦袋？確實是個狠人。

程水端正神色，捏著手機走在秦苒後面，看著兩人的背影。他的嘴角抿著，一路上大多都把注意力放在楊殊晏身上。

這兩個人看起來確實很熟，程水不由得替程雋擔憂地皺了皺眉。

楊殊晏沒有要留在莊園內的意思，兩人說了幾句話，秦苒就一路把他送到門外。

這是秦苒的朋友，所以程水沒有多話，他只是落後秦苒兩步，恭敬地把楊殊晏送到大門外。

來在大門外的時候，他特地看了眼那位楊先生的車。

寶藍色的車，車身是流線型，很乾淨。

然而，他並沒有在車身上找到絲毫標記或是其他樣式，也沒有什麼旗幟。

程水不動聲色地收回目光，正在拿車鑰匙的楊殊晏卻停下腳步。

他的一張臉有些冰雪之色，看向程水，語氣清粼地說：「你見過我？」

「沒有。」程水依舊笑得斯文，微微頷首，沒有露出半點馬腳。

楊殊晏收回了目光，也沒有多問，又低聲跟秦苒說了幾句才拉開車門，上車離開。

等那輛車走後，程水才看向秦苒，神色鄭重很多。

「秦小姐，剛剛那位朋友，你們應該認識很多年了吧？是不是很熟？」程水往前走了一步，壓低聲音嚴肅地問。

因為走到戶外來，秦苒依舊穿著羽絨衣，雙手插進口袋裡。

聽到這一句，她只微微挑起眉眼，耐心地回答他：「大概十年？或者更久？他是雲光財團的繼承人。」

「雲光財團？」程水擰了擰眉頭，不知道自己還能說什麼。

秦苒繼續往訓練場走，「怎麼了，他還能是誰？」

「沒有，當然沒有。」程水搖搖頭，頓了頓，沒有讓秦苒小心這個人一點，只是又問，「秦小姐，妳知道美洲的局勢嗎？」

已經快到大訓練場了。

秦苒一雙漆黑的眸子只看向訓練場上來來往往的人影，漫不經心地開口：「我又不混美洲，哪知道美洲的局勢。」聲音又空又遠，聽不出什麼語氣。

兩人走進大訓練場，開賭局的桌邊有人興沖沖地朝秦苒招手，「秦小姐，秦小姐，這邊！」

秦苒看了程水一眼，本來想找他借菸，不知道又想起了什麼，沉默下來，從口袋裡摸出一根棒棒糖。她撕開包裝紙，然後懶洋洋地跟那群人招了招手，「馬上來。」

她側身跟程水打了個招呼，就繼續去主持賭局了。

程水本來還想跟秦苒解釋幾句，看到她去跟那群人玩了，就把到嘴邊的話吞下去。

他先去程雋那裡彙報了幾句。自從他說沒進書房之後，程雋就沒有再傳任何一條訊息給他。

程水看了一眼正聚精會神地看比試的程雋，然後默默走到前面去彙報結果。

「老大，秦小姐的朋友已經走了。」程水恭敬地低頭。

程雋「嗯」了一聲，目光還是沒有移過來，似乎半點也不關心。手上還拿著一個白瓷杯，裡面裝著七分滿的茶。

程水看了他一眼，繼續說：「那位楊先生大概二十五六歲，比您稍微大一點，不過跟秦小姐認識超過十年了。」

程雋拿著杯子的手一頓。

程水又說：「兩人很熟，那位楊先生還摸了秦小姐的頭。」

說完之後，程水沒看程雋，只是把目光轉到程雋手中的杯子上。

多了幾條裂縫。

程水就側身吩咐身後的傭人：「去，幫老大換個杯子。」

傭人把程雋隨手放到桌子上的杯子拿走。

等傭人走後，程水才端正神色，壓低聲音，「老大，那位楊先生是楊殊晏。」

程雋聽到最後一句，眉頭也微微擰起來，眸色微冷，「楊殊晏？」

「不過……秦小姐應該不知道，因為我也是剛剛才知道楊殊晏竟然還是雲光財團的繼承人。秦小姐應該是內部核心人物，這麼看起來，小黑身上的罌粟花標記就不難理解了，因為楊殊晏是雲光財團的人。」程水搖搖頭。

雲光財團只在國內混，在美洲幾乎沒有任何插手的足跡，所有人也都不會把雲光財團跟美洲這邊聯繫起來。

「楊殊晏那個人身上的不確定性太多了，邪得很。我聽程土說過，馬斯家族都不敢輕易得罪他們，我有點擔心秦小姐的安危，她對楊殊晏好像特別信任。」

程水也看向擂臺，現在考核的人已經換成了施曆銘。這個人也有些出人意料，竟然能跟駱隊打成平手。

傭人已經重新上了一杯茶，程雋拿起茶杯，淡淡地看了他一眼。

程水咳了一聲，「當然，有老大你在，就算是十個楊殊晏也不用擔心！」說完，他抿抿唇：「老大，你是要……」

程雋笑了笑，「通知程土吧。」

*

年末考核全部結束。

第一天，全場焦點在秦苒身上。

第二天，全場焦點都在賭局身上。

第三天，跟在秦苒身後的程木、施曆銘，還有抱好大腿的駱隊都在發光發熱。

駱隊原本的拳力在八百六十左右，這次直接到了八百八十八，直接上去挑戰程火，跟程火打成平手。爾後施曆銘挑戰了駱隊，也不落下風。

莊園裡的人除了幾個堂主，其他人對程木都有些陌生，但對施曆銘不陌生。

施曆銘是去年才考進來的成員，本來是想考核執法堂的，卻因為實力太差，分給了採購堂，拳力也才八百一十左右。現在才過了一個多月，他居然也能跟程火等人打成平手！

駱隊跟施曆銘提升的實力，誰不知道是因為秦苒。

晚上吃飯的地點還是在大廳裡，眾人的目光又落到第一個拒絕跟著秦苒、已經成為豬頭的杜堂主身上。

拿著筷子的杜堂主：「……」

考核結束，接下來就是人員分配跟過年的問題。往年雖然熱鬧，但也只是按部就班地過，今年程水卻打起了十二分的精神。不過在這之前，程水把程火跟程木兩人留下來。

程木有點怕程水跟程火一起對付他，就站在程水的書桌前面，一動也不敢動：「變得比你們厲害，也不是我自己願意的……」

程水本來要找程木說正事，聽到他又在耍小聰明，忍不住動手揍了他一頓。

程木……不敢還手。

程火坐在一旁，腳放在茶几上，看到程木這樣也不由得瞪了他一眼，磨了磨牙。

「我找你來，主要是為秦小姐的事。」程水打了他的腦袋幾下才放手，「你應該知道老大有讓你跟著秦小姐的意思。既然你也正式跨入了美洲，其他消息我們也不瞞你了。距離秦小姐高考還有幾個月，在這段時間，你們都在美洲，我會把美洲內部的勢力分布跟你說清楚，程火，你也要聽好。」

程土的行動一向神祕，而程雋這幾年都無心於這些，幾乎神隱，程水就很少跟程火他們提起程土。現在，程水能猜到程雋的下一步打算，就乾脆跟這兩人攤牌了。

美洲是國際中心的發展點，集結了無數勢力。彼岸莊園在這邊向來低調行事，但有無數個勢力想要吞併彼岸莊園，不僅僅是為了那幾條礦脈，最重要的是美洲停機坪基地的掌控權。

馬斯家族是美洲首屈一指的家族，無可厚非，除此之外，還有一些一直流傳下來的地下勢力。

「這些勢力的NO.1就是地下聯盟。」

程水一說完，程火就瞇起眼，然後低頭從口袋裡摸出手機。

地下聯盟……他還真的沒聽說過。

程水看了一眼程火，不用想就知道程火想要幹嘛：「程火，你不用在網路上查，這些消息在駭客聯盟都沒有記錄。你要找，可能只能在一二九或是馬修那裡查到一點消息，其他的，只能在美洲幾個大家族內查檔案了。」

程火不信邪，從駭客聯盟的用戶端點進去，整個搜索了一遍，真的一點都搜尋不到。

「這不可能！」程火將放在桌子上的腿放下來，直接站起。

「沒什麼不可能，地下聯盟已經將近一年多沒有浮出水面了，你一年前才加入駭客聯盟、在美洲走動，這個時候地下聯盟已經淡出美洲了。」程水淡淡地對程火解釋，「程土說過，地下聯盟的所有消息都不會在網路上流傳。我們跟地下聯盟有來往過，不過很合不來。」

程木連程雋他們在做什麼都弄不清楚，此時兩人的爭辯，他也插不上話，就站在一旁看看程水又看看程火。

這件事，程水不可能會開玩笑，而程火也不是不相信程水，他只是覺得有些難以接受。

程水沉默了一下，然後繼續解釋，「老大本來是想等這邊的事結束後，礦場那邊也暫時放下，會退出美洲，不過今天出了一些事……」

想到這裡，程水微微皺眉。

他把楊殊晏的事情跟程火、程木兩人解釋了一遍。

「我知道秦小姐是雲光財團ＩＴ部的人，不過這跟美洲有什麼關係？雲光財團的總部明明在京城。」程火看向程水。

「記得老大受傷的事嗎？」程水幫自己倒了一杯茶。

程木一愣，「雋爺還會受傷？」

「他半年前回國到雲城，有一大部分的原因是為了他的傷。」程火跟程木解釋了一句才看向程水，眉頭擰起，這時候他也有了一些頭緒，「那楊殊晏跟這件事有關？」

「楊殊晏連斬了他身邊的三個親信！他應該就是地下聯盟的老大。一年多前，我去找程土的時候見過他，具體情況我不清楚，但我跟他們會合的時候，老大的情況就不太好。」

程水沉吟了一下。也因此，他看到楊殊晏的時候才會那麼驚訝。

這個人太過危險，表面上天人之色，手上卻不知道沾了多少人的血。他身邊的人幾乎都是把腦袋掛在腰帶上，尤其是秦苒不知道楊殊晏的身分。

這一點，程水也不打算去跟秦苒解釋。再怎麼成熟、再怎麼厲害，秦苒在程水他們的眼中年紀也不大，程水其實不太想讓她知道這麼多黑暗的事，所以才會選擇找程木過來。

程水已經預料到了，程雋要退出美洲的事情會擱淺。

*

程水在跟兩人說楊殊晏這件事的時候，樓下，程雋也單獨找了顧西遲來。

兩人站在大訓練場的邊緣，顧西遲拿著手機，饒有興致地看著還留在大訓練場上的一群人。

「學長，你找我幹嘛？」外面的風有點大，顧西遲剛吃完飯，只穿了件大衣，有點冷就用手攏了攏大衣。

程雋摸出一根菸，夾在兩根手指間，微微瞇眼，「老頭跟我說過，你一年多前也像上次一樣，洗劫了他所有的實驗藥。」

聽到這句話，顧西遲的手一頓，不敢看程雋，只含糊開口：「有這件事嗎？我不記得了。」

「顧西遲，你說你欠我多少個億了？」程雋低頭點燃打火機，冒出幽藍色的火，話說得漫不經心。

「……我想問你一個問題，」顧西遲側過身來，有些嚴肅地看向程雋，「你對我們家小苒兒有什麼企圖？」

天色有點黑，程雋咬著菸，菸頭閃著明明滅滅的光。

聽到顧西遲的話，他漫不經心地笑了笑，慵懶的眸子又氤氳著夜色：「男未婚，女未嫁，你說還能有什麼企圖？」

話說得漫不經心，但依照顧西遲對程雋的了解，已然是一句承諾了。

顧西遲點點頭，又沉默了半晌才開口：「一年半前，我接到了她的緊急電話，你知道她是個駭客，那次聯繫我的時候，用的是加密暗號。我搜索到地址去找她的時候，她只剩半條命。」

程雋將手撐在木椿上，等顧西遲繼續說下去。

顧西遲將手機塞回口袋裡，也開始回想。

秦苒在三年多前，精神就面臨崩潰狀態了。顧西遲從陳淑蘭那裡得知，秦苒的一個朋友那時候在精神醫院待了一年。後面顧西遲知道的消息都斷斷續續的，秦苒也再沒主動聯繫過他，直到一年多前，秦苒才聯繫了顧西遲。

找到秦苒的時候，對方的腦子已經混亂了，顧西遲一句話都沒說就把她帶到了美洲。

秦苒幾乎沒有求生的意志，顧西遲就在她的耳邊刺激她，讓她趕快好起來，把打傷她的那個人虐成狗。他當時只是病急亂投醫，誰知道，秦苒還真的就憑藉著這股意氣，憑藉要把打傷她的人虐成狗的這個想法，漸漸有了意識。

顧西遲把她從閻羅王那裡拉了回來。

不過在那之後，她整個人卻如同行屍走肉，甚至去黑拳場打黑拳，顧西遲就去老頭那裡瘋狂拿藥。

渾渾噩噩，幾乎一年的時間，全都是顧西遲在照顧她。在這期間，顧西遲還用秦苒的手機接到不少電話，都是美洲的。顧西遲一直把秦苒當作妹妹看待，秦苒在這裡受了這麼大的委屈，也沒告訴那些人，顧西遲都快氣死了。

他從來不過問秦苒的事情，但那一次，他自作主張把秦苒在美洲的電話卡沖到馬桶裡了。直到半年多前，秦苒接到了陳淑蘭病危的消息，她才好起來。

清醒過來的秦苒沒有跟顧西遲要電話卡，甚至把手機扔到垃圾桶。她輕裝簡行，什麼都沒帶，子然一身地回國。顧西遲覺得從那時候起，秦苒的人情味更淡了一些。

聽完，程雋半晌都沒有說話。他手裡還夾著菸，菸靜靜地燃燒著，火光隨著風明滅。

「照她的實力，當初誰能把她打成那樣？」半晌，顧西遲都覺得程雋不會再說話時，程雋才淡淡地開口。

夜色籠罩下，看不清程雋的表情，但聽他的聲音，顧西遲卻不由得打了個冷顫。

「我也不清楚，找到小苒兒的時候，她就在貧民窟的一條巷子裡。」

程雋點點頭，「嗯。」

他把菸熄滅，隨手扔到一旁的垃圾桶裡，眼眸微微瞇著，開始細數道上能成為她對手的人。美洲的人臥虎藏龍，除了程雋知道的，也有一些名聲不顯但實力強大的人，程雋一數就能數出幾個，大部分都不好惹。

程雋又問了顧西遲馬修的事情。

「不是，」顧西遲一愣，看向程雋，「跟馬修長官沒什麼關係吧？他跟小苒兒沒什麼聯繫，怎麼樣都不會是他打的啊……」

「萬一是他呢？」程雋淡淡地瞥了顧西遲一眼。

他是不會去問秦苒到底是誰，但是他會把所有能打傷她的人列出名單，從各方面報復回去，馬修自然也在他的名單之中。

寧可錯殺一百，也不會放過一個。

說完，程雋看了顧西遲一眼，問：「你覺得可以吧？」

顧西遲在想，自己有沒有在什麼地方得罪過程雋？

跟顧西遲說完，程雋就往書房走，一邊走一邊拿出手機打電話給程土。

這個時候，秦苒正在書房跟林思然、潘明月、喬聲他們視訊。

林思然顯然是在外面，背後還有煙火燃放。

『苒姊，妳開學也不回來嗎？』喬聲聽到秦苒說高考才會回來的事，顯得有氣無力，『九班的人都好想妳，老高也是！』

秦苒把手機放到桌子上，靠著筆筒。她一邊練字，一邊跟他們說話。

聽到喬聲的聲音，她不由得挑眉：「你確定老班他們會想我？」

喬聲：『……』

那倒是沒有，秦苒走後，那幾個上課的老師都彷彿鬆了一口氣，尤其是老高，神清氣爽。

潘明月笑了笑，『沒事，幾個月而已，一晃眼就過去了。』

『哪有那麼容易就撐過去？』林思然一臉頹然，『聽說高三下學期更是地獄式訓練……』

潘明月撐著下巴，聽到林思然的話笑了笑，聲音柔和：『一看妳就知道是真的沒見過地獄。』

秦苒還想說什麼，最上方彈出一個黑色的對話框，她瞇眼看了一下，然後不動聲色地伸手，「你們幾個先聊，我這邊有點事，先掛電話了。」

她看了一眼書房的門，沒人來。

然後走到窗戶旁邊拿出耳機。

是馬修。

她一邊戴上耳機，一邊打開變音器。

這個耳機是她當初跟常寧他們通話時專用的，後來跟常寧他們坦白身分之後，就沒有再開過變音器了。

馬修那邊向來直接，他的聲音略顯渾厚，『上次我說的，你想好了沒有？』

「不用想。」秦苒拉開窗簾，看向窗外。

馬修的聲音頓了一下，『加入我們也沒什麼不好，全世界包括美洲，你都能橫著走。』

「沒有你們，我也能橫著走，你什麼時候抓到我過？」秦苒淡淡開口，機械音夾雜著電流，讓馬修的耳朵有點痛。

她說得還很理直氣壯，馬修根本無從反駁。

「你找我有其他事嗎？」秦苒低頭，窗外沒有她想像得那麼黑，大燈是開著的，底下有一群人走來走去。

『幫我盯一下總部。』手機那頭的馬修皺眉，『剛剛有人調用了我們的系統。』

秦苒挑眉：「還有人還敢攻擊你們總部？」是想自己送上罪證給馬修？

外面有輕微的腳步聲傳來，秦苒想應該是程雋他們回來了，就掛斷了馬修的電話。

與此同時，馬修坐在總部的辦公室裡。他看起來三十歲上下，眼窩很深，下巴上有一圈絡腮鬍，臉上的稜角十分分明，眼睛完全是棕色的。

這不是第一次被對面的人掛斷電話，他也不驚訝。

外界都在猜，最近兩年馬修背後有一個神祕強大的駭客幫襯。有人猜過Q，只不過對方曇花一現，後續並沒有出現，這件事就幾乎成了無解之謎，馬修這邊也保持緘默。

不過，外界大部分的猜測是對的。

他背後駭客的實力所有人都有目共睹，其他幾個人明面上都有蹤跡，只有Q一個沉於水底。連顧西遲都問過馬修，馬修都沒回答。不過他背後那個人確實是Q，當然，他也不知道為什麼Q一年半前會找上自己，也不覺得自己身上有什麼東西是Q想要的。

只是Q這個人很有原則，基本上不會做違法的事情，只會幫馬修找一些犯罪記錄。

越用越覺得對方真的太好用了，馬修就起了要把對方騙到總部的心思，不過一直沒有成功。

想到這裡，馬修嘆了一口氣。

「這是馬斯家族最近的貿易紀錄。」玻璃門外，一個人直接推門進來，風風火火地把一份檔案遞給馬修。

馬修暫且放下Q的事情，接過來看了一眼就放到一旁，拿起放在一旁的咖啡喝了一口。

身邊的手下又說：「剛剛顧先生打電話來要了一份名單，他說打你的電話沒打通。」

剛剛馬修在跟秦苒通話，打不通也不奇怪，他點點頭：「要什麼名單，還有人要找他？」

聽到馬修的聲音，他的手下頓了頓，才開口：「沒有，他要一份很奇怪的人員名單。」

馬修靠在椅背上，手中的咖啡杯微微晃著，「什麼名單？」

「實力跟您一樣厲害的人物名單。」手下壓低聲音，也很疑惑。

馬修挑一下眉，「他這是要幹嘛？」

顧西遲在美洲人緣很好，因為他經常行走危險地帶，也確實救過不少人，名聲顯赫。行走美洲的，沒有人會不給一個醫生面子，尤其這個醫生還能把你從閻羅王那裡拉出來，所以聽說顧西遲要這份名單的時候，馬修很詫異。

「他沒說。」手下搖頭。

牽扯到這份名單的都是一些美洲的大人物，其中幾個還是顧西遲本身就認識的。僅僅給一份名單，馬修就打開電腦為顧西遲調用資料，然後打開社交軟體，點開顧西遲的對話，直接把資料打包傳過去。

「還有一件事，」見馬修忙完了，手下又開口。他看了眼手機確認訊息：「剛剛東部的人說，東部……開始騷動了。」

「東部那些人不是要退出美洲了？」馬修站起來，頭痛得要命，「都差最後一步了，怎麼又不走了！」

天天都是那群人搞事！

＊

顧西遲拿到那份名單，看了一眼。馬修給他的名單當然不只是普通的名單，還有裡面詳細的資料，顧西遲看著這些資料就不由得頭痛起來。

「你確定那位程老爺只是要我去看病？」顧西遲放下手機，然後看了眼對面的江東葉。

從十月分起，江東葉就跟著顧西遲，一直磨到現在。猛然聽到顧西遲主動說起這個，他還有些不習慣，不過還是認真地解釋，「對，程老爺的身體一直不好。」

顧西遲點點頭，沒立刻回答江東葉，半晌才將手中的手機一握，「過完年我就跟你去京城！」

江東葉一向溫潤的臉上少見地有些驚訝，「顧哥，你沒騙我？」

「你們家跟學長家在京城怎麼樣？」顧西遲往沙發上靠，認真詢問，「京城裡想要抓我的人很多，特別是研究院的那些人。」

「這個你放心，基本上除了你學長，沒人動得了我們家。」江東葉把手中的茶杯放下，笑道。

顧西遲撐著下巴，擰著眉頭看了江東葉一眼，半晌才勉強點頭：「那好。」

美洲……顧西遲覺得接下來可能會亂一年。

他又低頭看了眼手機上面的名單。

一場不好勢力的碰撞，會改變美洲的格局。顧西遲雖然喜歡往戰亂的地方跑，但也會估算自己的實力，美洲大人物太多了，這個漩渦他不想被捲進去。

＊

美洲飛機坪基地——

過完年，顧西遲就跟江東葉飛去了京城。

看著顧西遲的飛機起飛了，秦苒才偏頭看程雋：「我可能要留在停機坪基地，你們這裡有單獨的工作室嗎？」

上次跟採購堂的人來停機坪的時候，秦苒就看出了停機坪這邊的整體科技水準把比莊園高。

程雋瞇了瞇眼，停機坪基地是獨立於美洲的，不在漩渦中心。

他收回目光，聲音輕緩，「有，我帶妳過去。」

這邊秦苒也來過，程雋就沒有跟她一一介紹，直接帶她來到秦苒當初來過的大樓。

今天的大門不需要瞳孔驗證，是直接開著的。

程雋今天是來送顧西遲跟江東葉的，不打算在這邊停留，所以當他突然出現在大樓的時候，穿著軍裝大衣、戴著小氈帽的霍爾匆匆從外面趕過來，「老大。」

他眉骨上的刀疤隨著他的表情動了一下，多了幾分戾氣。

「把四樓安排好，秦小姐有一段時間會住在這裡，四樓所有的工作人員換個地方。」程雋脫下外套，看著秦苒的方向，然後壓低聲音跟霍爾吩咐。

霍爾是程雋手下的一員大將，常年鎮守在停機坪邊界基地。

聽到這句話，他甕聲甕氣地開口：「是，老大。」

霍爾的行動力一向很強，收到程雋的吩咐就讓人去整理四樓。

「霍爾先生，四樓的人暫時放到一樓嗎？」手下去整理四樓時，不由得低聲跟霍爾抱怨，「那個秦小姐要在這裡待多久？」

霍爾也皺了皺眉。他十分討厭麻煩的女人，上次鄒堂主拿貨離開的時候，還借用了他的幾個人去保護那位秦小姐，讓霍爾印象十分不好。

停機坪邊界基地、礦脈、莊園還有程土那裡是四個獨立點。

霍爾幾乎每天忙著鎮守這邊，巡視周圍的交易場是他最喜歡做的事情，現在程雋塞了一個嬌貴的女人在這裡……霍爾著實覺得麻煩。

「不知道。」他搖了搖頭，看著不遠處程雋跟秦苒的身影，擰眉：「希望她玩完就快走吧。」

＊

與此同時，雲城，正是晚上。

秦語在京城過完年才回來，一直沒有聚齊的林家一大家子聚集在一起。秦語罕見地坐在林家老爺的身邊。寧晴則是坐在林錦軒身邊，位置比起以往高了不止一分。

「媽，妳過年也沒有接姊姊回來嗎？」秦語放下酒杯，看了寧晴一眼，「我怎麼沒看到她？打她電話也打不通。」

聽到這句話，寧晴嘴邊的笑容微微一凝。

孟心然在林家一直沒有離開，尤其是她來雲城後，孟家在京城十分受挫。孟家的生意不知道為什麼縮小了幾乎兩三倍，過年期間也不能安心，孟心然就留在林家沒回京城。因為這些事，她一向傲然的臉上多了些陰鬱，聽到秦語的話，她直接說：「妳姊姊她休學了，聽說要到高考。」

秦語聽完，看了眼林錦軒的方向，用紙巾擦擦嘴角，「姊姊又休學了，還是一年，那她高考怎麼辦？」

秦苒當時來雲城會需要重讀高三，就是因為休學一年，這件事幾乎林家所有人都有耳聞。

聽到秦語這麼說，林家其他人都面面相覷，沒有開口，寧晴也抿了抿唇。

陳淑蘭逝世之後，她也不是沒去找過秦苒，魏大師和封樓誠那些人的事她都沒有弄清楚，但秦苒就好像銷聲匿跡了一樣，找不到她的半點消息。

寧晴不是沒有在寧薇那裡旁敲側擊過，但依舊毫無音訊。她只知道秦苒跟一年前一樣突然消失了，也是剛剛才從孟心然那裡得知，秦苒這一次要到高考的時候才會回來。

秦苒本來就留級了一年，成績本來就跟不上，現在還直接請了半年的假。

「媽，姊姊跟妳說過嗎，到時候不會還要留級一年吧？她今年就二十了。」秦語夾了一口菜，看著寧晴，擔憂地開口，「再留到明年高考，就二十一了。」

林錦軒把碗裡的最後一口飯吃完，直接站起來，他跟餐桌上的人打了聲招呼，語氣溫和，「我待會兒還要去找封辭。」

林家的人都支持他自主創業，他跟封辭的事業在京城也漸漸有了起色。

「不知道她到底想怎麼樣。」提起秦苒高考的事，寧晴也不想多說，煩躁地開口。

秦語笑了一下，安撫道：「姊姊說不定過完年就回來繼續上學了呢。她之前在小姨家還說過自己想考京大呢。」

餐桌上的其他人聽到秦語的這句話：「……」

林老爺聽到秦苒一直沒去學校，似乎也鬆了一口氣，看了眼寧晴，笑得慈眉善目：「是啊，說不定她過幾天就回來了，京大好，錦軒也在京大，妳也在京城，以後能有個照應。」

其他人也連連稱是，但相互看一眼的時候，低垂的眸底又帶了點譏誚。

「她上不上課有什麼區別？」寧晴也沒了胃口，放下筷子，一口也吃不下去。

孟心然坐在林錦軒旁邊的位子，看了眼坐在餐桌上的人。她現在遠遠不如以往那般鋒芒畢露，眉眼間此時斂著疑惑。

她穿著一身白色毛衣，吃得差不多了也放下筷子，看向林麒，「秦苒要考京大是件很奇怪的事嗎？」

林麒拿著筷子的手一頓。

林老爺子打了個圓場，「心然，吃飯，菜要冷了。」

孟心然抽了一張紙巾，一邊擦著嘴角一邊思索著。

秦苒除了物理不好，其他門課就算被京大特招也不是什麼稀奇的事，連數學那麼變態的問題，她都能考滿分，可是看林家人的樣子，似乎什麼都不知道……

孟心然看了眼秦語的方向，心中有些意難平。以往在林家，她才是最受眾人關注的，但從上次那件事後，林麒也不如以往看重她了，林老爺也對她很冷淡，所以秦語回來後，所有人的重心都放在秦語身上。

想到這裡，孟心然低了低頭，咽下了到嘴邊的話。

＊

雲城某間會所裡燈光很暗，觥籌交錯。

林錦軒推門進來，裡面的一群人都跟他打招呼，「林少。」

林錦軒將脖子上的圍巾拿下來，又伸手脫下外套，坐到這些人刻意空出來的一個位子上。

「有什麼重要的事，這時候叫我出來？」他側身把外套掛在椅子上，看向封辭。

封辭聽到林錦軒的話，放下酒杯，不知道在想什麼，之後抬起頭，目光如炬：「確實有件重要的事，剛從我爸那裡得到的消息，Poppy 回來了。」

「Poppy ？」林錦軒抬起頭，他的表情一直都維持得很好，此時終於開始崩裂。

幾乎能聽到心臟劇烈跳動的聲音。

Poppy，IT界曇花一現的大神。

林錦軒跟封辭在大學都修了兩個科系，他的主修是財經，副修是電腦，而封辭則是反過來，主修是電腦，兩人創業的公司也是面向IT界。

在國內IT界中，領先的很明顯是雲光財團。業界的人都知道雲光財團有一個IT專業團隊，Poppy是其中一員。對方的頭腦聰明，發布了不少免費的技術，現在整個IT業界，大多數的人都在用Poppy的管理程式。

然而，很少有人知道Poppy的訊息，對方就算發表論文、公布技術，也只隨意發表在期刊上。不開新聞發表會也不接受任何採訪，除了最核心的內部人員，幾乎沒有人知道他是誰，外界也沒有人見過他的正臉。

最近這幾年，電腦系的畢業生基本上都會以他的技術內容做畢業設計。大學課堂上，那些資深教授也時常提起這個人的名字。

距離他上次發表一個技術已經一年多了，他在這期間從來沒有出現過。雲光財團在這一年也沒有對外解釋什麼，甚至有人猜測Poppy年紀太大，已經逝世了。

大部分的人都不願意相信這個結果，林錦軒跟封辭當然也不相信。去年暑假，林錦軒還到一二九的官方網站，找一二九偵探所查Poppy的事情，只是被人拒絕了。

沒想到，這時候，封辭竟然會帶來這個消息。

「千真萬確。」封辭把手中的酒杯放下，推了一下鼻梁上的眼鏡，眸光深邃，「雲光財團內

部已經下了決定，今年六月底會全球發表人工智慧系統，領軍人就是 Poppy。」

林錦軒沒有反應過來。

封辭抬頭看向林錦軒，「我叫你出來，就是要告訴你，只要有一點點能合作的機會，都不能放過。其他企業幾乎也都這麼想，這次真的要炸了。」

*

美洲邊界——

大廈的四樓已經被霍爾的人完全清理完了。

「老大、秦小姐，四樓已經可以入住了。」在室內，霍爾暫時拿下了小氈帽，說話的時候，眉骨的刀疤更顯凶殘。

美洲邊界的停機坪掌控著無數人的資料跟無數的客流來往。霍爾駐守的大廈也有一套單獨的安全系統，而且這棟大廈的構建本身就極其未來化。

秦苒在一樓轉了一圈。

「你們的資料庫有這麼龐大嗎？」秦苒停在一個技術人員身後，指著他電腦上的資料挑眉。這恐怕不是美洲的人流量，倒像是整個亞洲的人流量。

程雋就跟在她身後，面不改色地開口：「可能是因為人流量大。」

「是嗎？」秦苒看了他一眼。

「啊，」程雋跟在她身後，手裡端著一杯水，低頭笑，「不是呢。」

「走吧，去四樓看看。」程雋隨手把杯子放在桌子上，側身帶她去四樓。

兩人走後，霍爾的手下看了霍爾一眼。霍爾按了一下眉心，沒說話，只是跟著兩人上樓，基地的其他幾個高層也默不作聲地跟著他們一起上電梯。

四樓有休息室和訓練場，實際上能工作的地方並不寬敞。不過秦苒只有一個人，不需要很大的地方，其他格局幾乎跟莊園裡沒什麼兩樣，這是程雋首選四樓的原因之一。

「這是工作室。」程雋推開一扇磨砂的玻璃門，裡面有三排黑色電腦，他想了想又偏頭問：「夠妳用嗎？」

室內還飄散著咖啡的味道，應該有一批人剛從這裡搬到一樓。

秦苒用手指摸著下巴，沒說話。

身後的一個高層連忙開口：「不知道秦小姐想要做什麼？若是人手不夠用，我這裡還有一批ＩＴ人手，暫時能調出兩個。一樓辦公室還有三台Ｓ５電腦，可以都調過來。」

他們已經聽說了，這位秦小姐要在這裡搞一項ＩＴ技術，之所以會從莊園搬過來，是因為這裡設備好。

程雋見到秦苒還擰著眉，低頭看了一眼時間，語氣輕緩：「走吧，先去吃飯，我們一邊吃一邊想。」

秦苒點點頭，跟在他後面。

兩人去吃飯，霍爾跟高層沒有立刻跟上去。

「梅森，你剛剛胡說什麼？調兩個人員就算了，辦公室的三台S5電腦也是老大費心力才弄到的，就算是雲光集團內部也很少人用，我們還要靠那個來帶動主機系統，」另外幾個高層壓低聲音，「就你在老大面前出風頭。」

梅森看他們一眼，「不然你要等老大自己開口？忘記程水先生的話了？」

啊，忘記他們老大是個色令智昏的魔鬼了。

其他人一時間沒了聲音。

半晌後，一人默默開口：「那你巴結秦小姐，好歹也叫我們一起啊。」

梅森：「……」

越說越亂了，霍爾按著眉心沉聲開口，「梅森，秦小姐那邊肯定會經常找你們技術部門，你們就辛苦一點，隨時待命。秦小姐五月底就會回雲城參加考試，只有四個多月的時間，大家都忍耐一下。」

「對，大家都忍耐一下。」剛剛讓梅森帶自己一起巴結的人立刻開口。

其他幾個人也紛紛點頭。

梅森忍受不了這幾個人的虛偽了，直接開口：「那就我去跟秦小姐吧。」

「你還說你不巴結？」

「梅森，你過分了！」

「梅森，跟在秦小姐身後這種極為痛苦的事情，還是交給我吧！」另一個人也捂著心臟說。

「我看還是我勉為其難……」

梅森這些人的實力很好，是腦部高層，而霍爾就是個鎮守停機坪的武將，一根筋，一開始聽著這幾個人的對話，自然沒有想太多，還以為他們是對秦小姐忍無可忍，所以說了前面那番話，聽到這裡，他總算明白了。

你們想要跟在秦小姐後面就直說，非要搞得這麼花裡胡哨？一個個都是影帝！

「好了，就梅森。」霍爾沒有那麼多花花腸子，沒時間跟他們繞，直接欽點梅森，「秦小姐在這裡的四個月都由你負責，去技術部門裡找兩個人。」

霍爾說完，就去餐廳找程雋跟秦苒了。

梅森則淡淡地看了剩下幾人一眼，伸手拍了拍衣袖，「各位，承讓。」

其他人：「……」

上次跟著秦苒那隊人回來後，就流傳出一些關於烤肉的傳言。

尤其是程水……他雖然沒有跟來，但是直接把程木跟杜堂主對打的影片傳給了這些人。

大家都心知肚明，跟著秦苒，不管從哪個方面看都有肉吃。所有人表面上都有防備，誰知道竟然被梅森撿去了……

第七章　歸來

美洲莊園——

程水忙完了自己的事情，就讓人叫來施曆銘。

「程水先生。」

因為上次在年終考核大出風頭，施曆銘已經成功晉級到執法堂，跟駱隊一人帶領一隊，也穿上了隊長服，手裡還拿著一直被人嫉妒的通訊器。

程水看到他過來，就放下了手中的筆，微微瞇眼，「施曆銘，你應該知道秦小姐今天離開了莊園。」

「我知道，秦小姐是去送顧先生了。」施曆銘微微低頭，恭敬地回答。

聞言，程水搖頭，「因為一些事情，秦小姐會留在停機坪幾個月，之後就會回國。」

施曆銘愣住。

「秦小姐這一個月都是你跟在她身後，」程水沉吟了一下，然後開口，聲音凝重：「如果你願意，我會直接抹掉你在莊園的痕跡，從今天開始，你就跟著秦小姐，你願……」

「程水先生，我當然願意！」程水一句話還沒說話，施曆銘想也沒想就激動地開口。

跟在秦苒身後就如同跟在程雋身後，關鍵是，秦小姐還罩他！除了程木，在莊園內，她是更連程水都達不到的巔峰！

程水：「……」他想收回剛剛那句話。

施曆銘等了半天也沒等到程水說下一句，不由得小心翼翼地抬頭，「程水先生，我……我還可以嗎？」

程水面無表情地把文件丟給他，第一次爆了粗口：「滾吧。」

*

秦苒在大廈的房間是走廊最深處的第一間，第二間休息室是程雋的，第三間現在是程木住的。

次日一大早，程木就在秦苒的房門口等著，秦苒也剛好走出門，一邊打著哈欠一邊把手中的花盆遞給程木。

程木接過來，抱在懷裡。

一個多月過去，花早就凋謝了，也沒有結種子，最近葉子好像也有點枯黃。

程木把花盆抱到四樓的溫室，溫室外面就是一層隨著陽光隨時變換顏色的玻璃。

正是隆冬臘月，玻璃是透明色。

他把花放在一旁的架子上，然後拍了一張照片傳給林思然，詢問她怎麼辦。

放假期間，林思然不是跟喬聲、秦苒他們玩遊戲就是在玩遊戲，所以這個時間她還沒有起來，自然就沒有回。

程木等了半天都沒有等到回覆，就拿出背包裡的工具把這盆花日常護理了一遍，才出門去找秦苒他們。

樓下，梅森也在技術部決定人選。

技術部人才眾多，梅森昨天晚上想了一整晚，決定了兩個人選。

霍爾耐著性子站在梅森身邊，聽梅森說了兩個人員，「那兩個人你確定可以？」

「他們是技術部技術最厲害的兩個ＩＴ技術人員，」梅森恭敬地回答，「可以供秦小姐使用。」

為了避免秦苒被頂撞，霍爾已經通知了所有人秦苒要待幾個月的事情。

聽到梅森的回答，霍爾點點頭，「我們上樓吧，老大跟秦小姐還在餐廳等我們。」

兩個年輕的技術人員跟在梅森身後，面面相覷。

年輕人一號開口，低聲詢問梅森：「部長，我們大廈內部的程式還沒有做完，四樓的程式都被撤下來了，我們去四樓幹嘛？」

秦苒要在四樓做ＩＴ的事情只有幾個高層知道，梅森低聲解釋了一遍。

「秦小姐要搞ＩＴ？」年輕人二號撓撓頭，「可這件事不應該多叫一點人嗎？你只叫我們兩個不夠吧……而且，我們到時候要幹嘛？」人家一個團隊最少有十個人……

梅森的話確實一點說服力都沒有。

「到時候我們可能需要教秦小姐一些東西……」梅森細心地囑咐。

一行四人走上電梯，霍爾按了四樓。

四樓是獨立的電梯，中途不會停靠，速度很快。

霍爾先出電梯，梅森跟兩個年輕人緊隨其後，「馬上就要見到老大跟秦小姐了，你們兩個人注意一點。」

兩個年輕人瘋狂點頭，表示自己一定會好好表現。

餐廳內，程木也剛到不久，正一邊咬著麵包，一邊看林思然有沒有回覆。

秦苒已經吃得差不多了，此時靠在椅背上咬著吸管喝牛奶。程雋則坐在她身邊，正跟她認真地說著什麼。

霍爾跟梅森停在餐桌五步遠的地方，恭敬地低頭：「老大、秦小姐，梅森跟技術人員來了。」

梅森昨天已經見過了，只剩下技術人員，兩個人都介紹了一下自己。

程雋看了兩人一眼，然後略微點頭，想了想又偏頭看秦苒，「這兩個人可以吧？」

施曆銘今天會到，但他跟程木都不會這些，所以程雋才想幫她找兩個專業人員。

秦苒放下牛奶，手撐著下巴看兩人一眼，點頭，「夠了。」

聽到秦苒認可，梅森終於放心，「秦小姐，四樓的電腦您覺得可以嗎？」

秦苒搖頭：「驅動不夠，計算速度也達不到要求。」

實際上，停機坪大廈內的電腦已經是全球十分領先的電腦了，畢竟每天要核算龐大的資料。

兩個年輕的技術人員看了一眼，開始憂心，秦小姐到底懂不懂電腦啊？這樣都達不到要求，還有什麼電腦能被她看上眼？

梅森適時開口：「秦小姐，樓下辦公室還有S5電腦，昨天晚上我們已經準備好了，您需要的話可以隨時搬過來。」

Ｓ５電腦的資料庫龐大，計算速度是現有領域最快的電腦。

秦苒搖了搖頭，「不用了。」

梅森一愣：「那怎麼辦？」其他電腦又達不到秦苒的要求。

她正說著，口袋裡的手機響了起來，她站起來接起，「是我。你們到了？好，我去樓下。」

程雋撐著桌子站起來，看向秦苒：「到了？」

「嗯。」秦苒伸手拿起外套，幫自己披上。

程雋等她穿好就往電梯口走，「那下樓吧。」

程木立刻拿著麵包跟在兩人身後。

霍爾、梅森和兩個年輕的工程師不懂這幾個人的雷厲風行，面面相覷，也跟著下樓。

五分鐘後，他們跟在秦苒、程雋身後來到停機坪大門口。

兩個年輕人不由得放低聲音，疑惑地問：「部長，老大跟秦小姐他們在幹嘛？」

年輕人一號的話剛說完，一輛小型貨車停在幾個人面前。很快，中型貨車上走下一個中年男人。

「秦小姐。」他走到秦苒面前，恭敬地開口。

跟秦苒打完招呼，中年男人就拿鑰匙把後面的貨櫃打開，裡面擺著兩排紙箱。

程雋站在原地，目光掃過這些箱子就側身看向程木跟梅森等人，「把這些箱子搬到四樓。」

這些紙箱有點重，不過對現在的程木來說不是問題，他可以一次搬兩個。不過他怕會弄壞秦苒的東西，不敢這樣做，只小心翼翼地把紙箱子搬到四樓。

梅森跟兩個技術人員都知道程木是秦苒身邊的紅人，一路上都緊跟著程木。

到了四樓，程木又極為小心翼翼地把箱子放下。其他三個人看他這樣，也不由得放輕動作。

「程木兄弟，秦小姐的這個箱子裡是什麼？」梅森掂了掂箱子的分量，開口問。

梅森之所以肯定這是秦苒的東西，不是因為秦苒的那通電話，而是因為剛剛那輛貨車上沒有他們停機坪這邊的標識。

聞言，程木沉默地搖了搖頭，他不知道。不過按照他的經驗來說，肯定不是什麼普通的東西。

霍爾直接在樓下又找了幾個年輕人，把剩下的箱子一次全都搬完。

「一樓辦公室的三台S5電腦需不需要搬上來？」搬完箱子，霍爾讓其他人先下樓。他記得程水跟他說過，秦苒不太喜歡長時間人太多，這也是程雋一開始就安排四樓的原因。

「秦小姐說不用，我再問問。」梅森擰了擰眉。

梅森剛說完，秦苒跟程雋也上來了，秦苒落後程雋一步，微低著眼眸，不知道在跟誰講電話。

程雋看了一眼欲言又止的梅森等人，不由得抬了抬下巴：「你們想說什麼？」

「就……秦小姐說這些電腦不行，真的不用把S5搬上來嗎？」梅森看了眼秦苒的方向，然後壓低聲音。

程雋搖頭，「不用，先把箱子打開。」

聽到程雋的話，程木轉身拿了剪刀就去開箱子。

第一個箱子打開來是一套裝備，電腦螢幕跟主機，是全黑色的。程木把上面的泡泡膜跟保護膜全扯下來放到一旁，然後蹲在黑色的螢幕旁看了好久，覺得有些眼熟。

他瞇眼想了半晌，然後想起這些電腦跟顧西遲家的那一排電腦有點像，不過有一些差別，應該是同一牌的不同產品。

程木對電腦沒有研究，不過那時候連陸照影都想帶一台電腦走，程木就大概能猜到這電腦品質應該很好。畢竟陸照影這個遊戲狂人，連電腦都是找人特別配的。

程木又去拆第二個箱子。身後一直很好奇這些箱子裡是什麼的梅森跟兩個年輕人終於看清了全貌。梅森有些呆滯，兩個年輕人也愣了一下：「我靠？」

程木對電腦沒有研究，但這三個人對電腦很有研究，認出這是出自哪家公司的電腦產品後，一時間都不敢再說什麼，只是配合程木，十分迅速地把十台電腦搬到工作室，其他零件程木不敢碰，就只有梅森三個人沉默寡言地裝著。

秦苒還在外面講電話，霍爾也不懂這些，就跟著梅森三人進來，「停機坪還有其他事要處理，一樓辦公室的三台S5究竟要不要？」他看了眼外面，壓低聲音，甕聲甕氣地開口。

「不用。」梅森迅速裝好了一台電腦，接上電源就按了一下開關。

電腦亮起，螢幕上跳過一個雲光財團的流線型標識後，不到一秒就到了主頁。梅森在鍵盤上迅速敲了幾個快速鍵，本機的處理器等資料突然出現。

兩個年輕人看到那些資訊，直接擠開梅森，十分激動地看著。

梅森看到這一幕，不由得將目光轉向程木，程木也有些摸不著頭緒。

因為知道程雋他們還在，梅森看了兩分鐘才依依不捨地移開目光，看向霍爾跟程木兩人，表情激動不已：「難怪秦小姐不用我們的電腦，原來她有更好的處理器，這也是雲光財團的電腦，具體是哪一代的不知道，但處理速度最少比S5快一倍！」

S5的速度已經夠快了，是現在市面上公認處理速度跟反應速度最快的電腦。比S5還要快一倍的話，這電腦的速度能達到多少？

霍爾不懂這些，但看梅森這幾個人興奮的態度，就知道這些電腦不簡單，比大廈僅有的三台S5要好。

霍爾有點驚訝。

梅森已經克制住了自己，開始組裝其他電腦，只是注意看，還能看到他微微顫抖的手指。

程木則見怪不怪了，他低頭拿出手機看了一眼，林思然已經回了訊息，那盆草要換一盆新的。

程木的嘴角不由得抽了一下，他要換一盆新的祖宗了？

想是這樣想，他還是讓林思然把新的草帶去校醫室給陸照影，後續陸照影自己會安排。

秦苒講完電話回來的時候，小工作室裡已經擺好了五排電腦。

她走到一台電腦旁看了一眼，然後瞇起眼，抬手指著三台電腦看向梅森三人，笑了笑：「這三台電腦晚上你們離開的時候，一人帶一台回去。」

秦苒做事情向來有規畫，她上次在莊園答應楊殊晏雲光財團內部的事情時，就有了規畫。

無論是人工智慧還是EA代機器人都沒有普及，核心技術都掌握在她手裡，想要大量批產，只能透過她這邊。

不等梅森三個人驚訝完，秦苒就走去自己的房間。她拿出黑色背包裡的手機，剛拿出來，手機就亮了一下，然後不是很情願地輸入一長串代碼，傳到秦苒的筆記型電腦上。

秦苒就拿著筆記型電腦去了工作室。

「因為這個系統比較繁瑣，我一個人處理的話，幾個月的時間可能不夠。」秦苒坐在一個空著的位子上，打開電腦。

電腦頁面依舊是一片空白，不過這次不是沙漠色，而是海洋色，廣闊無垠。

她按了幾個代碼，一個加密檔案彈出來，「我先把這些傳到所有電腦上，這些電腦會處理一些資料，我們要加入新型演算法……」

秦苒處理事情的時候總是認真嚴謹，沒有往日裡的散漫，程雋就靠在門邊看了好一會兒。

霍爾就落後他一步，十分疑惑地看著辦公室裡。

十分鐘後，秦苒交代完簡單的事宜，梅森三人摸著心臟，還伸手抹了一把臉。

「暫時要讓你們處理的就這麼多，」秦苒大概說完，看了一眼辦公室內的電腦，「已經開始運算了，這邊是智慧代碼……」

「我知道了，秦小姐。」梅森鄭重地點頭。

其他兩人也回過神來，幽幽地看了梅森一眼。不是說，他們還要教秦小姐東西嗎？

梅森也訕訕笑了一下，不敢說這兩個年輕的技術人員什麼，因為就算是他也難掩震驚。

他們剛來的時候，是打算要抱秦苒「大腿」的，然而現在看到秦苒安排的一系列工作和代碼，他們滿腔熱血地意識到，他們是抱到了真的粗壯的大腿。

梅森三人在這之後，幾乎連吃飯、睡覺都在這間工作室，沒有出去。

＊

五月三十一號，雲城，下午三點。

五月的雲城溫度不算太高，但頭頂陽光很強，穿上長袖、長褲就能出去。

現在已經是五月的尾聲，六月的邊緣，馬路上已經有人拉起了「高考學子」的橫幅，尤其是雲城各大高中大門外。

衡川一中，高三教學大樓的辦公室——

今天是星期五，九班的英語老師陳老師拿著課本從九班回來辦公室，躊躇了一下，不由得看向高洋：「高老師，秦苒同學休學，還沒回來嗎？」

陳老師說這句話的時候，辦公室裡的其他老師也看向高洋，等著他回答。尤其是陳愛蓉，她目不轉睛地看著高洋。

秦苒固然很聰明，但是一請假就是七個多月的案例前所未見。眾所周知，大腦有遺忘性，就算是高中生，一連玩三個月不碰書，會連橢圓的切線方程式是什麼都不知道。

秦苒休學後有聯繫過高洋，但沒有說什麼時候會回來。

高洋放下手中的筆，剛想說什麼的時候，放在桌子上的手機響了一聲，高洋就拿起來看。

他的動作一直都懶洋洋的。別人說起秦苒，他就笑笑，並不多話，但在看到手機螢幕上顯示的兩個字時，整個人一頓，然後迅速拿起電話，拉開椅子，站起來往門外走。

「妳回雲城了？」聲音也陡然變溫和了。

高洋去辦公室外講電話了，辦公室內的一群老師面面相覷。

最後還是物理老師看了陳老師一眼，猶疑地開口：「剛剛高老師的話……是秦苒回來了？」

陳老師搖搖頭，不太確定。

打電話給高洋的確實是秦苒。她現在正在雲城機場，剛下飛機，穿著紅白色的格子襯衫，袖口稍稍挽起，坐在行李箱上，由程雋單手推著行李箱。兩人身後還跟著東張西望、對雲城的一切十分好奇的施曆銘，程木則先去外面取車了。

『高老師，我星期一再去學校。』秦苒伸手把鴨舌帽往下壓，只露出半截精緻如玉的下頷。

高洋在走廊上一手拿著手機，一手放在走廊邊緣，低頭看來往的師生，眉眼都是張揚的喜意。「回來就好，妳的資料我都整理好了。」頓了頓，高洋又問：「進度有落後嗎？」

『沒。』秦苒撥了撥耳邊的耳機線，笑道，『我一直都有跟家教學習。』

秦苒一向很有分寸，聽她這麼說，高洋徹底放心了，「沒有落後就好，妳一向有主見，我也不多說。過幾天來學校一趟，還有些手續需要辦。」

他跟秦苒聊了幾句，就掛斷電話。

高洋看著手機，想了想又翻出通訊錄，點開「徐校長」的號碼，傳了一條訊息給對方。

再次回到辦公室，高洋整個人都放鬆下來。

其他老師一直注意著高洋的神態動作。李愛蓉雖然在整理書，眼角餘光也看著高洋的方向。

「高老師，打電話給你的是秦苒？」教九班英語的陳老師跟高洋關係不錯，她放下手中的考卷好奇地問道。

高洋點點頭，笑：「是她，今天剛回雲城，過兩天就來辦高考手續。」

聽他這麼說，陳老師也鬆了一口氣。

秦苒一休學就是接近八個月，一開始任課老師都很輕鬆，但後來就開始擔心秦苒能不能跟上課程，因為之前她也有休學過，不知道她能不能趕上高考。現在聽高洋說她回來了，陳老師的這一顆心才放下。

李愛蓉把手中的書整理好，看陳老師跟高洋都喜氣洋洋的樣子，忍不住抿唇，「七個多月都沒來學校，誰知道她有沒有荒廢學業。」

下一節課是高洋的數學課，高洋就拿了張考卷，聽到李愛蓉的話只笑了笑，沒回答，揹著手哼著歌去樓上了。

他走後，辦公室裡的其他老師面面相覷。

「其他同學我不知道，但秦苒同學，跟一般同學不一樣，」物理老師笑了笑，靠上椅背，依舊捧著自己的保溫杯，「她對自己的人生有規畫。」

李愛蓉也只是逞口舌之快罷了，秦苒的學習成績怎麼樣，所有人都有目共睹。

只是秦苒一請假就是七個多月，確實少見。距離高考越來越近，學校裡討論秦苒的人也多了起來，有人還懷疑這麼短的時間內，秦苒能不能趕回來高考。現在終於從高洋這裡得到了消息，辦公室內的其他老師相互看了一眼。

衡川一中跟雲城一中明裡暗裡硝煙似火，在這之前的多少次高考，兩個學校幾乎勢均力敵。之前有不少人猜測秦苒的消息，也傳過不少假消息，有人說秦苒出國留學了，有人說秦苒不參加高考了，如今秦苒真的回來了……雲城各大高校之間的格局又要變動了。

衡川有徐搖光、潘明月，而雲城一中有幾個模範生，現在秦苒這匹黑馬也回來了，今年的高考肯定比以往熱鬧許多。

與此同時，雲城機場大道上，程木坐在駕駛座上開車，副駕駛座上是施曆銘。

車子並沒有開往雲城中心的別墅，直接開向墓園，秦苒要先去看陳淑蘭。

半路上，程木將車停在一家花店旁，秦苒跟程雋下去買了一束花。

二十分鐘後，車停在了墓園的大門旁，

施曆銘跟程木都沒有下去，等程雋跟秦苒進了墓園大門，施曆銘才壓低聲音問程木：「老大跟秦小姐是去看誰啊？」

以後要一起共事，程木也沒有隱瞞施曆銘這件事，就把陳淑蘭的事稍微解釋了一下，然後沉聲開口：「這件事是秦小姐心頭的刺，雋爺會帶她去美洲也是因為這個。你知道前因後果就好，千萬不要在她面前提起。」

在美洲的七個多月，秦苒研究普及人工智慧的時候，程木也經常被程雋、霍爾等人帶去歷練，如今身上有一股沉穩明朗的氣息，與半年前比起來，有了質的變化。

聽到程木的話，施曆銘鄭重地點頭，「我知道了。」

程木點點頭，還想說什麼，口袋裡的手機響了一聲，他低頭看了一眼。是歐陽薇傳來的訊息，問他現在在哪裡。

若是半年前，看到歐陽薇的訊息程木一定會欣喜若狂，畢竟歐陽薇是他的女神，只是現在……

程木皺了皺眉，沒有回。

秦苒跟程雋在陳淑蘭的墓前沒有待很久。他們坐了半個小時，秦苒就在墓前，把她在美洲的見聞細細說了一遍才站起來，拍拍衣服上的灰塵。

「走吧。」她低頭，慢條斯理地把袖子重新捲起來。

程雋本來跟她一起坐在地上，見她站起來也沒有立刻起來，伸手把陳淑蘭墓前的花擺好，才抬頭看了眼秦苒的神色。

她的眼眸很黑，眸底也沒有半年多前的血色。

他這才站起來：「我們回去。」

雲城市中心，別墅——

程雋不在雲城的這段時間，程管家也回去京城了，所以在程雋跟秦苒回雲城的時候，他就提前兩天回到別墅。

他們離開的期間，別墅都有鐘點工來打掃，程管家回來的時候也帶了幾個人手回來，把別墅裡裡外外重新整理了一遍，整棟別墅跟程雋他們離開之前幾乎沒什麼不同。

「少爺、秦小姐。」程管家已經安排好了飯菜。

讓一行人坐到飯桌上，他才推了一下鼻梁上的老花鏡，從上衣口袋裡翻出小本子。

翻了幾頁，他用手抵著老花鏡，看向秦苒：「秦小姐，妳在美洲有跟著家教老師好好上課嗎？」

秦苒拿著筷子，低頭含糊地說：「有。」

程管家看了秦苒一眼，覺得她這回答似乎不太對勁。

等秦苒吃完飯，他想了想，又拿出手機，傳訊息給那幾個家教老師詢問一下，之後還禮貌性地加了個微笑表情。

幾個家教老師幾乎統一傳了一個符號給他：『……』

這就算了，每個人還都退了錢，這是什麼意思！程管家大驚失色，難道秦小姐已經無藥可救到這種地步了？

大廳裡，電話響了一聲。

「程管家，是老爺的電話。」傭人拿著電話，恭敬地朝程管家開口。

程管家憂心忡忡地去接了電話。

「老爺。」他把電話放在耳邊，恭敬地開口。

秦苒的存在，京城那個圈子裡知道的人不少，程老爺也有耳聞。他會打電話給程管家，主要也是詢問這件事。

程管家看了一眼樓上，壓低聲音，語氣憂心：「秦小姐是回來參加高考的，但幫她補習的老師都把錢退回來了。」

是覺得無法拯救秦小姐了嗎？

京城，程老爺坐在沙發上，跟程管家通完電話，若有所思。

對面的沙發上，歐陽薇十分拘謹地坐著：「程爺爺，是程管家？」

論輩分，歐陽薇比程雋還小。

「是他。」程老爺笑了笑。

他今天找歐陽薇來，主要是想詢問一二九的事情。

歐陽薇去年成為了一二九的普通會員，這件事在圈子裡激起了不小的浪花。

「聽說雋爺去美洲玩了，終於回來了？」歐陽薇抿唇笑了笑，又看了一眼程老爺，「您是擔心他身邊那個女孩？」

程老爺這才抬眸，不動聲色地說，「她今年要高考，我特意派了程管家去處理事宜。」

「高考？」歐陽薇一愣，抿抿唇，訝異地開口：「去年，程木不是說過……那位秦小姐不用高考，程家跟陸家都有安排？」

「程家安排？誰幫她安排？」門外有一個中年男人走進來，聽到歐陽薇的這句話，冷笑，「他說的大話讓他自己去做，程家可不丟這個臉！」

「程饒瀚！」程老爺放下手中的茶杯，臉上的神色未變，精神抖擻地打斷了他，眸色鋒銳。

歐陽薇一愣，拘謹地站起來：「程爺爺、程叔叔，我……」

這件事，沒有人跟程老爺提過。

他一雙蒼涼的眼睛一望無邊，笑得和緩，擺手：「無妨，那小子一向有自己的主張。」

聽著程老爺的話，歐陽薇垂在兩邊的手微微一緊，只是笑了笑，「您說的事我幫您留心一下，我就不打擾您了。」

程老爺親自送她到門外。歐陽薇走了，程老爺才慢慢往回走。

「爸，你對三弟未免太縱容了，幫他身邊的那個女人安排？這件事傳出去，程家的臉要往哪裡擺？」程饒瀚看向程老爺，很是不平，「您也不管管？」

「夠了，這點事算什麼。」程老爺子淡淡開口。

他轉身往樓上走，口中雖然說得清淡，眉頭卻微微擰著。

程家大門外，歐陽家的車在外面等著。歐陽薇站在車旁，沒有上車，只是拿起手機，翻開微信看了一下。她下午傳給程木的訊息，對方到現在還沒有回。

是因為沒時間？歐陽薇沒來由地有些煩躁。

以前她問程木，程木基本上都是秒回，從他去美洲之後……好像全變了。

他們在美洲到底發生了什麼？

歐陽家的司機走到副駕駛座打開車門，等了半天，歐陽薇都沒有上車，不由得低聲叫了一句，「小姐？」

歐陽薇回過神來，抿了抿唇，表情幾乎沒什麼變化，「走吧。」

她彎腰上車。

*

六月三號，星期一，衡川一中全校統一發放高三高考的准考證。

林家——

秦語搭早上的飛機回雲城，剛從機場回來，張嫂一臉恭敬地去接下她手中的包包，「小姐，您回來了。」

秦語微微頷首，笑了笑。

她現在跟著戴老師學小提琴，已經初有成就，她有天賦，但不算太強。她從美洲回來後，比以前更努力學小提琴，幾乎每天都沒有什麼休息的時間，在京城小提琴協會的新人中特別出色。戴老師對她也十分看重，等著她今年在小提琴協會的成員選拔賽上，幫他爭奪一個頭籌。

林老爺知道秦語今天會回來，一大早就特意從老宅趕過來。

「語兒，妳上午是要回學校辦理手續吧？」林老爺聲音溫和。

既然秦苒那裡已經毫無轉圜的餘地了，林老爺就硬槓到底，不過秦語也沒有讓他失望。

「是的，我跟媽媽一起去。」秦語接過張嫂遞來的茶，微微笑了一下，又側頭看了一眼寧晴，「對了，媽，姊姊有消息了嗎？快要高考了，她總該回來了吧？」

寧晴搖了搖頭，眉毛也微微擰起。

意思就是還沒回來？

秦語抿了一口茶，微微搖頭，似乎十分感嘆：「那姊姊打算再留級一年？可惜了，原本以為我們能在京城相聚。」

「不說了。」寧晴擰眉，放下茶杯。

寧晴讓秦語休息一會兒，下午再去學校拿准考證辦理手續。

「下午辦完手續，我帶妳去看妳小姨，你們也幾個月沒見了。」寧晴吃完飯就坐在沙發上，拿著鏡子重新塗口紅。

秦語點點頭，不是很有興趣，「好。」

與此同時，衡川一中，九班——

明天高三統一放假，今天是最後一天在這個教室上課，喬聲跟在徐搖光身後，心情不太好。

「奇怪，我們班的走廊上怎麼這麼多人？」喬聲懶洋洋地抬頭，就看到走廊上的人影，「難道都是來找你要聯繫方式、填同學紀念冊的？」

喬聲看了徐搖光一眼，挑眉。

接近畢業，最近來找徐搖光的人真的很多。

徐搖光看著那群人影，腦海中掠過一道又冷又酷的人影，腳步一頓。他低著眉眼，嗓音清冷，遲疑了一下：「應該不是找我的。」

喬聲猛然一停，忽然想起一個人。整個人瞬間容光煥發，他抬起頭，撥開圍在後面的一群人，直接看向靠窗戶的地方。

這半年多來，因為九班的學習氛圍不錯，成績提升得很快，高洋一直沒有換位置。而且換了位置，學生可能還需要時間適應，高洋就聽學生們的提議，整個高三都沒有換過座位。

最裡面那組第四排靠窗的位置是老大的寶座，以往空著的位子上，終於多了一道人影。

她沒穿制服，只穿了件白T恤，臉微微側著，左手還拿著筆，正在幫人寫些畢業寄語，垂著的眉眼是眾人熟悉的，帶著一些玩世不恭的模樣。

「我靠，苒姊，妳終於瀟灑完，回來了！」喬聲找回了自己的聲音，走到她身邊。

秦苒前面的同學一如既往地讓了個位置給他。

「嗯。」秦苒現在左手寫字也不慢了，她依舊漫不經心地寫著。

幾乎所有人的目光都聚集在她身上，徐搖光也從後門進來，坐到椅子上，很習慣性地拿出物理參考書。翻開書的時候，他不由自主地朝秦苒那邊看了一眼。

接近第一節課，喬聲終於從秦苒那邊回來了，只是興奮還未消退。

他用筆戳著徐搖光的後背：「徐少，你說苒姊的物理到底怎麼樣？眼看還有幾天就要高考了，學校裡有老師開始打賭了。」

聽到喬聲的話，徐搖光垂著的眉睫顫了一下，「不清楚。」

一句話剛說完，放在桌子上的手機響了一聲。徐搖光就放下筆，拿起手機看了一下。

喬聲看到他的動作就知道這條訊息是秦語傳來的，不由得翻白眼：「她也回雲城了？」

「嗯。」徐搖光不輕不重地應了一聲，手上卻不慢地回了秦語一句話。

下午的最後一節課是班會課。高洋跟九班的人講了一堆人生大道理，然後發了准考證，在黑板上寫下「金榜題名」四個大字之後就宣布放學。

高三的最後一節課到此結束，全班起立，聲音前所未有的整齊、前所未有的大：「老師再見！」

秦苒的書桌上沒有東西，只有張准考證。她收好，就等著林思然。

手邊的手機收到寧薇傳來的訊息，讓她晚上去吃飯，秦苒就動手回了個「好」。

喬聲一如以往地拿著籃球，站在後門等她們。

「苒姊，妳是想考去京城吧？」喬聲偏頭看著秦苒問。

秦苒把手中的鴨舌帽扣到頭上，一邊傳訊息給程雋說晚上要去寧薇那裡，一邊應了喬聲一聲。

「我也要去京城。」林思然笑了笑。

徐搖光落在幾人身後一步，朝前面看了看。

這一行人都是高三的風雲人物，站在一起就吸引了大多數學生的目光。

「秦苒真的回來了！」有學生興奮地開口。

另一人也壓低聲音，「所以你們猜今年高考的狀元是誰？秦苒、徐搖光還是潘明月？還是雲城一中？」

秦苒一回學校，所有人都在議論她的事，似乎都忘了孟心然，而孟心然也因為孟家的事心情浮躁，成績下滑了很多。

孟心然聽著耳邊的話，看向秦苒等人的方向，拿著背包的手不由得收緊。眉宇間一片晦色，整個人陰沉得可怕。

*

寧薇家——

半年多過去，寧薇的腿早就好了，行動間也毫無晦澀之感。

爐子上燉著湯，她不時看向大門，沐楠也坐在外面的椅子上，手裡捧著一本書。

敲門聲響起，沐楠也不等寧薇動作，直接抬手開門，一向清冷的臉上帶了些緩和。

門外是秦語跟寧晴。

沐楠看清是這兩人，語氣變淡並側身讓開，「大姨。」然後朝廚房喊：「媽，大姨來了。」

這一道聲音很大，房間內的沐盈聽到聲音立刻出來，神色激動，「二表姊跟大姨來了？」

她連忙去幫兩人倒水，神色十分激動。

樓下，程木停好車後秦苒拉開後車門，語氣散漫：「你先回去，等等再來接我。」

程木點頭，讓秦苒提早打電話給他。

秦苒爬到六樓，敲門。

開門的依舊是沐楠，他低下眉眼，眉骨依舊很冷，但聲音忽然緩和：「媽，表姊來了。」

秦苒走進去。狹窄的大廳裡，坐在桌旁的寧晴三人看到秦苒，彷彿見到鬼一般。

「苒苒？妳什麼時候回來的？」寧晴「啪」地一聲放下杯子，不敢置信地看向秦苒，「妳為什麼忽然休學？」

秦苒也沒想到會在這裡看到兩人，拉開凳子坐下，翹著二郎腿，一如既往地隨意：「剛回來。」

沐楠幫她倒了一杯茶。依舊是她以前用的杯子，上面還印著草莓。

秦語看到她，表情也變化了好一瞬才回過神來。她看向秦苒，語氣關心，似乎以往的隔閡全都不存在：「姊姊，妳這幾個月去哪裡了？」

「沒去哪裡，」秦苒抿了一口茶，漫不經心地說，「就是到處走走。」

「喔。」秦語笑了笑，對她的到處走走並不關心。

沐盈抿著唇，她現在也不敢看秦苒，只看著秦語笑：「表姊，妳現在有多少粉絲了？」

秦語看了眼茶杯，沒喝水，似乎漫不經心地說：「九百萬吧。」

寧薇從廚房裡端出一碗菜，「什麼九百萬？」

「就二表姊的微博啊。媽，你們不知道，她去年在京城皇家演藝廳的一個表演賽，被傳到了網路上，意外走紅。」沐盈的語氣裡透漏著羨慕：「她現在在網路上可紅了。」

秦語把玩著杯子，抬頭看了秦苒一眼，笑了笑，似乎並不在意她微博的粉絲數。

沐楠幫寧薇擺好菜。

飯桌上，寧薇禮貌地詢問了一下秦語現在的情況。

「語兒跟她老師去了美洲。」寧晴提到這一點，語氣有些掩飾不住的驕傲，「她現在在京城小提琴協會，是新生學員第一名。」

沐盈抬頭，驚訝地問，「美洲？」

美洲算是一個統稱，是國際貿易中心，聚集著大多數勢力。沐盈只在地理課上聽老師介紹過，但不建議一般人去，要去只能找那種勢力下的旅遊團。

秦語笑了笑，並不在意，拿起筷子，「嗯，我准備考進美洲的小提琴組織。」

這件事她沒有多說，說了他們也不一定懂。

「姊姊，」秦語只是看向秦苒，「妳去年在這裡說過妳要考京大，妳還記得嗎？」

當然，秦語沒有任何嘲笑秦苒的意思，見識過美洲，見識過更大世面的秦語，現在根本就沒把一連兩年留級的秦苒當成自己的對手。

去年陳淑蘭的葬禮之後，沐盈跟秦語說過魏大師。秦語那時心裡極度不安，因為她知道秦苒小時候學過小提琴，她當時就有些懷疑魏大師是不是要收秦苒為徒。但一直到秦語回到京城，她沒在協會那邊看過秦苒，也沒有聽人提過秦苒。

至於魏大師……在陳淑蘭的葬禮之後，他也回到了京城小提琴協會，出席過不少大型場合，秦語跟其他學員還去聽過魏大師的課。

她細心注意過，沒聽過魏大師身邊的人提起秦苒。秦語甚至在協會裡找人問過秦苒的事，但得到的答案統一都是沒有聽過秦苒的名字，直到那時候她的心才放下來。

看來魏大師不是要收秦苒為徒。

不過這件事也不奇怪，秦苒要是真的早就認識魏大師，為什麼一直不說？

想到這裡，她慢慢吃了一口青菜，挑眉看著秦苒，心情忽然變得很好。

她不知道秦苒這半年多一直在美洲，也不知道秦苒在幹什麼，一直覺得秦苒是跟以前一樣不喜歡讀書才又休學，畢竟秦苒有前科。

秦語跟秦苒之前關係一直很緊張。她嫉恨秦苒所擁有的一切，幾乎什麼都不用做，身邊的人都會不由自主地關注秦苒，只是現在——

秦語覺得自己已經擺脫了雲城這個小地方，也擺脫了自己的原生家庭，達到秦苒這輩子都不能達到的地步了。以前跟秦苒之間的摩擦，她也就不跟秦苒多計較。

另一邊，聽著秦語的話，秦苒沉默了一下，抬頭看了秦語一眼。

寧薇咳了一聲，「苒苒，妳喝湯，我燉一下午了。」

她拿起秦苒身邊的碗，幫秦苒盛了一碗湯。秦苒就接過寧薇幫自己盛的湯，拿起一旁的湯匙不緊不慢地喝著，語氣隨意地回秦語，「嗯，考。」

「噗！」看秦苒那理所當然的樣子，秦語有些居高臨下地，忍不住笑出聲來，「好，姊，那妳加油，好好考，我在京城等妳。」

寧晴坐在秦語身邊，若是一年前，她肯定會開口訓斥秦苒，不過她今天眉頭雖然皺著，卻沒有開口說什麼。

沐楠低頭吃飯，表情一如既往的冷漠。

「沐盈，妳是不是也想考京城？」秦語不覺得秦苒有什麼威脅，開心地吃了兩口就放下筷子，看向沐盈。

沐盈有些不好意思地低頭，聲音很低，不由得抿唇：「是……」

京城大多數的學校分數都偏高，以沐楠的成績是絕對能考上。而沐盈以前的成績雖然沒有沐楠好，但能考上衡川一中也不差。不過最近半年來，她的成績下滑得一次比一次嚴重，以前還能考到前十名，現在只能在三十名左右，在中下游之間徘徊。

「嗯，」秦語點點頭，「我家還有一些筆記，妳需要的話，待會兒跟我回林家拿一下。」

聽到秦語的話，沐盈抬頭，受寵若驚地開口：「謝謝二表姊！」

秦苒本來還有一些話要跟寧薇說，只是秦語跟寧晴在這裡，她也就沒了心情，直接傳一條訊息給程木，要他過來。

秦語也不太想在寧薇家裡多待，吃完飯就要回林家。

沐盈看到她離開，立刻就放下手邊的事，一邊跟在秦語後面一邊朝後面喊，「媽，我跟二表姊去拿筆記本。」

寧晴落後兩人一步，等了秦苒一會兒。

「秦苒，妳為什麼又休學？」寧晴抿了抿唇，不知道要用什麼語氣，「還有，語兒說魏大師根本就沒有收徒，妳這幾個月到底去哪裡了？」

秦苒看了眼手機，程木回覆她程雋會來接她。她就把手機收回去，沒有再看訊息，也沒有回寧晴的話，眉眼間冷漠十足。

寧晴看著她這樣子，就知道她又開始倔強了。

她其實還想問封樓誠跟魏大師的事情，見到秦苒這樣，也無法開口：「妳妹妹就算學小提琴，進度也都沒有落下，要憑自己的成績考到京大都沒有問題。我知道妳一直很恨我，但妳也不想想，這是我一個人的問題嗎？妳要是跟妳妹妹一樣聽話，成績一樣好……算了，我走了。」

她說完，直接轉身踩著高跟鞋離開。

秦苒落後寧晴好幾步，又走得很慢，她下來的時候，寧晴已經坐上副駕駛座，關上了門。

最近的天氣似乎不太好，晚上下起了小雨，秦苒就站在門口。

林家的車子沒馬上開走，後面的車窗降下來，露出秦語那張乖巧的臉：「姊姊，妳要去哪裡？我讓司機送妳吧？下雨了，路也不好走。」

秦苒把玩著手機，聞言，抬了抬眸，語氣又酷又冷，「不用。」

秦語笑了笑，還想說不麻煩的，此時一輛黑車慢慢停在路邊，從駕駛座上走下一道清俊挺拔的身影。

有風有雨，那道身影卻依舊沉穩。映著不是特別明顯的路燈，撐著一把黑綢傘慢慢走過來，像是行走在江南水墨畫裡。

「要不要上去看看妳小姨？」程雋站在樓梯下等秦苒下來，無視車內看向他的目光，壓低聲音問。

秦苒把手機塞回口袋裡，搖頭，聲音有點低：「不用，她晚上還要加班。」

程雋想了想，就沒有再上去。畢竟回來的時候，他讓程木送了一堆東西給了寧薇。

兩人一起朝車子走去。

林家的車還沒開走，一行人把這一幕看在眼裡。

程雋這個人秦語見過，但後來她去了京城，後面發生的事情她一概不知。

跟在戴老師身邊，秦語也見過不少人，尤其是在京城參加過的幾個大型晚宴，還有美洲的那一次，但她從來沒有見過比秦苒身邊的人氣勢還強的。

「媽，妳認識他嗎？」秦語看向車窗外的方向問。

寧晴搖頭，不由自主地縮了縮脖子：「他是個醫生，姓程，其他的我就不知道了。」

沐盈也看著窗外，眸底複雜。看到那兩人也上了車，她忍不住側頭又看了一眼。

沐盈去年在京城也見過不少富家子弟，但沒有一個人氣質跟容貌能跟程雋相比的。

看到那輛黑色的車開走，沐盈才十分複雜地收回了目光。

另一邊的秦語點點頭，注意到程雋開的車是黑色的大眾，上面掛著京城的車牌。

她不由得微微瞇眼。程？她在京城待了半年多，確實沒有聽過姓程的……而且，還是開一輛大眾。

秦語收回了目光。

這幾個人的車很快就開到了林家。

沐盈去京城待過沈家，而林家跟沈家比起來還是有一點點差距，所以即便是第一次來林家，沐盈也沒有露出沒見過世面的表情，只是默默跟在秦語身後。

「這麼早就回來了？」林麒跟林老爺坐在沙發上討論事情。

現在林家人看到秦語不會當作沒看到，尤其是林老爺。

秦語換了雙拖鞋，「我們在小姨家吃完飯就回來了。」頓了頓，她又開口，「對了，爸、爺爺，你們知道我在小姨家看到誰了嗎？」

「誰？」林老爺笑。

「我姊姊，她回來參加高考了。」秦語的聲音很激動。

林老爺略微一愣，不過也沒多問：「她回來了啊。」

七個多月都沒來學校，本來成績也不好，對秦苒參不參加高考，林老爺不感興趣。

看到林老爺跟林麒的表情，秦語抿唇笑了笑，沒多說。

「走吧，去我書房拿資料給妳。」她側身對沐盈緩緩開口。

秦語去樓上書房拿了一堆筆記本下來，遞給沐盈。

沐盈立刻拿好，十分激動地開口：「謝謝二表姊！」

「不用謝。」

樓上，孟心然正在跟她家人講電話，說到高考的時候一邊走下樓，正好看到沐盈。

孟心然沒見過寧晴這邊的親戚，自然不認識沐盈，沐盈又是高一的，在學校也沒有任何名氣可言。

但孟心然在學校的知名度很高，尤其一開始轉學過來的時候，她是京城轉來的學生又是OST戰隊的候補，在學校的名聲如雷貫耳，不過後來因為跟九班的事情傳開來，她在學校的人氣就下降了。

但這不影響沐盈認識孟心然。

她抱著秦語的一堆複習資料，然後對孟心然恭恭敬敬地彎了彎腰：「孟學姊。」

孟心然手上還拿著手機，聽到沐盈的聲音只淡淡地「嗯」了一聲，一如既往的高傲，沒說話。

沐盈知道她本家是京城人士，不敢多說什麼就轉身離開了。

然而，因為她彎腰低頭的動作，從一堆複習資料中掉出了一張老照片。

第八章　怒火

這時沐盈已經走下樓了，孟心然看到也懶得叫她，但眼角的餘光看到那張老照片上的人影，腳步一頓。

「媽，我先掛了。」她跟電話那頭的人說了一聲就掛斷電話，然後蹲下來，俯身撿起腳邊的照片。

照片上有四個人。她認出了左邊第二個人是秦苒，中間還有個老奶奶，左邊第一個人則是剛剛那個女生，右邊第一個人是看起來有點冷的男生。

孟心然拿著這張照片，不由得眯了眯眼。

在學校這麼久，她自然聽過關於秦苒突然休學的一些事情，其中不少有傳言是因為秦苒外婆去世，她忍受不了這個打擊才休學。這些消息不是特別可信，但孟心然知道秦苒確實是外婆帶大的，而秦苒……也確實是在她外婆去世後才休學的。

不管從哪個方面來說，秦苒都很在乎她外婆。

孟心然看著這張照片，若有所思。

「表小姐，您還不休息嗎？」樓下，張嫂端著一杯牛奶上來，疑惑地看了孟心然一眼。

孟心然立刻把那張照片塞進口袋裡，沉吟了一下，然後點頭，不動聲色地說：「嗯，這就去

休息。」

與此同時，秦語的房間裡，她正在跟戴然通電話。

戴然的聲音微低，『再過兩個月就是協會考核了，妳要在這些學員中拿到第一名肯定沒問題，到時候我會讓魏大師推薦妳到美洲小提琴組織。』

戴然肯定沒有資歷能為美洲組織推薦人選，數遍整個小提琴協會，也只有魏大師有這個本事能跟美洲的人聯繫。

今年小提琴協會的新成員很多，秦語在這裡面確實不算天賦最出眾的，但她卻是最努力，也最有名氣的，微博上，她的粉絲也逼近一千萬。

提起這個，秦語的眸底浮現一絲絲少見的傲然。

美洲跟京城都是她奮鬥的最終目標。

她剛洗完澡，此時正穿著浴袍站在落地窗前，拉開窗戶，眸底氤氳著自信：「謝謝老師。」

她跟戴然說了幾句小提琴協會跟美洲的事，忽然想起晚上在寧薇那裡遇到的程雋。

「老師，我還有一個問題想要問您。」她微微瞇眼。

戴然也沒掛斷電話，對秦語這個徒弟，他一向很有耐心，『妳說。』

「京城有姓程的家族嗎？」秦語抿了抿唇。

『程？』聽到秦語提起，戴然的聲音一緊。程，他只能想起那條巷子的四合院。

秦語看向窗外的樹，聲音有些無所謂，很淡：「沒事，只是問問，我姊姊似乎跟一個姓程的男人走得很近，還是京城人。」

『這樣啊。』戴然以為秦語惹到了程家的人，聽到這一句，高高懸起來的心終於落下。秦語的姊姊他聽說過，跟程家那種家族根本就扯不上關係，他的語氣就此緩和下來：『程家是有大家族，不過連我都沒見過，應該跟妳姊姊沒關係。』

聽戴然這麼說，秦語笑：「我知道了，那老師您早點休息。」

戴然都沒見過，那應該跟秦苒身邊的男人沒關係……畢竟，對方是個醫生。

秦語放下手機，就去浴室拿吹風機吹頭髮。

吹完頭髮出來，手機響了幾聲，是徐搖光。

這次回雲城，秦語對徐搖光沒有以往那麼殷勤了。她看了眼徐搖光傳來的訊息，是她之前問徐搖光在哪個學校考試的事，徐搖光回她：『九中。』

九中？

秦語是在衡川一中考，也因此沒再說什麼。

*

市中心別墅——

程管家戴著眼鏡，正在看秦苒的准考證等資料。

「少爺，秦小姐在雲城一中考試，後天我們先帶秦小姐去看看考場，熟悉一下考場。」程管

家翻了一下手中的本子，嚴肅地開口。

程雋看了秦苒一眼。

秦苒坐在對面玩手機，聞言，抬了抬眸：「不用，我跟我同學約好了要一起去看考場。」

她跟喬聲、林思然三人都在同一間學校，雲城一中，衡川的百年死對頭。

程管家收起了小本子，點點頭，「那明天讓程木先送您去雲城一中。」

他想了想，又叫廚師出來，讓他認真準備高考生接下來幾天的食物。

廚師點點頭，然後認真記下。聽到程管家這麼細緻的囑咐，他不由得看了秦苒一眼，心裡默默想著：就秦小姐的成績，難道這麼精心準備好食物，就能考到京大嗎？

不過主人家的事情，他不敢多加議論，只敢在心裡偷偷吐槽一句。

秦苒的手機在這個時候響了一聲，是陸照影的電話，約她打遊戲。

她想了想，就跟程雋說了一句，上樓打遊戲。

「陸少怎麼在這種時候還約秦小姐打遊戲？這不是害了秦小姐嗎？」程管家面色嚴肅地看向程木，語氣十分擔憂。

程木：「……」

他十分高深莫測地看了程管家一眼，然後轉身去花房。

「小施，」程管家拿著小本子，「程木最近是怎麼了？」

施曆銘立刻站起來，搖頭，聲音十分恭敬：「程木先生總是很神祕。」

程管家：「……??」

*

六月五號，秦苒跟喬聲、林思然約好要去看考場。

雲城一中跟衡川一中差不多大，有三棟教學大樓。林思然跟秦苒在同一棟，喬聲則在最後一棟。

雲城的所有高中從昨天就開始放假，今天已經布置好了考場，五號跟六號都可以來看考場，以免考生不熟悉路線，會耽誤時間。

現在正是中午，來看考場的人沒有特別多，雲城一中裡的路寬，能看到一群人一起走著。

「苒姊，我們去吃火鍋吧？」喬聲看著頭頂的陽光建議。

秦苒把鴨舌帽扣在頭上，往下壓了壓，態度散漫得很，「隨便你們。」

不遠處，一輛貨車衝過來！

秦苒一開始沒有注意，直到那輛貨車朝人群行駛過來時也沒有減速，她面色一變——不對勁！

她直接把喬聲跟林思然推開。

「啊——」

他們身後一群學生的尖叫聲傳來，場面頓時混亂起來。

秦苒沒有動，她伸手推開林思然跟喬聲之後也沒有立刻離開。這輛車不知道是預謀還是失控，秦苒抿了抿唇，只能想辦法控制。

然而，目光在落到車輪底下的一張照片時，她眸中忽然一片血色。

事情發生得很快！原本這輛失控的貨車會衝入一群學生之中，造成大量傷亡，但是當所有人回過神的時候，車子已經停下來了，秦苒不知道什麼從輪胎底下鑽出來，在混亂的場景中，沒人看清她的動作。

只知道她手裡拿著一張照片，左手跟身上都有血。

林思然被秦苒推開後，愣了好幾秒才反應過來。

「苒苒！」她衝到秦苒身邊去看秦苒身上的傷。

秦苒身上有很多血，尤其是左手。

林思然渾身都顫抖著，不敢去碰：「苒苒，妳傷到哪裡了？妳……」

喬聲也臉色有些蒼白地跑過來，一邊拿出手機打電話一邊把林思然拉開，「妳別碰！」

此時，其他學生也從驚叫聲中反應過來，有人報警，有人去看貨車司機。

林思然現在才反應過來，她嚇得忘了哭，只盯著秦苒的左手，「喬……喬聲……」

林思然已經連話都說不清楚了，「你說苒苒的左手、左手要是有事，怎麼辦？」

秦苒是衡川一中的一匹黑馬，所有師生都非常看好她，甚至有不少人猜她是這次的市狀元，如果因為這件事，左手受傷了……

林思然簡直不敢繼續想接下來該怎麼辦。

這兩天要高考，大多數的學校都增加了保全人員，確保考試的考生安全。有貨車失控衝進學校時，學生跟家長的尖叫聲傳了出來，保全也接到了電話，匆匆往這邊趕。

現場的人都意識到是秦苒救了他們，一群人都朝這邊湧過來。

喬聲平常不太正經，但在這種情況下反而比林思然快冷靜下來，他把秦苒擋在身後，聲音很沉：「大家不要往這邊擠，留出一個空間。」

混亂的現場稍微有了一點秩序，但不遠處還有其他人過來圍觀。

一個平頭的中年男人從地上爬起來，又拉起身邊的女兒，語氣焦急：「妳沒事吧？」

「沒事，爸，快去看看秦苒！」這女生也是衡川一中的高三學生，自然認識喬聲、秦苒這種風雲人物。

中年男人是個醫生，聽他女兒這麼說就點點頭，轉身朝秦苒那邊走，「大家讓讓，我是醫生，讓我看看這位同學的傷！」

秦苒身上還有血，聽到現場有醫生，人群一下讓開一條通道，讓那中年男人過去。

林思然跟喬聲也往外讓了讓，目光都看向那中年男人。

秦苒今天沒有穿白色T恤，是一件紅黑格子襯衫，使衣服上的血跡不是特別明顯，但順著衣袖能看到她的左手手臂有些異樣。

中年男人是骨科醫生，一眼就看出她的情況不對。

「妳的右手感覺怎麼樣？」

「啊，」秦苒回過神來，低頭看了看右手。

她的右手還拿著一張老照片，有點灰塵跟血跡。

她抬起下巴，冷靜地開口：「沒事。」

「那就好。」中年男人點點頭，略微鬆了一口氣，然後看向喬聲跟林思然：「你們不要碰病

人的左手，不排除身上還有其他擦傷。」

喬聲跟林思然都沒有回答，中年男人的聲音在他們耳邊不斷迴響，猶如晴天響雷。

校內保全也很快就控制住了貨車司機，保護好現場。

「我們出去。」周圍的聲音實在太大，秦苒的眉頭擰起，把照片塞回口袋裡。她的聲音沉穩，彷彿受傷的不是她一樣。

他們走後，中年男人的女兒才趕過來：「爸，秦苒她沒事吧？」

「還好，傷的是左手。」中年男人也聽他女兒在家提過秦苒這個名字，尤其是最近這一段時間更常提起。據說是一個極其變態的學生，有一次考試，幾乎每一門學科都考第一。

說這句話的時候，中年男人鬆了一口氣。還好沒傷到右手，不然多可惜。

「左手？」他女兒愣住。

中年男人遲疑了一下，低頭詢問他女兒：「怎麼了？」

他女兒看著秦苒等人離開的方向，眉眼恍惚，聲音喃喃：「她是左撇子啊……」

秦苒等人離大門有五六分鐘的距離。

門外，程木正坐在駕駛座上等著秦苒跟喬聲他們。校園裡的騷動往外傳，不少人口中都說著「貨車」等字眼，還有不少人去學校裡看熱鬧，不遠處又有救護車的聲音，似乎越來越近。

程木有一點不安，他拔下車鑰匙，下車順著一條大路進去找秦苒跟林思然他們，剛轉過一個彎就看到了不遠處的一行人。

看到人群中鶴立雞群的喬聲，程木的心猛地下沉。

還沒等秦苒走到他身邊，他就聞到了一股血腥味，面色變了變，「秦小姐！」

秦苒的臉上沒有什麼變化，只搖搖頭，聲音一如既往地沉著：「先去醫院。」

喬聲看到程木稍微鬆了一口氣：「你帶她去醫院，這邊交給我。」

他之前已經打電話通知了喬家人過來，這個貨車司機出現得太詭異了。

救護車的聲音越來越近，程木沒有讓秦苒等救護車，他一邊拿出車鑰匙一邊打電話給程雋。

接到電話的時候，程雋在一間包廂裡，身邊坐著江回，兩邊坐著的都是雲城的大人物。

一行人正說著話，程雋放在手邊的電話就響了，電話上顯示的是程木。

程木現在基本上只跟著秦苒，程雋已經不使喚他了，所以程木會打電話給他，一般都是涉及到秦苒的事情。程雋坐直身子，伸手拿起手機，也來不及去外面就直接接起。

那邊說了一句話，他原本舒雋的臉瞬間沉了下來。

包廂內的燈光並不明顯，此時卻襯得他滿臉寒霜，溫度似乎又往下降了幾度。

江回本來正低聲跟身邊的人說著什麼，感覺到周圍的氣氛有些不對，他愣了一下，直接抬頭看向程雋。

「抱歉，有點事。」電話還沒有掛掉，程雋直接看向江回，眸色漆黑，面色如霜。

他禮貌地頷首，也沒等江回等人回他就拿著手機出門，語氣、動作都是少見的慌張。

「怎麼回事？」

包廂內，江回等人相互看了一眼。

「程少這是……」有人看向江回。

江回看著消失在視線裡冷沉的背影，眯了眯眼，搖頭。

他們雖然同輩，但因為年紀關係，他對程雋不是特別了解，只是時常聽人提過程家的那位太子爺。

程雋這個人在京城名聲在外，圈子裡的人都要恭恭敬敬地叫他一聲雋爺，真正能見他的人並不多。圈子裡對他的評價就是一個「懶」字，京城的大多數人都傳他不幹正事，但只有少數人知道，程雋這個人藏得極深，面對那些老傢伙都能泰然自若，倒是很少見到他情緒有如此大的變化……

江回端起茶杯，垂眸微微疑惑。

也不是沒有過……

江回手指敲著杯沿，腦海裡突然掠過一道人影。

＊

雲城一院——

程木直接開車來這裡，在路上程雋就打了一通電話給醫院，當程木帶秦苒到達醫院，外科醫生已經在這邊等了。

二十八樓是程雋花錢重新裝潢的一個醫院流水線，裡面各種醫療器材都有。此刻，主任也沒有帶秦苒去跟其他病人一起擠，直接去了二十八樓，一邊走一邊開口：「先去做個全身檢查，程少馬上就到。」

因為知道秦苒這個病人的嚴重性，他的額頭跟後背上都沁出了一層冷汗。

幾個護士跟主任直接進去，程木跟林思然則在門外等。

外面有一排藍色的椅子，兩人都沒坐。林思然靠在牆上，一路走來都有空調，但她的額頭上都是汗水，額邊散落的頭髮黏在臉頰旁。

「苒苒的左手沒事吧？」從貨車出事到現在，她整個人還很茫然。

程木搖搖頭，表示不清楚。

五分鐘後，監察室旁的門被打開，主任從裡面出來，明顯鎮定許多。

「左手骨裂，有一處劃傷，小腿也有劃傷，但沒有其他危及生命的危險。」說話的時候，主任也鬆了一口氣。

程木提在喉頭的心因為醫生的話，也一落千丈。

骨裂……少說也要四周才能痊癒，但是後天就是高考……

程雋還在趕過來的路上。程木手中捏著手機，程雋在等他的電話，但這個時候，他竟然不知道該怎麼說。

電梯停在二十八樓，門打開，一道修長冷肅的身影從裡面走出來。

程雋在醫院做過不少次手術，幾個外科醫生都認識他，因為醫院裡也有他做手術的影像，幫秦苒做檢查的主任自然也是。

程雋做事一向沉穩，就算是手術中遇到突發事件，他也不急不緩的，眉頭都不動一下。

這是主任第一次看到他這種表情，精緻的眉眼斂著，乖張又狠戾。

「雋爺，秦小姐還在裡面檢查，醫生說她骨裂……」程木開口。

程雋看著半開的門，沒有立刻進去，伸手扯開領子上的一顆釦子。

手機響了一聲，是錢隊的電話。

他扯了扯嘴角，笑容裡似乎都浸染著血，聲音輕緩：「動手的人呢？沒帶過來？」

一中——

秦苒他們走後，喬家人很快就來了。

「把這個司機給我帶回去。」喬聲看了眼被人從車上拉下來的司機，面色冷沉。

喬家以房地產起家，在雲城也是有頭有臉的人物，他要把人帶走，其他人也不敢說什麼。

錢隊來的時候，喬聲已經先一步把司機送到醫院那邊了。

現場被封鎖起來，拉起封鎖線，有人在尋找沿途的監視器，另一部分的人在調查事故原因，收集疑點。

「錢隊，那小子把嫌疑人帶走了。」

看到錢隊走來，負責這件事情的主要人員立刻跟錢隊彙報。

因為秦苒的關係，錢隊跟喬聲也見過幾面，自然也認識。聞言，錢隊只是點點頭，沒說什麼，而是走到喬聲身邊，詢問他事情的經過。

「苒姊的左手受傷了。」喬聲看了眼手機，林思然剛傳訊息跟他說了結果，他緊抿的嘴角都是冷霜。

「左手？」錢隊擰起眉頭：「我知道了。」

錢隊可以信任，喬聲把現場交給錢隊，就趕去醫院看秦苒。

喬家的司機等喬聲上車，就朝醫院的方向開去。車子轉向的時候，喬聲感覺到有些地方不對。

他朝窗外看過去，喬聲知道錢隊、封樓誠他們對秦苒異常關心，按理說，知道有人傷到了秦苒的左手，耽誤到她兩天後的高考，錢隊應該極其憤怒惋惜才對。但剛剛錢隊憤怒是憤怒，但是……惋惜之類的情緒……

喬聲皺了皺眉。他好像沒有看到。

市中心別墅——

高中全體放假，陸照影這幾天也不用去校醫室值班，上午一早就去了別墅，想找秦苒跟程雋。

沒想到，到了別墅卻是一場空。

他坐在沙發上摸著耳釘，目光看著坐在不遠處的施曆銘，另一隻手撐著下巴，漫不經心地問：

「小施，你是雋爺的手下，現在跟著秦小苒？我以前怎麼沒有見過你？」

施曆銘回國後，什麼該說、什麼不該說，程水都有跟他細細交代過。此時只是恭敬地回答：「陸少，我是跟在程水先生後面的。」

「喔。」陸照影點點頭，表示了解。

程家的金木水火土，聽說只有程木被重用，其他人都被流放了，而流放的人還能回來，著實優秀。

「能回來不容易。」陸照影看了施曆銘一眼，十分欣賞。

能跟在秦苒身後確實不容易，能這麼理所當然地叫秦苒名字的人更不多，施曆銘也對陸照影肅然起敬。

陸照影傳了一條訊息給秦苒，問她什麼時候回來。秦苒一直沒有回，他就趴在沙發上，跟程管家說他中午要吃的菜。

程管家一一記下，他轉身剛要去廚房報備，大廳茶几上的電話就響了。

陸照影就坐在茶几旁，腿懶懶地放在茶几上。他離電話很近，直接拿起電話，還偏頭跟程管家說：「肯定是秦小……」

「苒」字還沒說出口就頓住了。

幾乎是頃刻間，陸照影的面色變得極度陰沉。

他「啪」地一聲掛斷電話，將腿放下，站起來拿起桌上的車鑰匙就往外走。

陸照影作為陸家最小的兒子，一向都是不務正業的性格，說起來跟秦苒還有點像。

突然雷厲風行，程管家一愣，「陸少，發生什麼事了？」

陸照影已經走到大門旁，聽到程管家問他，他腳步頓了頓，然後偏頭，嘴角叼了一支菸，十分冷酷地笑：「有人找死。」

*

醫院——

陸照影到的時候，程雋跟程木都在走廊上，地上半趴著一個微胖的男人，正是司機。而林思然在病房裡陪秦苒。

陸照影從電梯上下來，把菸熄滅後隨手扔到垃圾桶，然後朝這邊走。

「雋爺，就是這個人？」他抬腳踢了踢腳邊的人，笑得冷沉。

身邊喬家的保鏢立刻開口：「這個人嘴巴很嚴，一句話都不肯交代。」

程雋幫秦苒處理好傷口，也剛出來沒多久。聞言，沒有說話，只是緩緩蹲下來，伸手抓著男人的衣領，迫使他抬頭。

他一雙眼眸漆黑，彷彿化不開的黑夜，「是你撞的？」

司機承認得十分乾脆，「沒錯。」

「沒有受到其他人指使？」

司機想著那個人跟自己說過的話，打死也不承認，甚至露出嘲諷的笑，一副你奈我何的樣子：「沒有，完全是我剎車失靈，有什麼罪我自己扛。」

對方說了，他沒有逃逸也沒有故意殺人，只是剎車失靈，不會重判。這件事結束後，對方還會給他兩百萬，值了。

「好。」程雋放開手，略點了點頭。

他站起來，程木剛好遞來一份才列印出來沒多久的資料。

司機趴在地上，額頭有些撞傷，程雋這麼輕拿輕放，讓他有些膽戰心驚。一抬頭，正好看到程雋手中的資料……

紙背透出幾張圖片，能看出是個女人跟一個孩子。輪廓模糊，但熟悉的人能一下就認出來。

司機面色大變，「等等，我說……」

程雋把資料收起來，又拿出一張紙巾，不緊不慢地幫自己擦手。

程木直接把司機的嘴捂住並拖走，他一張硬朗的臉上也沒有什麼表情，只是冷笑：「雋爺給過你一次機會，既然不願意說，就一輩子不要說出來了。」

至於事情的真相……至今還沒有程雋查不出來的案子。程雋這個人的手段有多狠，京城大部分的人都有領教過。

司機一聽，更加用力地掙扎，但現在的程木非同往日，就算再多十個人也別想從他手裡逃脫。

程雋低頭，不理會想要說話的司機，把手擦乾淨之後也沒有進去，只是靠在牆邊，低頭摸出一支菸，眉宇間淡淡的。

熟悉他的人都知道，他現在的心情處於極度危險的邊緣。

陸照影看了他一眼，不敢繼續打擾他，也沒問究竟是誰這麼大的膽子就去病房看秦苒，同時也示意其他人離開。

程雋站在垃圾桶旁，將菸點燃了，也沒抽幾口，就看著它慢慢燒到尾端。

口袋裡的手機響了一聲，他接起來，是程老爺。

『我聽程管家說了，』那邊的程老爺聲音沉穩，臉上的溝壑很深，『她不參加高考也無所謂，剩下的事情我來安排。』

煙霧籠罩下，程雋的眉宇間都是戾氣。

他似乎笑了笑，聲音很輕，「不用了，爸。」

他掛斷電話，往病房內走。

秦苒不知道，她受傷的事不僅驚動了雲城的人，連京城的幾位大人物都被震動了。

病房裡，陸照影、林思然、喬聲都在。程管家在陸照影來之後也迅速趕過來，還帶了個飯盒，裡面裝著大骨湯跟飯菜。他把飯盒放在桌上，從裡面一一拿出飯菜，眼角的餘光注意到秦苒打著石膏的手臂，心往下沉了沉。

「秦小姐，先喝湯。」湯的溫度剛剛好，程管家遞給秦苒。

林思然坐在秦苒的床邊，興致勃勃地跟秦苒說著那個司機的八卦。

所有人進來這麼久，全都小心翼翼的，包括陸照影，沒一個人敢提起秦苒左手的事情。

不想戳秦苒的傷心事。

秦苒伸手接過湯，完全不覺得她的手有多痛，臉上絲毫也沒有傷心之色，慢悠悠地喝湯吃飯。

林思然坐在她身邊看了半晌，最後也八卦不下去了，看向秦苒忍不住開口，「苒苒，妳想哭就哭吧！別強忍著。」

「哭？」秦苒詫異地抬起頭，「我哭？」

「妳今年不能參加高考也沒關係。」林思然捏了捏手，「我想好了，今年我也不一定能考上京大，我陪妳一起重考！」

喬聲撓了撓頭，他不敢說要陪秦苒一起重考。他爸本來就說他浪蕩，要是再重考，他爸會打斷他的狗腿。

程管家又端出一盤蜜汁排骨，低聲安慰：「秦小姐，妳不能參加高考也沒事，我已經跟老爺說了……」

大家用的語氣都很輕鬆，完全沒有任何惋惜，怕影響到秦苒的心態。

「不是……」秦苒終於找到機會，一臉疑惑地看向這群人：「我為什麼不能參加高考？」

喬聲聞言，撓了撓頭，也沒說話，就看著秦苒的左手。

秦苒是左撇子這件事……幾乎全校都知道，而她的左手現在打著石膏。

剛剛骨科主任也說過，就算用了實驗室的那些實驗藥，秦苒也會有一段時間都不能用左手。

眼下聽到秦苒的話，病房裡的人都覺得她跨不過「不能高考」的這個坎。

怕她真的傷心，所有人都順著她，林思然也連忙改口：「妳能參加高考，妳當然能！妳多厲害啊！」

但高考就在後天，除非時間倒流回去，不然她要拿什麼去考？

程管家也很上道：「秦小姐，您想什麼時候去考就什麼時候去。」

秦苒：「……」她不想理這群人。

程雋拿著一袋藥從外面進來，手機是打開的狀態，他在跟江回通電話。

雲城一中車禍的消息被封鎖了，但程雋在包廂裡談事情時中途離開，表情還非常不好看，雲城的幾個人只要打聽一下就能打聽到，秦苒出事的消息也就此走漏了。

『不是意外？』江回知道一點秦苒、錢隊和封樓誠之間的事情，在電話裡詢問程雋，怕是有人尋仇。

程雋低眸。病房裡人多，他只風輕雲淡地回了句：「不是。」

『需要人手嗎？』江回瞇了瞇眼。

程雋把藥放下，看了一眼，然後從裡面拿出兩瓶藥，單手擰開瓶蓋，「用不到你的人。」

他掛斷電話，另一邊的江回卻挑起眉，「看樣子真的惹到他了……」

誰的膽子那麼大？京城裡都沒人敢惹那位了，這個人不怕死嗎？

江回想了想，還是拿起外套站起來。旁邊的祕書問他要去哪裡，江回拿出手機，聯繫江東葉：「我去看看熱鬧。」京城最近都沒這麼熱鬧了。

程雋掛斷了電話，把四粒藥裝在一個蓋子裡，遞給秦苒。

程管家擰著眉頭看秦苒的手臂，又是擔憂又是難受，看到程雋把藥遞給秦苒，就連忙去倒水。但手還沒有碰到一旁的玻璃杯，程雋就已經倒好了水，順便也把水遞給秦苒。

程雋看著秦苒吃完飯也吃了藥才站直身體，用眼神示意陸照影出去。

兩人剛走出去，程木也正好上來。

「我他媽！」在秦苒面前，陸照影一直都忍著脾氣沒發出來。但門一關上，他手中捏著的菸都是碎的，「主謀是誰！」

他閉了閉眼。

在這之前，他不知道跟多少人吹捧過秦苒，也經常圍觀衡川一中的秦苒封神文。她休學了半年，現在才剛回來，學校論壇上又都是關於她的貼文，還有人開始猜測今年的黑馬。

秦苒赫然在列。

陸照影甚至準備好了一條大橫幅，還買下了雲城市中心最大的廣告螢幕，準備等秦苒的高考成績出來後全城慶賀，誰知道現在卻發生了這樣的事！

程木完全了解陸照影此時的心情，他也笑得很冷狠，「孟心然，京城孟家的人。」

「京城有孟家？」程雋瞇了瞇眼，看向程木。

「一個不入流的家族。」

陸照影記得這個人，孟心然以前是ＯＳＴ的候補，跟秦苒也有過矛盾，陸照影還因此讓人動過孟家。沒想到，孟家竟然還這麼不怕死。

「夠有膽。」

陸照影直接把捏斷的菸扔進垃圾桶，往樓梯走，「查到她在哪裡了沒？」

程木跟上去，「在林家。」

陸照影當初一句話就把孟家鬧得雞犬不寧，甚至差點被擠出京城，這次直接惹到了秦苒……

孟家就算是一隻貓，有九條命，也不夠這個孟心然揮霍。

＊

林家——

午飯時間，今天林錦軒沒有出門，在樓上書房忙自己的事情。

「雲光財團的官方消息要到月底才會出來。」

林錦軒坐在電腦面前戴著耳機，正在跟封辭通話，電腦上是一張三維圖。

封辭應了一聲，『你知不知道秦苒受傷的事情？』

林錦軒一手按著鍵盤一手拿著滑鼠，聽到這句話的時候，心一顫，按錯了一個鍵，然後直接刪除，「受傷？」

他站起來，聲音一緊。

過兩天就是高考了，最近這一段時間林家因為有兩個高考生，氣氛十分緊張。

秦苒卻在這個時候受傷？

『我爸剛剛去醫院了，聽說是左手骨裂，一個月不能動。她是左撇子吧？』封辭搖頭，『說來也怪，怎麼就巧好在高考前兩天？』

林錦軒伸手關掉電腦，本來十分漠然的臉上覆了一層憂色：「她在哪個醫院？」

他一邊說一邊往樓下走。

樓下，孟心然心事沉沉的，手上拿著沒有任何訊息的手機，從外面推門進來，林麒叫她她也沒聽見。

秦語跟林麒等人都坐在餐桌旁等著吃飯，孟心然剛坐到椅子上，林錦軒就從樓上下來了。

「哥，」秦語朝林錦軒笑，「你要去哪裡？」

林錦軒走到大門旁，頓了頓，看向寧晴：「秦苒出了車禍，應該是無法參加高考了。阿姨，這件事妳知道嗎？」

聽完這句話，剛坐到桌旁的孟心然手猛然抓緊，只是沒人注意到她的神色。

寧晴抬頭，驚訝地看向林錦軒：「她沒事吧？」

「左手骨裂，死不了。」林錦軒眉頭輕輕皺著。

寧晴的這個態度讓他十分煩躁，但他沒多說就直接離開了。

他走後，桌上的一群人面面相覷。

林麒放下筷子，眉頭微擰，有些擔憂：「怎麼在高考的時候遇到這樣的事情？還是左手。」

「那姊姊今年就參加不了高考了？」秦語看著林錦軒出去的背影，抿了抿唇，半晌又笑出聲。

寧晴聽林錦軒說秦苒沒什麼生命危險，就鬆了一口氣，心情很複雜：

「人沒事就好，她參不參加高考有什麼區別？」想了想，寧晴又看向秦語：「語兒，這段時間妳別出去，妳的那雙手不比旁人，千萬要保護好。」

「知道了，媽。」秦語收回了林錦軒的目光。

上次秦苒右手受傷的時候，陳淑蘭跟自己說過，秦苒並不是左撇子。

不過這件事說不說，寧晴覺得無所謂。畢竟秦苒的那個成績，又休學了半年多，考不考試對她來說真的沒有區別。讓別人以為她不巧出了車禍，所以考不上大學，倒也沒有特別丟臉。

坐在一旁的孟心然在聽到秦苒不能參加高考之後，手似乎放鬆了下來。她拿起筷子，低眸扒了一口飯，垂下的眼眸中全是嘲諷。

之前因為秦苒，她在林家、學校三番兩次受挫，最後還被踢出OST戰隊，地位一落千丈。

秦苒好不容易休學了半年，一回來，學校的論壇裡又都在討論她。

原本以為秦苒的成績是差到連老師都不願意管，誰知道第一次期中考，就給了她一個驚喜。

遊戲、課業……孟心然所有引以為傲的一面都被她碾壓，一顆嫉妒的種子萌芽，直到長成參天大樹。

她注意過，秦苒回來之後沒有來過林家一次。孟心然觀察得很細緻，秦苒跟秦語之間的關係明顯不好。沒有林家、沒有秦語的照拂，秦苒在孟心然眼裡真的不足為懼，縱使現在孟家大大不如以前，卻也不是秦苒能碰的。

孟心然低頭看了眼手機，微博、網路上都沒有動靜，她鬆了一口氣。

沒有人關注，秦苒就翻不出什麼大浪來。

她夾起一根菜，還沒吃，外面的守衛就匆忙進來：「林先生，不好了，外面有人闖進來了！」

孟心然側頭看向門外的方向，完全不知道外面這群人是為她而來，也不知道自己究竟惹到了多少大人物。

—下集待續—

高寶書版集團
gobooks.com.tw

CP Capt CP008
神祕主義至上！為女王獻上膝蓋　第二部1

作　　者　一路煩花
插　　畫　Tefco
責任編輯　陳凱筠
封面設計　林檎
內頁排版　彭立瑋
企　　劃　黃子晏

發 行 人　朱凱蕾
出　　版　三日月書版股份有限公司
　　　　　Printed in Taiwan
地　　址　臺北市內湖區洲子街88號3樓
網　　址　www.gobooks.com.tw
電　　話　(02) 27992788
電　　郵　readers@gobooks.com.tw（讀者服務部）
傳　　真　出版部　(02) 27990909　行銷部 (02) 27993088
郵政劃撥　50404557
戶　　名　英屬維京群島商高寶國際有限公司台灣分公司
發　　行　英屬維京群島商高寶國際有限公司台灣分公司
　　　　　Global Group Holdings, Ltd.
初版日期　2023年 4 月

本著作物由起點中文網科技有限公司授權出版。

國家圖書館出版品預行編目(CIP)資料

神祕主義至上!為女王獻上膝蓋 第二部/一路煩花著.-- 初版. -- 臺北市：英屬維京群島商高寶國際有限公司臺灣分公司, 2023.04-
冊；　公分. --

ISBN 978-986-06564-8-0(第1冊：平裝)

857.7　　110007981